키다리 아저씨의

a daddy long-legs' walk.

산책

키다리 아저씨의 산책 *a daddy long legs' walk*

초판 1쇄 2015년 09월 21일

지은이 장우석
발행인 김재홍
디자인 박선경, 박상아, 이슬기
마케팅 이연실

발행처 도서출판 지식공감
등록번호 제396-2012-000018호
주소 경기도 고양시 일산동구 견달산로225번길 112
전화 02-3141-2700
팩스 02-322-3089
홈페이지 www.bookdaum.com

가격 13,000원
ISBN 979-11-5622-117-3 03810

CIP제어번호 CIP2015024669
이 도서의 국립중앙도서관 출판시 도서목록(CIP)은 e-CIP 홈페이지(http://www.nl.go.kr/ecip)에서
이용하실 수 있습니다.

행복에 대한 어느 **샐러리맨**의 **명상록**

키다리
아저씨의
a daddy long-legs' walk
산책

내 눈에 비친 세상
그 속의 나를 생각하다

장우석

지식공감

내 눈에 비친 세상 그리고 그 속의 나를 생각하다.

이기심을 낳는 것은 이성이며
그것을 더욱 강하게 만드는 것은 반성이다.
– 루소(인간불평등 기원론)

삶과 세계의 본질을 바로 보자

인생은 삶과 그것이 담겨 있는 세계를 어떻게 이해하느냐에 따라 달라지게 마련이다. 그것들을 보는 사람의 시선은 무언가에 의해 굴절되고 이로 인해 인식은 늘 굴곡된 이미지와 거짓된 사실, 왜곡된 진실에 사로잡히게 될 위험에 노출되어 있다.

삶과 세계를 이해하기란 생각만큼 쉬운 일이 아니다.

삶이라는 실체 속에 담겨 있는 모순과 부조리는 스스로 깨닫기도 어렵고 인지하더라도 자인(自認)하기란 더욱 어려운 일이다. 그렇다고 삶에 대한 진지한 탐구의 노력을 포기할 수는 없다. 아마도 인생의 소유권은 자기 삶에 대한 이해의 정도와 비례한다고 말할 수 있을 것이다.

그런데 삶은 그것을 담아내고 있는 세계에서 이탈되어 존재하는 것이 아니므로 삶에 대한 이해는 결국, 세상에 대한 병행적 이해를 요구하고 있다는 생각이 든다. 삶에 대한 이해와 세계에 대한 이해는 서로 동떨어진 것이 아니라 같은 맥락에서 이루어지는 일이다.

나는 그 둘에 대한 이해를 구하기 위해 성찰의 노력을 기울이는 것이

이 시점의 나에게 주어진 의무라고 느꼈다. 이 시기가 지나면 진지한 성찰의 기회를 얻는 일이 더욱 어려워질 것임을 본능적으로 감지했기 때문이다. 벌써 중년이지 않던가?

이 글들은 짧은 기간에 쓰이지 않았다. 1부의 글도 세상의 잡다함과 분주함에 오염된 머릿속에서 생각을 거듭하느라 일 년 이상의 시간이 소요되었다. 올해가 월급쟁이 생활 25년째다. 그동안 감각기관을 통해 내 몸뚱어리 속으로 유입된 것들은 주로 다량의 알코올성 비버리지, 권위주의적 언어의 날카로운 파편들, 조직의 목표를 달성하기 위한 보고서의 이미지 따위가 주류를 이루고 있다. 그리고 이것 중 상당수는 나를 통해 타인에게로 강렬하게 배출되기도 했다. 물론 25년이라는 시간 속에 이런 류의 차가움만이 담겨 있다고 하면 엄청난 과장일 것이며 실제로 수많은 배려와 따뜻함 속에서 살아왔음이 사실이지만, 그래도 사람으로 하여금 제정신을 차리지 못하게 만드는 세상의 잡다함과 분주함은 저항하기 힘든 것이었음을 실토할 수밖에 없다. 일상은 결코 함부로 저항할 수 있는 만만한 상대가 아니다.

이런 상태에서 이 글들을 쓰는데 많은 시간이 걸린 건 당연하다고 할 수 있다. 그만큼 작은 반성과 성찰의 일조차 쉽지 않았다. 물론 그 작업은 완결되지 못했다. 아니 완결될 수 있는 것이 아님을 다시 한 번 깨달았다. 이번 기회를 통해 얻은 느낌들은 크게 세 가지로 요약할 수 있다. 물론 그것들은 어떤 유동적인 느낌이지 명증하게 정리된 확고부동한 명제는 아니다.

첫째, 나는 매우 모순적인 인간이며 뫼비우스의 띠에서 결코 빠져나오지 못할 것이란 느낌이다. 이는 무엇보다 자신의 (불완전한) 이론적 인식과 실천적 행위 간에 상당한 괴리가 존재함을 의미한다. 이율배반이라고 불러도 좋을 법한 이러한 괴리의 합치는 앞으로도 사실상 불가능할 것이다. 왜냐하면, 하나의 거대한 장벽이 이론과 실천의 사이를 가로막고 있기 때문이다. 바로 인간으로서의 한계가 그것이다. 한계란 인간 존재 안에 탑재된 인식의 한계성과 원초적 모순성만을 의미하는 것이 아니라, 사회적 매트릭스 속에 갇힌 사람이 어쩔 수 없이 갖게 되는 실천적 제약성을 함께 표방하는 것이다. 위태로운 인식과 이를 통해 발로되는 허약한 의지는 실천의 영역에서 항상 제약받게 되며, 나는 언제나 그 속에서 적당한 타협점을 찾아내기 위해 노력할 수밖에 없게 된다.

한계의 닫힌 방문을 열 수 있는 해법은 존재하지 않는 것 같다. 끊임없는 자각의 노력 속에서 조금씩 깨달아 가는 것, 오직 그뿐이다. 이것이 나의 첫 번째 느낌이었다.

둘째, 내가 지닌 존재로서의 독립성이란 그 자체가 목적이 되는 절대적 가치임에도 불구하고 허구적 성격을 동시에 함유하고 있다는 점이다.

내가 쓴 글 중에 정말 자기 생각을 표현하고 있는 게 몇 개나 될까? 아니 몇 줄이나 될까? 자신의 손으로 쓰고 직접 타이핑까지 한 글들이지만 그것들의 대부분은 타인의 생각과 언어에서 파생된 것임을 인정해야 한다. 처음엔 내가 글을 쓰고 있는 줄 알았지만, 시간이 갈수록 누군가에 의해 이미 표출된 관념 또는 세계 운영을 위해 고안된 사상에 대해 찬성표(반대표)를 던지는 행위에 불과하다고 생각하게 되었다. 내 글들이 일부 독창적인 생각을 담고 있다고 하더라도 본질적으로 낱말들의 새로운 조합에 불과할 뿐 완전히 새로운 창조가 될 수는 없었다.

그렇다면 내 인생은 그렇지 않은가? 삶의 어느 한순간이라도 그 무엇에도 영향을 받지 않은 채 온전히 자신만의 힘으로 독립하여 존재할 수 있는가? 존재로서의 독립성이란 상호 의존성이 깨어지면 성립할 수 없게 된다. 따라서 독립은 의존이며 관계일 수밖에 없다. 그런 의미에서 독립성은 그 자체가 목적이면서도 허구적인 성격을 함께 갖고 있다. 인간은 홀로 존재할 수 없다. 닫힌 세계 공간 속에서 온갖 모순(독립인 동시에 의존적인 삶의 성격에서 파생되는 마찰과 부조리)를 만들어 내면서도 함께 어울리며 더불어 살아갈 수밖에 없는 운명을 타고 난 존재… 인간, 이것이 나의 두 번째 느낌이었다.

셋째, 내가 아직은 젊다는 점이다.

내 글의 많은 부분에는 날카롭게 각이 져 있다. 눈앞의 실체를 아무리 다양한 측면에서 바라보고 이해하려고 해도 결국에는 감성적으로 어떤 특정한 입장과 태도를 갖게 되는 걸로 봐서 나는 아직 젊으며 그만큼 미숙하다고 말할 수 있다. 다양한 가치를 지니고 세상에 병립하고 있는 이면의 가능성이 아직 나에게는 잘 수용이 되지 않는다.

앞으로 나는 이 점에 대해서 깊이 생각해 봐야 한다. 아무리 훌륭한 신념과 소신이라 할지라도 그것이 신이 아닌 인간에게서 나온 것이라면 마땅히 회의와 의심의 대상이 되어야 한다. 지난 시대의 해악적 이데올로기와 도그마조차도 당 시대의 특수한 상황에서는 나름의 정당성을 갖고 있는 경우가 많다.

내가 장년의 나이에 이르고 노인이 된 후에도 신념이라는 미명 아래 무지한 옹고집을 부리지는 않을까 두렵다. 경화된 인간이 될까 무섭다.

이 책의 작은 목적 중 하나는 자기 생각을 소중한 친구들과 공유하는 것이다. 이 점을 고려하면 내 일상의 생각들을 그대로 드러내 놓는 것도 의미가 있으리라. 그래서 일상 속에서 언뜻언뜻 떠오르는 생각들 일부를 버리지 않고 2부에서 모아봤다. 부디 동의하기 힘들거나 모자라고 과장된 부분이 있다 하더라도 넓은 마음으로 받아주시기를 부탁드린다.

이 기회를 통해 아내 윤신과 딸 소라에게 언제나 사랑한다는 말을 하고 싶고, 이 글의 원고를 미리 읽어준 경애하는 친구 김태한과 후배 박선영에게 감사의 마음을 전한다.

아내는 언제나 온화하고 절제할 줄 알며 꾸밈이 없는 소박하고 아름다운 여인이다. 결혼한 지 21년이 넘었지만, 여태껏 그녀로부터 잔소리 한 번 들어본 적이 없다. 추호의 과장도 없이 말하건대 아내와의 결혼은 내 인생 최대의 행운이자 행복의 근원이다. 사랑과 감사의 말을 함께 전합니다.

딸 소라는 이제 대학 1학년이 되었다. 천성이 바르고 남에게 의지하지 않는 자립심과 자존감을 가진 멋진 친구다. 이렇게 멋진 친구가 내 딸이라니 늘 기쁘지 않을 수가 없다. 약자의 처지를 잊지 않는 가운데 행복하고 가치 있는 인생을 개척해 나가길 진심으로 바란다.

김태한은 나의 벗이자 동료이다. 그의 생각은 인생의 굴곡 속에서도 언제나 올곧게 어떤 이상을 향해 있다. 그와의 소중한 인연이 오랫동안 지속되기를 희망한다.

이제 두 아들의 엄마가 된 박선영 후배는 항상 무언가를 꿈꾸고 있는 멋지고 매력 넘치는 사람이다. 행복한 엄마가 되고, 마음속의 꿈들을 하나둘씩 이루기를 기원한다.

마지막으로 평생 잊지 못할 두 분께 감사의 말씀을 올립니다.

평소 시를 좋아하시고 담백함과 수수함 속에서 오히려 높은 인품을 엿볼 수 있는 이종휘 (전)우리은행장 겸 미소금융중앙재단 이사장님, 저에게 큰 신뢰와 사랑을 주신 점 평생 잊지 않겠습니다. 항상 건강하시고 행복하시길 진심으로 기원합니다.

그리고 당당히 가슴 펴고 살아가라는 의지적 삶의 교훈을 주신 박해춘 (전)우리은행장 겸 (전)국민연금관리공단 이사장님, 부족한 저를 이끌어 주셔서 감사합니다. 행장님께서는 정말 멋진 분이셨습니다. 소중한 가르침 잘 간직하겠습니다. 늘 건강하고 행복하세요.

- 2015년 9월
내가 사랑하는 광교산 아래에서 장우석

contents

contents

제2부 삶의 느낌

일상의 모습과 경험을 담다.

찹쌀떡 장수 외 52편   185

제1부 삶의 정의

새로운 시작을 위한
삶과 세상에 대한 생각의 기초

1장

무엇을 생각해야 하는가?

중년

그래… 나이 이야기부터 해보자. 나는 평소에 나이 들먹이는 일을 무척이나 싫어하는 편이지만 이야기를 끄집어내기에는 괜찮은 소재인 것 같기도 하다. 왜냐하면, 나이는 자기 삶의 경과를 보여주는 중요한 척도 중하나이기 때문이다.

나이에는 시간 속에서 경험한 숱한 사건, 인연, 감정 따위의 유물들이 퇴적물처럼 층층이 쌓여있게 마련이다. 그래서 나이는 마치 퇴적층이 지구의 어떤 역사를 담고 있듯이 한 사람의 고유한 삶을 표상하게 되고 그것을 다른 삶과 구별되게 만드는 일을 하게 된다. 물론 시간이 담고 있는 많은 이벤트와 그때마다 사람이 느꼈던 감정의 작용들은 망각의 숲으로 사라져 그 흔적을 찾아내기가 쉽지 않게 되어버리지만, 그것들조차 완전히 증발되지 않고 때로는 무의식의 영역에 머물다가 불쑥불쑥 제 모습을 드러내 보일 때가 있다. 그러니 어쩔 수 없이 나이란 자기 삶의 경과를 보여주는 척도가 될 수밖에 없다.

내 나이도 이제 어느덧 중년에 이르렀다. 이것은 다소 당황스러운 사태다.
첫 번째 이유는 내가 이렇게 나이를 먹을 줄 정말 몰랐기 때문이다. 눈이 내리듯 아주 조용히 그리고 조금씩 쌓여가는 나이의 무게는 평소에는 그 느낌이 잘 와 닿지 않다가 어느 날 문득 어떤 신비함 속에서 중력의 존재를 느끼게 한다.

그런데 사람은 불현듯 이러한 사태의 도래를 인식한 다음부터 시간의 흐름을 조금 더 조급한 마음으로 느끼게 되는 것 같다. 시간이 빨라지는 이유는 '아, 내가 벌써 이곳에 와있네!'라는 인식을 갖게 되기 때문이라는 얘기다. 아마도 이러한 인식은 시간의 강물을 타고 존재하는 모든 인생이 합류하게 될 어떤 큰 용해의 바다를 향해 서서히 흘러가고 있는 자기 삶의 위치를 재인식하는 일이기도 할 것이다. 이러한 인식이 주는 약간의 짜릿함과 조급함은 우리로 하여금 시계의 부름에 더욱 민감하게 반응하도록 만든다. 예전에는 아침마다 울리는 힘찬 자명종 소리를 듣지 못하는 경우가 많았는데, 이제는 주말 아침에서조차 친절한 스마트폰이 만들어내는 한두 번의 울림 또는 진동만으로도 잠에서 쉽게 깨어나게 되는 것이다. 참 재미있는 일이다.

두 번째 이유는 이 나이가 되도록 여전히 성숙하지 못한 자신의 모습과 대면해야 하기 때문이다. 예전에 나는 사람이 나이가 들면 자연스럽게 철이 들고 성숙해지는 줄 알았다. 우리가 노인을 공경하는 이유도 나이가 함유하고 있는 그런 전제와 맥락 때문이지 않던가.

그런데 꼭 그런 것 같지도 않다. 사람이 나이 든다고 해서 꼭 성숙한 인간이 되는 것은 아니라는 얘기다. 최근 들어 노인 범죄가 증가하는 것을 보면 그들 역시 삶의 팍팍한 환경과 여건에 영향받지 않을 수 없고 욕망을 버릴 수 없는 존재라는 생각이 든다. 오히려 노인의 욕망은 어떤 경우에는 세상의 산전수전을 다 겪은 사람의 마지막 불꽃답게 더욱 강렬하기까지 하다. 나이는 인간의 불완전함이 만들어내는 긴장을 큰 관용과 너그러움 안으로 수용하여 어느 정도 완화시키는 역할을 해야 할텐데,

오히려 세상을 더욱 완고하고 경직되게 만드는 경우가 있는 것처럼 보일 때가 있다.

이런 맥락에서 보면 사람의 기대수명이 길어져 100세 인생을 바라볼 수 있게 된 현실에도 불구하고 남은 삶의 설계를 너무 긴 시간의 가정 위에서 무엇이 되겠다든지 또는 무엇을 이루겠다는 식으로 그려서는 안 될 것 같다는 생각이 든다. 왜냐하면, 일반적으로 '무엇'에 연관된 삶의 설계란 불가피하게 욕망의 연장을 낳는 경향이 있고, 사고와 행동이 경직된 사람이 갖는 욕망이란 결과적으로 그 사회를 경화시키는 힘으로 작용할 가능성이 크기 때문이다. 따라서 사람은 어느 정도의 시점부터는 '무엇이 되겠다'는 욕심보다는 '어떻게 하겠다'는 소망을 품는 게 사회나 자신 모두를 위한 바람직한 태도다.

물론 세상에는 더 크고 유연한 사고를 키워냄으로써 타인의 귀감이 될 만한 행동을 하는 성숙한 장년들이 많기 때문에 앞서의 언급은 매우 무리한 말이 될 수밖에 없음을 안다. 하지만 주위를 둘러보면 이런 성숙한 장년들은 오히려 깊은 성찰을 통해 자신의 행동이 사회에 미칠 영향을 파악하기 위해 노력하면서 스스로 신중하게 처신하는 성향을 갖고 있는 반면에, 여전히 욕망과 협소한 고집을 버리지 못한 일부 장년들은 자신만의 이익을 위해 사회에 거리낌 없이 참여하기를 주저하지 않으면서 온갖 수단을 동원하는 모습을 볼 수 있는 것이다.

특히 최근에는 고령화 현상이 심화됨에 따라 과거 젊은 세대로부터 공양을 받거나 노후 자금으로 여생을 편히 보내던 보통의 시니어들이 생계를 위해 경쟁의 대열에 합류하는 상황이 발생하면서 이런 현상이 더욱 확산하고 있다. 이것은 많은 시니어가 욕망을 내려놓고 스스로 물러나고 싶어도 경제적 압박으로 인해 그럴 수 없는 상황에 놓이고 있음을 뜻한다.

그래서 지금의 사회에서는 과거의 경험과 노하우에서 탈피하여 새로운 혁신을 추구하라는 신자유주의적인 압박이 증가하고 있음에도 불구하고, 정작 과거의 패러다임에서 빠져 나오지 못한 장년 계층의 사회 참여가 증가함으로 인해 뭔가 앞뒤가 잘 맞지 않는 현상들이 늘어가고 있는 것이다.

이런 현상은 현재도 많은 문제를 만들어 내고 있지만, 미래에는 더욱 그럴 것이란 전망이 지배적이다. '신구(新舊)의 조화'라든지 '경험과 열정의 결합' 같은 과거의 전통적 미덕도 신구 세대가 같은 공간에서 동등하게 경쟁하는 처지에서는 사라지게 될 가능성이 높을 것이다. 따라서 많은 전문가들이 세대간의 조화와 결합의 촉진에 도움이 될 만한 해법을 찾기 위해 노력하겠지만 쉽게 단서를 찾아내지는 못할 것이라는 생각이 든다. 서로 치열하게 경쟁하는 사람들은 상대와 따뜻한 악수를 하기가 쉽지 않은 법이니 말이다.

그렇다면 고령화된 미래 세계에서 가장 크게 우려되는 바는 복지예산의 부족이나 경제성장률 저하와 같은 표피적인 현상들이 아니라, 배치되는 가치(觀)들의 충돌과 그로부터 파생되는 무차별적인 갈등으로 인해 세대 간의 존경심이나 애정이 실종되는 사태와 같은 사회의 무형적 자산이 와해되는 현상이라고 예상해 볼 수도 있을 것이다.

어쨌든 다소 무책임하게 들릴 수는 있겠지만, 내가 이 문제의 해법을 찾기 위해 굳이 머리를 싸매고 고민할 필요는 없다고 본다. 내가 그런 고민을 한다는 것은 단지 오지랖 넓은 짓에 불과하게 될 공산이 크기 때문이다.

우리 모두가 저항할 수 없는 거대한 파도에 떠밀려 지금 여기까지 와있는 것임을 생각하면 더욱 그렇다. 멈추게 할 수도 없는 일에 괜히 끼어드는 일만큼 오지랖 넓은 짓이 있을까?

대신 나는 서두의 생각으로 돌아가 어느날 문득 나이가 내게 주었던 당혹감, 여전히 성숙되지 못한 자신의 모습과 대면할 때 느꼈던 곤혹스러움의 원인을 찾아보고 그것을 해소하기 위한 길을 조용히 모색해 보는 것이 옳다고 생각한다.

이제 나는 평범한 소시민으로서 그저 한 명의 성숙한 인간이 되기 위한 꿈을 꾸고자 한다. 그 꿈이란 소박한 삶 속에서 모종의 미덕을 행하는 인간이 되고자 기울이는 노력을 뜻하는 것이며, 향후 인생의 시간을 어떤 토대 위에서 운영할 것인지를 결정하는 일이기도 하다. 설령 내가 소시민이 아니었다 하더라도 사람은 웬만큼 나이가 들면 꿈을 소박하게 꾸는게 올바르다고 믿는다.

지금의 문명에서 멈춤은 사실상 도태와 낙오를 의미한다. 급기야 이제는 나이가 들어도 멈추지 못하는 시대가 되었다. 나이가 들어서도 생활의 분주함 속에서 쉽게 빠져 나오지 못하는 삶이 되었다. 하지만 우리는 지금까지 생활의 분주함에 포섭되어 멈추지 못하고 뒤돌아 볼 수 없었기 때문에 이 나이가 되도록 성숙해질 수 없었음을 자각해야 한다. 내가 여전히 미숙한 자신과 대면해야 하는 당혹스러운 사태를 맞이하게 된 이유도 바로 여기에 있다.

이제 원대한 꿈과 욕망은 그 자격을 갖춘 사람들의 몫이어야 한다. 원숙한 중년의 나이에 도달한 자 중에 앞으로도 자신만큼은 꼭 나서야 한다고 생각하는 사람이 있다면, 잠시 멈추어 스스로 왜 그런 꿈과 욕망의 주인이 되어야 하는지에 대해 철저하면서도 겸허한 성찰을 거쳐야 할 것이다. 그럼으로써 자기가 주인이 될만한 사람이라는 것을 증명해야 한다. 왜냐하면, 세상의 부조리는 중년을 넘어선 자들의 무기력이라 할 수 있는 꿈과 욕망의 부재가 아니라, 생활의 분주함 속에 파묻혀 있는 분별없는 과잉에 기인하는 경우가 더 많아 보이기 때문이다.

미학(美學)

지금까지 나는 삶은 미학을 담고 있어야 한다고 믿어왔다. 이것은 삶의 미적인 완성도를 높이는 일을 내가 인생의 주요한 관점과 태도 중 하나로 삼아왔음을 뜻하는 동시에 사람의 영혼에는 나이가 들수록 향기로움이 깊이 배어져야 한다고 믿어왔음을 말한다.

그러나 어느 순간부터 나는 삶의 영역에 미학을 실현하는 일은 고사하고 그것이 무엇인지를 정의하는 일조차 사실은 매우 어려운 것이라는 생각을 하게 되었다.

무엇이 미학적(美學的)인가? 모든 상황과 사태를 초월하는 보편적 타당성을 지닌 아름다움이란 존재할 수 있는가? 그리고 삶의 영역에서 펼쳐지고 있는 내 생각과 실천이 아름답다는 것을 어떻게 파악하고 증명할 수 있을까?

이러한 질문들은 지금의 내가 삶의 미학적 진실에 대해 모종의 회의적인 시각을 품게 됨에 따라 그것의 정체를 다시 한 번 재검토할 수밖에 없게 되었음을 시사하는 것이다.

그렇다고 해서 지금 내가 미학적 절대성을 완강하게 부정하고자 하는 것은 아니다. 그것은 절대적 질서의 증발이나 가치적 토대의 함몰이 유발할 수 있는 무질서한 사태에 대해 두려움을 느껴서가 아니다. 사실 나는 미학적 절대성의 존재와 부재중 어떤 것이 진실에 가까운 것인지를 알지 못한다. 절대성의 존재 여부를 규명하는 작업은 내 능력을 벗어나 있는 일이다. 바로 이러한 무지와 무능력 때문에 나는 미학적 절대성을 완강하게 부정하지 못하는 것이다.

더구나 의미의 결핍과 과잉 현상이 동시에 발생하고 있는 소위 포스트모더니즘 사회에 살면서 절대적 아름다움을 발견하기란 결코 쉬운 일이 아니다. 모든 게 헷갈리고 상대적이며 의미가 실종되거나 과대 포장되는 호들갑스러운 세상에 살고 있다는 사실은 미의 절대성을 알아보지 못하는 나의 무지에 조금의 핑계로 작용할 것이다.

하지만 역사적으로 절대성이 지배했던 세상에서도 혼란과 모순이 사라지지 않았고 오히려 더욱 심화된 경우가 많았다는 점은 내가 미의 절대성을 부정하지는 못하더라도 그것에 대해 끝까지 의구심을 갖는데 다소의 타당성을 제공해준다.

예를 들어 유교적 미학과 진리가 세상의 절대성으로 작용했던 시절의 유학 공리는 도덕적 우위를 독점하여 이를 기반으로 권력을 차지하기 위한 자들의 쟁탈 대상이자 권력의 방패로 활용되기가 일쑤였다. 신의 절대성에 지배를 받던 유럽은 수많은 순결한 마녀를 양산했으며 이교도들에 대한 탄압이 이어졌고 신의 이름으로 면죄부가 발행되었다.

절대성이 지배했던 세상이 이 정도였다면 어떤 절대성의 부재나 증발이 초래할 결과에 미리 겁먹을 필요는 없을 것이다. 더구나 사람이 꼭 아름다움을 추구하며 살아야 하는지에 대해서도 다양한 이견이 있을 수 있다. 만일 노자(老子)가 이러한 주제를 접했다면 추함이 있기에 미가 있고, 미가 있기에 추함이 있는 것이므로 추구해야 할 절대적 아름다움이란 없다고 답했을 것이다. 그에게 서로는 상대의 존재 바탕일 뿐이다. 또한, 미와 추함을 도(道)의 세계로 끌어와 차별하지 않고 경계 짓지 않음으로써 어느 한쪽에 우월적 지위를 부여하지 않으려 했을 것이다. (사실 노자의 이러한 관점은 내 성격과 심성에 딱 들어맞는 매력을 갖고 있다. 나는 이런 식의 형이상학적 관점에 항상 끌림을 느끼며 노자의 관점은 세상의 근원적 진리를 표현하고 있다고 믿는다.) 이제 이런 관점에서 보면 누구든지 더 이상 미의 절대성을 억지로 수용할 필요는 없을 것이다.

그럼에도 불구하고 우리는 여전히 가치 있는 삶을 위해 어떤 보람의 실현이나 선함의 추구와 같은 형태를 통해 자신만의 아름다움을 추구하며 살 수밖에 없다. 왜냐하면, 가치 있는 삶은 어쩔 수 없이 미적인 삶과 연결되어 있기 때문이다. 이러한 연결은 논리를 뛰어넘는 것이므로 〈어쩔 수 없이〉 수용해야만 하는 일이라 할 수 있다. 사실 우리에게 그 이상의 선택이 가능하기나 할까? 미의 절대성을 규명하지 못하는 우리에게 남은 일이란 오로지 겸허한 마음으로 가치 있는 삶을 탐구하며 추구하는 행위뿐인 것이다.

그런데 미의 절대성에 회의를 품는 동시에 한편으로는 자신만의 미학(미적인 삶)을 추구한다는 것은 아름다움의 실현을 인생의 목표로 삼고 있는 사람들에게는 기회와 위험을 함께 초래하는 엄청난 도전이 된다. 그 도전이란 자신이 나가야 할 방향을 탐색하고 결정해야 할 자유와 책임이 스스로에게 있으며, 무엇이 아름다운 삶인지를 규정하는 일과 그러한 삶의 영역에 어떻게 도달할 것인지에 대한 방법론적 의사결정, 그리고 실천을 통해 그 세상에 도착하는 일이 온전히 자기의 자유와 책임 아래에 놓여있음을 뜻한다.

절대성에 회의를 품는다는 것은 마치 나침반 없이 목적지도 불명확한 항해를 하는 것과 같다. 이것은 우리의 인생이 모종의 성공과 실패의 가능성에 직접적으로 노출되어 있음을 뜻한다. 아무도 모르는 길을 향해 안내자도 없이 떠남으로 인해, 우리는 신대륙을 발견할 수 있는 기회를 얻는 대가로 너무나 쉽게 삶의 항로를 잃고 방황의 길로 접어들 수도 있을 테니까 말이다. 삶에 이보다 큰 도전이 있겠는가?

이제 나는 하나의 어렴풋하지만 동시에 명증해 보이기도 하는 가정 위에서 그 도전을 맞이해 보고자 한다. 나의 가정을 말해 보면 이렇다.

'어쩌면 인생의 참되고 실재적이며 소중한 미학은 이러한 미적 절대성의 부재로부터 발원하는지도 모른다. 나의 접근을 허락하고 기준이 되어줄 절대성은 없다. 그런 부재의 공간을 자기만의 미적인 삶으로 채워 넣는 일이 바로 삶의 승화다.'

나는 감히 이렇게 믿을 수 있다고 생각한다. 그러니 지금 이 순간부터는 절대성에 대한 관념으로부터 해방되어 하나의 고정된 태도와 관점에서 섣불리 인생이 던지는 질문에 답하기보다는 나 자신과 세상을 조금 더 신중하게 깊이 들여다보고 폭넓게 이해하도록 노력해보자. 참된 것과 거짓인 것, 실재적인 것과 허식적인 것, 소중한 것과 허튼 것들이 이중적이고 모순된 속성으로 혼재된 세상 속에서 나의 안내자가 되어줄 진실한 가치들을 알아보고 미혹적 이미지는 외면할 수 있는 마음의 힘을 키워내 보자. 그것이 바로 나만의 미적인 삶을 만들어 갈 수 있는 길이다.

세상에는 분명 선천적으로 꽃다운 영혼을 갖고 태어나 미를 생각하지 않아도 스스로 아름다운 사람이 있다. 하지만 몽매한 나의 영혼은 성숙하기 위해 스스로의 많은 노력을 피요로 한다. 내가 이 점을 잊지 않고 꾸준히 정진하며 살아간다면 나는 보다 '나 다운' 사람에 가깝게 다가설 수 있으리라.

존재의 이유

나는 왜 존재하는가? 나의 존재에는 어떤 필연성이 깃들어 있는 것일까? 그리고 삶의 의미란 이러한 필연성과 연결되어 있는 것인가 아니면 그 자체로 독립적인 것인가?

사실 현대에 이르러 존재에 관한 물음은 더 이상 이런 류의 추상적인 형이상학의 문제가 아니다. 이제 그것은 극단의 물리학적 문제가 되었다. 빅뱅이나 양자역학 등으로 대표되는 물리학은 궁극적으로 존재의 근원과 형식에 대한 탐구이자 해명이기 때문이다. 이 시대의 우리는 극단의 형이상학은 극단의 실존적 문제와 만나 서로 관통하는 것임을 깨달을 수 있을 것이다.

그럼에도 불구하고 세상을 살아가는 사람의 마음 속에서 그 질문은 언제나 인간으로서의 가치를 확인 받는 일로 연결되기 마련이며, 그래서 늘상 감당하기 벅찬 질문이 될 수 밖에 없다. 따라서 이 질문에 답하기 위해서는 내면에 있는 막대한 양의 에너지를 동원해야 한다. 산다는 것은 많은 힘을 필요로 하는 일이다. 더구나 살다 보면 그 힘은 금방 소진되게 마련이다. 삶에 지쳐 탈진한 수많은 사람의 지친 어깨를 보라. 나 역시 내가 가진 대부분 동력을 세상의 잡다한 일들을 헤치고 나가는 데 집중하고 있을 뿐, 더 이상 자신이 왜 존재하는지를 묻지 못하고 있다. 그렇기 때문에 이 물음에 대한 응답 활동은 내 젊음의 특권을 되살려 그것을 행사하는 일 또는 마지막 젊음을 불사르는 일이라고도 할 수 있을 것이다.

이제 존재의 이유를 생각할 때 다소 당혹스러운 점은 예전과 동일한 주제를 대하면서도 그 느낌이 완전히 바뀌어 있다는 것이다. 예전에는 그 질문 안에 대부분 젊은이가 가질 법한 자신의 미래에 대한 불안감과 함께 삶에 대한 의욕이나 의지 같은 뜨거움의 뉘앙스가 담겨 있었다면, 지금에 이르러서는 어떤 회의와 의심 같은 생소한 느낌이 출현했다고 하면 적당할 것이다. 그런 느낌들은 내가 정말 〈존재할 만한 가치가 있는 상태로〉 존재하고 있는지, 지금까지 보내온 시간이 그것을 증명하고 있는지에 대한 자가 점검을 요구하는 것이다.

용기를 내서 이 요구에 응해 보기로 하자. 더 늦으면 젊음의 소멸과 함께 답할 동력이 영원히 상실될 것 같기도 하다.

그럼 세상을 사는 우리들에게 존재란 어떤 의미를 갖고 있는 것인가?

지금까지 존재의 이유와 가치를 해명하기 위한 많은 철학적 종교적 정치적 명제들 예를 들어, 현존재의 기투(하이데거), 세상에 던져짐(샤르트르), 브라흐만에서 나온 아트만(우파니샤드), 인연과 윤회(부처), 털끝 하나라도 부모로부터 물려받음(공자), 理一分殊(주희), 신의 뜻을 실현하기 위한 사도(예수), 민족중흥의 역사적 사명을 수행하기 위해 태어남(박정희) 같은 규명들은 다 나름의 의미와 배경을 함유하고 있는 수사들이다. 그러니 내가 나서서 누구의 말이 맞는지 따질 필요는 없겠다. 사실은 그저

저 말들을 해석하고 이해하는 일만 해도 벅차고, 누구의 편을 든다고 해서 나에게 득이 되지도 않을 게 확실하기 때문이다.

그런데 이러한 명제들은 때론 마음의 동요와 공명을 불러일으키는 경험을 선사하기도 한다. 특히나 자신이 무언가 특별한 사명을 부여받은 존재라는 느낌을 주입받게 될 때 그러한 경험은 더욱 강렬해지는 것 같다. 초등학교 시절 교문에 들어서자마자 왼쪽 가슴에 손을 올리고 국기에 대한 맹세를 하면서 민족중흥의 역사적 사명을 다짐할 때에도 마음에 울림이 일지 않았던가? 이렇듯 뭔가 사명을 부여받았다는 것은 몹시 흥분되는 일임이 틀림없다.

분명히 사명이 불러일으키는 이러한 흥분은 사회화된 세계를 살아가는 인간들에게는 어떤 본능에 가까운 행동 기제가 된다.

잠깐 그 이유를 생각해보자. 인간은 자신의 유약함을 극복하기 위해 타인과의 협력을 생존의 수단으로 채택하여 분업체계를 발달시켜왔다. 협력적 분업체제에서의 배제는 한 인간에게 자신의 유약함을 보완할 기회를 박탈당하는 일과 같았을 터이므로, 인간은 배제되지 않기 위해 자기 역할에 대한 완수를 목표로 삼는 사명 의식을 발달시켜왔을 것이다. 이러한 과정이 반복된 후에 역할에 대한 집착과 이에 대한 사명 의식은 인간의 DNA에 강력한 행동 기제로 각인되지 않았을까?

결과적으로 역할과 사명 의식에 힘입어 인간의 문명은 크게 발전할 수 있었다. 현대에 이르러서는 각자의 역할과 사명 의식 위에서 운영되는 협력적 분업체계가 문명 발전을 위한 수단의 의미를 넘어 그 자체가 문명이 되었다고 단언할 수 있을 정도가 되었다. 인간 간의 협력 관계 속에서 각자가 자기의 역할을 갖는다는 것은 문명의 기본적 작동 원리이자 본질 그 자체가 되었다. (현대 문명의 문제점 중 하나는 역할을 매개로 인간 상호 간의 의존이 심화되고 있음에도 불구하고, 그 의존의 관계성이 익명성의 베일 뒤에 숨어 있기 때문에 각자가 누구에게 의존하고 있는지를 파악하기 힘들다는 점이라 할 것이다.)

이제 역할의 거부는 호기로운 상상의 세계에서나 가능한 일이 되었다. 역할의 거부는 문명의 거부와 실질적으로 동일한 행위이며, 자기의 삶이 문명 속에 편입되기를 거부하는 의사 표현이 된 것이다.

따라서 문명 속에서 살기를 희망하는 모든 인간은 자기의 존재를 확인받기 위해 자신의 역할을 찾아내야만 한다. 그만큼 역할은 우리의 삶에 큰 의미를 부여하는 원천이 되었다.

그럼에도 불구하고 나는 존재의 이유와 의미를 이렇듯 역할의 관점에서만 받아들여서는 안 된다고 생각한다. 이러한 생각은 존재를 자칫 이데올로기적 가치의 실현을 위한 하나의 도구로 전락시킬 위험성을 내포하기 때문이다.

특히 각자의 역할을 매개로 이루어지는 인간 상호 간의 의존적 관계성이 개별 존재들의 이름이 드러나지 않는 익명성의 베일 뒤에 가려진 현대 문명에서는 존재의 이데올로기적 도구화의 가능성이 더욱 높아질 수밖에 없을 것이다. 왜냐하면, 어떤 이념의 실현을 위해 인간을 동원할 때 나와 관계된 실명의 인간을 동원하는 것은 그들의 개별적 사정을 고려해야 하는 매우 큰 부담감을 초래할 가능성이 있는 반면에, 익명의 인간을 동원하는 것은 아주 작은 부담감과 죄책감이면 충분하기 때문이다.

물론 이미 말한 바와 같이 문명이 끊임없이 심화시키고 있는 분업체계 안에서 살아가야 하는 모든 인간은 문명의 대변자인 이데올로기가 개별 주체에게 명령하는 도구의 역할을 거부할 수 없다. 이것은 문명의 명령이 (통상적으로 서열적 권력 체계의 위에서 아래로 내려가는 것임에 따라) 위계적 지시가 될 수밖에 없는 이유도 있겠지만, 더 큰 이유는 그러한 명령이 본능적 행동을 유발하는 DNA 코드로서 이미 우리의 몸속에 각인되어 있기 때문이다.

따라서 현실적으로 다수의 주체는 거부할 힘을 갖고 있지도 못할 뿐만 아니라, 오히려 더 나아가 자신의 존재 이유를 그러한 명령으로부터 발견하기 위해 노력하며, 어떠한 역할이라도 부여받지 못하면 극심한 공황 상태에 빠지고 마는 것이다.

이런 측면에서 보면 앞으로 문명이 아무리 발달한다 하더라도 주체가 존재로서 인정받기 위해 특정한 역할을 분담해야 하는 원리에는 변함이 없을 것이다. 또한, 이 원리는 사실상 사회에 참여하여 자기의 존재를 인정받고자 하는 모든 인간에게 적용되는 기본적인 의무 조항으로 유지될 것이다.

결론적으로 과거와 미래의 이런 변함없는(없을) 사태 속에서 역할은 곧 존재의 동의어가 될 수밖에 없게 된다.

그런데 이것은 때론 정말 곤혹스러운 상황을 만든다. 왜냐하면, 이런 사태 속에서 주체가 존재가 되기 위해서는 어쩔 수 없이 특정한 역할을 맡아 문명의 협력자가 되어야 하고, 우연히 탁월한 인자로 태어난 경우에는 단순한 협력자의 역할을 넘어 선도적 역할을 담당하게 되는데 일반적으로 이러한 활동은 이데올로기가 만들어 내는 어떤 절대성을 공고히 하는 데 기여하는 바가 되기 때문이다.

사실 우리는 일상에서 역할의 의미에 대해 이런 인식을 갖고 살지는 않는다. 그것은 역할이라는 것이 우리의 인식 속에 마치 컴퓨터의 OS처럼 문명의 근원적 작동 원리로서 기본값으로 깔렸기 때문이다. 현대 문명은 이런 기본값을 운영체제로 삼아 작동하고 있는 것이며, 이것이 깨지면 무너질 수밖에 없는 구조로 되어 있다. 따라서 지금의 세상에서는 주체들이 역할을 거부하면 그들의 존재가 소멸됨은 물론이고 문명까지 무너지는 공멸의 상태를 경험하게 될 것이다.

생각을 너무 거창하게 풀어본 감이 있는 것 같다. 어쨌든 존재는 협력자와 같은 적극적인 역할을 맡지 않더라도 이데올로기와 우호적 관계를 유지하기 위해 노력하거나 그것에 대해 무지한 상태로 남아있는 것만으로도 절대성의 탄생과 유지에 기여할 수 있다.

그 대표적인 유형이 바로 나 같은 사람이라 할 것이다. 평범하게 회사에 다니면서 자본주의(그것이 좋은 것이든 나쁜 것이든 간에)의 이념에 충실히 봉사하고 있지 않은가? 그리고 그들로부터 사명을 부여받기 위해 몸부림치며 내 존재 이유를 그곳에서 찾고 있지 않은가?

나는 자신이 이러한 역할을 거부할 때 나타날 결과를 너무나 잘 알고 있다. 내 모든 욕구의 충족은커녕 배제되어 생존의 가능성을 빼앗기게 될 것임을 너무나 명백히 알고 있는 것이다. 그래서 나는 자신의 영혼을 팔아서라도 역할을 놓지 않기 위해 땀을 흘린다.

결국 나는 현시대의 지배적 이데올로기인 자본주의 공고화와 번성을 위해 경쟁적으로 뛰어들게 되며 어떤 탁월한 역할을 수행함으로써 나의 존재를 부각하고 최대한 보상받기를 희망하게 된다. 그것은 내가 자본의 대리인이 되어 그것의 이익을 극대화시켜 주는 역할을 훌륭하게 수행하여야 함을 의미한다. 그것이 내 존재의 가치를 향상시키는 일이 되기 때문이다. 이렇게 하여 내 존재 의미는 현실의 이데올로기에 묶인 상태가 되었으며 자본이라는 이름의 교리를 지키기 위한 역할에 매진하게 되었다.

　다시 말하지만 나는 역할을 거부할 힘을 갖고 있다고 말할 수 없다. 그런데 우리는 이러한 인식을 가질 때 자연스럽게 하나의 거대한 착각으로부터 깨어날 수 있게 된다. 그것은 자신이 자유의지를 가진 주체라는 착각이다. 거부의 자유를 갖지 못한 사람을 어떻게 자유롭다고 할 수 있겠는가? 이런 맥락에서 볼 때 우리는 배우의 삶을 살고 있는지도 모른다. 현실 속의 우리는 문명과 사회로부터 배역을 맡아 어떤 무대 위에 서기 위해 최선을 다한다. 문명과 사회는 연출자의 캐릭터를 갖고 있다. 배우가 되어 무대 위에서 펼치는 모든 연기도 그 연출자에 의해 기획되고 시나리오화된 것이다.

　이런 일은 나를 포함한 대부분 소시민에게는 어쩔 수 없는 현실이다. 존재는 배척과 소외의 고독에서 벗어나기 위해, 생존을 보장받기 위해 또는 어쩔 수 없이 무언가 소일을 하며 살아가기 위해 가면극을 펼칠 수밖에 없다. 아주 드문 소수의 사람들(정말 그런 사람이 있는지는 모르겠지만)을 제외한 다수는 자기의 배역을 스스로 결정하지도 못한다. 사실상 모든 배역은 문명의 발달 상태와 사회 환경에 따라 '주어지는' 것이다.

　가령 컴퓨터가 없었다면 스티브 잡스는 어떻게 되었을까? 2차 세계대전이 없었다면 윈스턴 처칠은 어떤 사람이 되었을까? 이 땅에 가난이 없었다면 박정희 대통령이라는 인물이 탄생할 수 있었을까?

　앞으로는 컴퓨터 인공지능과 로봇 기술의 발달로 현존하는 직업의 50%가 사라질 것이라고 하는데, 이런 상황에서는 사라질 직업 분야에 재능을 갖고 있는 사람들은 큰 타격을 받게 될 것이다.

　결국 우리의 역할이라는 것은 상황적인 동시에 역사적이며, 그것(상황과 역사)가 만들어내는 조건에 의해 제한을 받을 수밖에 없음을 깨닫게 된다. 이는 개인적 쟁취란 사회적 '주어짐'을 만나지 못하면 이루어질 수 없는 것임을 의미한다. 또한 주체의 역할이란 문명의 발달 상태와 조건이 던져주는 배역들 중의 하나를 맡는 일임을 알게 된다.

비록 우리가 문명 발달의 주체로서 자신의 역할을 스스로 만들어내고 있으며, 따라서 자신의 존재를 스스로 규정하고 있다고 반론할 수도 있겠지만, 그렇다고 해서 개별 주체의 입장에서 어떤 특정한 조건의 문명 상태가 던져주는 사회적 '주어짐'이라는 조건에서 벗어날 방법은 없는 것이다.

그나마 이런 현실에도 불구하고 인식의 전환을 통해 자신의 존재 의미와 가치에 대해 새로운 가능성을 추구할 여지가 여전히 남아있다는 게 우리에게 남겨진 작은 행운인 것이다. 그 인식의 전환이란 자신의 존재 이유를 역할의 피상적 관점에서 벗어나 찾아낼 수 있는 고양된 사고방식을 말하는 것이며, 작은 행운이란 사회적 '주어짐'을 만나지 못하면 아무것도 이룰 수 없는 우리들에게 남겨진 마지막 '자유의지'를 뜻한다.

결국 우리는 인식의 전환을 이룰 수 있는 자유만을 힘겹게 가지고 있다 해도 과언이 아니다. 다행히도 인간은 그 마지막 자유의지를 튼튼한 기반으로 삼아 언제든지 새로운 도약을 추구할 수 있는 역량을 가지고 있다. 이제 그 힘의 기반 위에서 최대한 인식의 전환을 시도하여 이렇게 정리해 보자.

나의 존재 이유와 가치를 어떤 역할에만 연계시켜 확인한다는 것은 울타리 쳐진 감옥 공간에 나의 존재를 가두는 행위와 같다. 이것은 하나의 작은 세상 속으로 스스로를 밀어 넣는 투옥이며, 유일한 창문으로 세상을 바라보는 편협이다. 이러한 투옥과 편협은 존재의 의미를 약화시키고 이데올로기의 도구로 머물게 한다. 이로써 존재는 확장되지 않고 고정된 틀 안에서 이데올로기의 도구 역할만을 수행하게 될 것이다. 더 이상 존재를 위한 모험은 있을 수 없다.

사람이 이렇게 역할이 만드는 하나의 틀 안에 갇혀 있어서는 안 된다. 이 말은 인간으로 태어난 자들을 위한 진정한 해방 선언이 되어야 한다. 역할에 묶여 있는 현실 속의 나를 보살펴야 하는 실존적 상황에서도 주체의 인식과 생각은 역할이 요구하는 일상적 행위를 넘어 존재의 참된 이유를 지속적으로 모색하여야 한다. 인간 존재의 의미를 하나의 역할 안에서만 찾거나 그것으로만 규정할 때 인간이 본질적으로 갖는 어떤 드높음이나 숭고함의 가능성은 제한되거나 차단될 것이기 때문이다.

이것은 타인의 존재 의미와 가치 역시 그가 수행하는 역할의 관점에서만 평가해서는 안 된다는 점을 시사한다. 우리가 자신의 존재의미를 역할 안으로 규정해서는 안 되는 이유는 그것이 타인의 존재가치를 똑같은 관점에서 취급할 근거를 제공하기 때문이기도 하다. 인간의 불평등은 바로 이런 식의 관점을 기준으로 타인의 가치를 바라볼 때 발원하는 것이다.

역할의 피상적 모습에서만 존재의 의미와 가치를 찾으려 할 때, 우리는 어떤 평범함 속에 깃들어 있는 수많은 드높음을 간과하게 될 것이며 비천함 속에 숨어 있는 빛나는 숭고함을 무시하게 될 것이다.

나와 타인의 존재를 역할의 표피적 관점에서만 바라본다면 결국 세상의 가치도 그렇게 간주하게 될 것이며, 탁월하지 못한 평범함이 품고 있는 드높음과 숭고함, 어눌함이 안고 있는 위대함은 해체되어 사라지게 될 것이다.

역할과 오만

이제 나는 역할을 위해 변명을 하고 싶다. 그것은 진화론적으로 형성된 내 본능의 지시다. 또한 삶의 대부분 동안 어떤 역할을 수행하면서 세상을 위해 공헌해온 사람들의 명예를 지켜주고 싶은 마음 때문이다.

우리는 많은 사람이 신념과 열정을 가지고 특정한 역할을 수행함으로써 세상을 위해 가치 있는 업적을 이룩해 왔음을 알고 있다. 우리는 그들에게 존경심을 보내야 하며 그들의 명예를 높이 존중해야 한다. 문명과 문화의 발달이 그들에게 크게 빚지고 있다는 사실도 잊지 말아야 한다.

그럼에도 불구하고 우리는 잠시 역할을 위한 옹호를 중단하고 그것의 의미를 조금 더 균형적인 시각으로 신중히 파악하기 위해 노력할 필요가 있다. 그럼으로써 역할의 아름다움과 추함을 함께 발견하고 존재의 내면에 숨어 있는 욕망의 비밀을 조금 더 깊게 이해하여야 한다.

역할의 아름다움과 추함을 구분하는 차이는 역할을 행위하는 주체들의 의도와 태도에 의해 수립되는 것이다. 역할이라는 행위 자체에 아름다움과 추함의 속성이 원천적으로 내재되어 있는 것은 아니다. (역할은 실천적 행위를 떠나 성립할 수 없는 것이므로 역할과 행위는 연결되어 있다고 생각한다)

가령 무엇인가를 '빼앗는' 행위라고 해서 무조건 나쁜 것은 아니다. 어떤 '빼앗음'은 '줌'의 역할보다 아름답고 선할 수 있다. 생명을 '빼앗는' 행위조차도 (매우 큰 가치관적 논란이 있겠지만) 주체의 의도와 태도에 따라서는 정당화될 여지가 있을 것이다. 식탁 위에 매일 올라오는 맛있는 고깃덩어리를 생각한다면 수긍이 되지 않을까? 조금 색다르게 본다면 항상 무엇인가를 먹어야 하는 동물성을 지닌 운명으로 인해 '죽이는' 일은 '살리는' 행위가 될 수도 있다. 따라서 역할의 행위적 성격은 주체들의 의도와 태도에 의해 '물드는' 것이지, 그 자체가 고유한 색깔을 갖고 있는 것은 아니라고 말할 수 있다.

역할이 존재들 간의 지위와 계층을 낳는 이유가 되고 차별과 배척의 근거로 작용할 때, 역할의 모습은 추하게 변한다. 주체가 역할이 갖는 책임 보다는 그것의 권리와 특혜에 집착할 때 역할의 색깔은 추하게 '물든다'. 똑같은 행위라 할지라도 수행하는 주체의 의도와 태도에 따라 그 역할의 모습은 변형되고 만다.

내가 이렇게 말하는 이유는 자기의 역할만큼은 천부적으로 주어진 것이라고 생각하는 사람들을 도처에서 볼 수 있기 때문이다. 마치 역할천부설(役割天賦說)이라는 게 존재하기나 하는 것처럼 선민의식에 가득 찬 눈으로 자기의 역할을 바라보는 사람들이 있다. 시선을 그렇게 멀리 또는 높이 향하게 하지 않아도 이런 오만이 우리의 가까운 주변에 교묘한 형태로 잠복해 있음을 어렵지 않게 발견할 수 있을 것이다. 무슨 고관대작이 아니더라도 역할을 통해 쥐꼬리만한 크기의 작은 권력을 획득한 사람이라면 모두가 이런 오류 속에 빠질 위험을 안고 있다. 평범한 사람들 모두가 이런 오류에 노출되어 있다. 그래서 그 오류의 리스트에 이름을 올린 사람들의 수는 끝이 없다.

이런 오만의 부당함을 증명해 보자.

만일 사람 각자의 역할이 신에게서 부여된(천부된) 것이라면 어떤 특정한 사람에게 '중요하다고 여겨지는' 역할을 맡긴 이유는 다른 사람들로 하여금 무조건 그를 존경토록 하거나 우월적인 지위의 혜택을 누리도록 하기 위한 것이 아니라, 각자의 분야에서 '낮은 자세로' 신의 뜻을 실현하라는 의미일 것이다. 따라서 사람들은 그저 담담히 자기에게 맡겨진 역할을 수행하면 그만이다. 신의 본성을 생각할 때 그분의 뜻을 이런 방식으로 해석하는 것은 전혀 어색하지 않을 것이다. 왜냐하면, 신은 어떤 부류의 인간들을 원천적으로 차등할 만큼 속 좁은 분이 아닐 것이기 때문이다.

더구나 지금의 시대는 신의 절대적 신뢰를 등에 업은 선각자 또는 마땅히 우리의 존경을 받아야 할 구원자의 출현이 지연되고 있는 상황이므로 신이 특별히 누군가에게 '중요하다고 여겨지는' 역할을 맡기고 있는 상황이라고 판단하기는 어려울 것이다. (만일 지금 어딘가에 그런 선각자나 구원자가 있다면 내게 말해 주길 희망한다.)

그럼에도 불구하고, 지금 우리가 역할 자체만으로 타인을 존경하거나 비하한다면 그것은 신의 진의를 심각하게 왜곡하는 행위가 될 수밖에 없다. 이런 존경과 비하는 신의 본심과는 다르게 그가 원천적으로 사람을 차등하고 있다는 의미로 발전할 개연성이 높은 매우 위험한 인간 차별의 논리를 정당화하는 행위가 될 수 있기 때문이며, 이것은 신에게도 엄청난 모욕이 될 것이다.

따라서 이런 점을 무시하고 지금 인간이 서로의 역할에 따라 어떤 사람을 존경하거나 비하하는 것을 보면 이것은 분명 신의 뜻이 아니라, 인간이 스스로의 인위적 기준에 따라 제멋대로 사람을 평가하는 일에 지나지 않는다는 생각이 든다.

물론 인간이 만든 기준이라고 해서 잘못됐다고 말할 수는 없을 것이다. 세상에 인간이 만들지 않은 것이 있던가? 오히려 다른 사람에 대한 존경은 인간이 신의 도움 없이도 더 나은 상태로 발전하고 진화할 수 있는 계기와 토대를 만들 수 있기 때문에 권장해야 할 미덕이 된다고 할 수 있다. 자신의 운명을 스스로 개척해야 할 인간을 위해 누군가는 위험과 자기희생이 수반되는 '큰일'을 맡아야만 할 것이며, 이런 사람에게 타인의 존경심은 응원의 힘이 될 것이기 때문이다.

그렇다면 이제 남은 것은 존경할 사람과 존경하지 말아야 할 사람을 잘 구별하고 그들에게 합당한 대우를 해주는 일이다. 이 구별의 기준에서 볼 때 존경할 사람이란 자기의 역할을 통해 인간 세상을 더 나은 곳으로 만드는데 기여하는 사람이며, 존경하지 말아야 할 사람은 세상을 더 나쁜 곳으로 만드는 데 힘 쓰고 있는 사람일 것이다.

그럼 지금 우리는 과연 존경할 사람과 존경하지 말아야 할 사람을 잘 구별하고 그들에게 합당한 대우를 하고 있는가? 사람을 그의 인격, 재산, 영향력 따위의 것들을 떠나 순수하게 그가 사회에서 수행하고 있는 역할의 관점에서만 평가한다고 할 때 지금 우리가 사람들을 합당한 시각으로 바라보고 있다고 장담할 수는 없다.

가령 화장실의 위생과 청결을 담당하는 용역 아주머니의 역할이 정당에 막대한 공천헌금을 내고 국회의원이 되어 협잡꾼과 다를 바 없는 짓을 하면서도 대우받고 사는 사람의 역할보다 못하다고 할 수 있는가? 용역 아주머니는 사람들의 위생과 기분을 좋게라도 해주지만 그런 정치가는 불쾌감의 유발은 물론이고 세상을 오염시키는 역할을 하고 있음에도 불구하고, 사람들의 존경심과 보상은 정치가에게로 향하고 있는 게 현실이다. 그들의 의도와 태도에서 더 이상 대의의 흔적을 찾아보기란 불가능하며, 정치는 단지 그들의 사업 수단으로 전락하고 말았는데도 말이다.

우리가 자신의 지성을 통해 본질적으로 어느 존재의 의미가 더 크고 값진지를 따지지 못할 바는 아닐 것이다. 그러나 지금 우리는 마땅히 존경하고 존중해야 할 숱한 사람들을 비하하고 그 반대의 사람들에게는 엉터리 같은 존경심을 표시하고 있는지도 모른다.

우리는 이 점을 명확히 인식해야 한다. 그것이 분별 있게 세상을 사는 것이다.

사람을 무조건 그의 피상적 역할에 의해서만 판단하고 이를 바탕으로 잘못된 존경심을 보내는 엉터리 문명과 사람들의 잘못된 인식은 이의를 제기 받아야 마땅하다. 나는 인간 각자의 역할이 바르게 평가되며 이에 대한 합당한 보상이 이루어지는 사회야말로 주체의 존재적 의미가 생기할 수 있고, 사람들이 건강히 숨 쉴 수 있는 공간을 제공해주는 좋은 사회라 믿는다.

분명히 역할 그 자체가 나쁜 게 아니라 역할을 이용해 사람들을 차별하고 이용하는 일부 인간이 나쁜 것이다.

세상을 향해 존재를 물음

위와 같은 관점에서 보면 현실 세계에서 존재가 갖는 역할이 어떤 기능을 하고 있든지 간에 가령, 이데올로기의 도구로 활용되고 있든지 아니면 주체가 자기의 존재를 실현하는 도구로 선용하고 있는지에 상관없이 존재와 역할은 모종의 불가분적 관계에 있음을 알게 된다. 비록 존재의 의미와 가치를 역할의 피상적 관점에서만 판단해서는 안되겠지만, 존재가 역할을 떠나 성립할 수 없음은 운명과도 같은 명제다. (앞서 역할에 대한 거부는 존재의 소멸은 물론이고, 문명까지 무너지는 공멸의 상태를 경험할 수 있다는 언급을 기억해 보자.)

이러한 명제는 주체에게 심대한 메시지를 안겨주게 된다. 그것은 존재의 형이상학과 세계의 실존은 서로 동떨어진 게 아니라는 자각이다.

비록 존재와 역할의 관계를 명증하게 규명할 수는 없지만, 그 둘이 어떤 끈에 의해 연결되어 있음은 틀림없으며 역할은 현실 세계 속에 담겨 있는 것이므로 결국, 존재 역시 그 끈에 이끌려 현실 세계 속으로 수용될 수밖에 없다는 결론을 유추할 수 있는 것이다. (존재─역할⊂현실세계)

이러한 유추를 통해 주체는 자신의 존재를 발견하기 위해 현실 세계 속으로 들어갈 수밖에 없음을 알게 되고 그 속으로의 여행을 시작한다. 그러나 현실 세계는 주체의 질문에 쉽게 답하지 않는다. 세계를 향해 자신의 존재 이유를 묻지 않는 주체들이 더 많기 때문이기도 하지만, 설령 묻더라도 세계는 답하기 전에 현실에 대해 깊은 이해를 먼저 요구한다. 그래서 주체는 그 이해를 구하기 위해 더 깊이 현실로의 여행을 떠나야 한다. 그 여행의 목적은 궁극적으로 세계를 향해 존재의 의미를 묻기 위함이다.

사람은 여행을 통해 자신을 담고 있는 공간으로서의 세상을 매 순간 새롭게 확인할 수 있으며, 세상에 대한 새로운 인식은 자신의 또 다른 존재를 자각하는 통로가 된다. 인간이 우주로 여행을 떠나는 이유도 마찬가지일 것이다. 그것은 외계의 시각적 위치에서 이 작은 행성을 바라봄으로써 지구와 인간의 존재 의미를 자각할 수 있는 넓은 시야를 확보하기 위함이 아닐까?

존재의 의미를 보다 넓은 시야로 바라보기 위해서는 여행을 떠나야 한다. 문명이 만들어낸 이데올로기의 경계 안에 머물러 있어서는 안 되는 것이다.

그 여행이란 내가 왜 존재하고 있는지에 대한 끊임없는 물음이며 여기에 답하기 위한 탐구이다. 물론 이 물음에 대한 답은 구할 수 없을지도 모른다. 분명히 그럴 가능성이 클 것이다. 하지만 누군가의 말처럼 실패한 인생이란 묻지 않은 인생이다.

여행은 곧 물음이다. 묻지 않고 머물러 있는 인생은 안락할 수는 있겠지만, 감옥 공간에 있는 것과 마찬가지이다. 감옥에서 탈출할 수 있는 유일한 출구가 물음이다. 내 존재의 주인은 누구인지, 왜 존재하는지를 알기 위한 당당한 권리를 행사해야 한다. 그것이 주체인 나에게 주어진 가장 큰 권리다.

존재의 의미를 발견하기 위한 여행의 발걸음이 주체의 내면이 아닌 외면을 향할 수밖에 없는 이유는 주체의 존재 형식이 결코 그 스스로 탄생하여 홀로 서 있는 독립이 아니기 때문이다.

존재는 외적이지 결코 내적이지 않다. 오직 주체의 자아(自我)만이 스스로를 내적이라 여기면서 가슴 속 작은 공간 안에 머물며 끊임없이 돌봐달라고 투정을 부리고 있을 따름이다.

존재를 알기 위해 자아에만 매달려 있어서는 안 된다. 주체에게 존재를 부여해 준 근원은 바로 세계이기 때문이다. 주체의 육체는 세계를 이루는 100여 개 남짓한 원소로부터 탄생했을 뿐 특별한 소재로 이루어지지 않았다. 주체의 정신과 영혼도 스스로 발아한 것이 아니라 세상이라는 텃밭에서 자라난 것이다. 세계는 주체에게 존재를 부여하고 그의 일부분으로서 서 있도록 허락해준 힘이다.

문명을 품고 있는 세계는 주체에게 역할을 요구하는 공간인 동시에 주체의 존재가 생기한 근원이기도 한 것이다. 이것은 하나의 진실이다. 따라서 이러한 진실을 바탕으로 우리는 자신의 존재 이유를 궁극적으로 세계를 향해 묻지 않을 수 없음을 알게 된다.

우리는 주체가 존재로서 서 있을 수 있는 유일한 순간은 외부를 향해, 세상을 향해 서 있을 때뿐임을 알고 그곳으로 향해야 하는 운명을 갖고 태어났다.

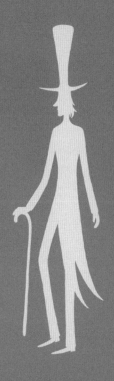

/ 2장 /

세계 속의 나

자아의 외부에 서 있는 나

자아는 내가 〈나〉라는 의식이다. 스스로 〈나〉이고자 하는 의식이며, 〈나〉라는 존재로서 확인되고 하나의 실체로서 존중받고자 하는 의식이다.

그러나 자아는 결코 내가 아니다. 그것은 겨우 나의 반쪽에 불과하다. 가부좌를 틀고 앉아 참선의 경지에서 내면의 모습과 마주할 수 있다 하더라도 그것은 나의 절반을 보는 것에 불과할 뿐이다. 나의 참모습을 알기 위해 자아의 목소리에만 귀 기울이는 것은 잘못이다.

왜, 자아는 참된 〈나〉일수 없는가? 우선 그것은 나의 일상적 실천과 언어가 자아의 의도나 구상과는 크게 괴리된 모습으로 표출되는 경우가 많기 때문이라는 이유를 들 수 있을 것이다. 나의 실천과 언어는 〈나〉로부터 떨어질 수 없는 자신의 분명한 일부지만 결코 자아의 명령만으로 수행되거나 말해지지 않는다. 오히려 나의 자아 그리고 나의 실천과 언어가 담고 있는 일상은 서로 마찰을 일으키기에 십상이지 않던가? 그 양측면의 합일은 완벽한 인격체 또는 결함 없는 삶을 의미할 수 있겠지만, 현실은 그러한 합치를 쉽게 허용하지 않는다.

또 다른 이유로서, 자아는 내 안에 실체로서 존재하는 양심이나 의지도 아니기 때문이다. 그들이 서로 동격이 아니라는 점은 확실하다. 자아는 나를 확인하고자 하는 내적인 에너지이긴 하지만, 결코 그 힘은 나의 양심과 의지를 충실히 따르지 않는 것이다. 자아는 질투하고 시기하며 인정받으려 하고 충족되지 않은 욕망에 괴로워하는 욕심쟁이의 모습을 하고 나타날 때가 많다. 자아가 가장 확실히 자신의 존재를 드러내는 경우는 그 자신의 이중성으로 인해 양심이나 의지와 갈등할 때이다. 그러니 자아와 〈나〉 사이에는 항상 일정한 거리가 형성될 수밖에 없다. 따라서 자아 자체가 〈나〉를 의미하지는 않는 것이다.

그럼 〈나〉는 무엇인가? 〈나〉는 스스로의 의식과 무의식, 센스, 감각, 언어, 실천, 행동, 시간 그리고 그 안에서 벌어지는 경험과 육체의 늙어감 따위의 총합이다. 아니 어쩌면 단순한 총합이 아니라, 그것들의 복합적 총체라고 표현하는 것이 더욱 적절할지도 모르겠다.

그런데 이 말의 타당성이 조금이라도 인정된다면 〈나〉를 이루는 많은 요소는 외부에서 유입되는 것이다. 나의 의식이나 무의식 같은 내적인 것들은 외부의 요소들을 받아들이고 그것들과 뒤엉켜 자신도 잘 파악할 수 없는 작용을 끊임없이 만들어내면서 매번 새로운 형태로 변형되거나 진화된다. 결국, 이 작용 때문에 〈나〉라는 존재는 매 순간 새롭게 탄생하는 것이다. 따라서 나를 제대로 발견하기 위해서는 그것을 구성하는 요소들이 존재하는 자아의 밖을 보아야 한다.

사람들은 말한다. '나는 원래 이런 사람인데 조직의 요구나 목표와 같은 외부의 어떤 이유로 인해 지금 이 순간은 다르게 행동하고 있을 뿐이다.'라고. 회사나 군대에서 가장 흔히 말하고 들을 수 있는 말이 아니던가? 그러나 이 말은 바르지 않은 궁색한 핑계일 따름이다. 지금 이 순간 외부의 자극에 작용한 결과로서 그렇게 행동하고 있는 내가 바로 〈나〉이고 바로 〈그 사람〉이다.

물론 나의 행동은 내 본래의 의지를 압도하는 외부의 어떤 힘에 의해 영향받지 않을 수 없다. 우리는 이미 하나의 시스템 안에 편입되어 있기 때문에 그 시스템의 완강한 요구를 외면할 수 없는 것이다. 그러나 그 압도적 힘을 핑계로 진정한 〈나〉의 모습을 부인할 수는 없다. 그 힘의 자극에 대한 반응과 작용의 결과가 지금의 내 언어이며 행동이다. 내 자아의 의도와는 관계가 없더라도 또 그것이 어쩔 수 없는 불가피한 상황에서 나온 것이라 할지라도, 외부의 요소들에 작용하여 실천하고 행동하는 나는 그 순간 곧 〈나〉일 수밖에 없다.

나는 〈내〉가 아닌 자로서 행동하고 말하지 않을 수 없기 때문에 행동하고 말하고 있는 그 순간의 나는 곧 〈나〉이다. 이러한 원칙은 사회적 분업에 따른 대리인 또는 대변인으로서의 위치에 있다 하더라도 결코 흔들리지 않는다. 법의 논리 위에서 다른 사람을 옹호하는 변호사가 자기의 변호는 법리적인 것일 뿐이지 자신의 본래적 언어가 아니라고 주장한다고 해서 그가 〈그〉가 아닌 다른 사람이 될 수는 없다. 자기 당의 정책과 입장을 밝히는 대변인의 성명 역시 그 대변인의 목소리인 것이며, 전직 대통령을 정치 공작으로 망신주기 한 사람들이 그것은 정치의 논리에 따른 것일 뿐이지 자기의 생각이 아니었다고 말한다 해서 그가 〈그〉가 되지 않는 것도 아니다. 그 순간 그 사람들은 법과 정치의 대리인으로서 존재했으며 대리인으로서의 그가 본래의 〈그〉와 격리될 수 있는 것은 아니다.

이번에는 세계의 지배자를 상상해 보자. 그 사람은 외부의 힘으로부터 독립적으로 존재함으로써 세상을 통제할 수 있을까? 그 어떤 주체적인 인간이라 할지라도 외부의 힘에서 벗어나 자유롭게 세상의 변화를 통제할 수는 없다. 외부 세계의 힘으로부터 독립되어 세상을 자기 의지에 따라 자유자재로 변화시킬 수 있는 절대적 인격체란 존재하지 않는다. 이것은 세상의 모든 힘과 권력을 사유화한 사람만이 할 수 있는 일이다. 만일 세상의 모든 힘과 권력이 한 사람의 안쪽으로 사유화된다면 세상의 사소한 변화도 그의 의지에 의해서만 일어날 것이므로 그는 세상과 동격이 될 것이며, 따라서 세상을 이해하기 위해서는 그 한 사람만을 파악하면 될 것이다. 그러나 그러한 일은 발생하지 않는다. 결국, 외부의 요소들에 작용하지 않으면서 독립적으로 존재할 수 있는 인격체는 존재할 수 없다.

권력자가 잠시나마 그 힘과 권력을 '점유'할 수는 있겠지만, 세상은 그러한 점유에 상응하는 대가를 요구하고 그 값을 치르지 않을 경우에는 분명한(때론 뒤늦을 수도 있지만) 응징을 시도한다. 세상의 원리 중 정말 불가사의한 점은 정의에 대한 보상과 불의에 대한 응징은 누락되는 경우가 많지만, 권력의 독점에 대한 시도에는 결코 누락이 없다는 점이다.

이제 다시 〈나〉에게로 돌아와 보자.

나는 세상 일부분으로서 외부에 서 있는 나의 모습을 보아야 한다. 그러한 응시를 통해서만이 나를 온전히 파악할 수 있게 될 것이다. 외부 세계의 힘과 자극에 대한 나의 반응 그리고 세상과 그 작용을 교환하는 의미로서의 구체적 실천과 언어가 〈나〉를 이루고 있는 매우 큰 부분이기 때문이다.

안에 있는 나를 보는 것은 주관적 감상에 불과하다. 밖에 서 있는 나를 냉철히 볼 줄 알아야 객관이 형성되고, 그래야만 안에 있는 나에 대해서도 제대로 된 이해가 이루어질 수 있게 될 것이다. 더 나아가 이러한 객관이 형성될 때에야 비로소 내가 아닌 타인들과도 조화를 이룰 수 있을 것이다. 주관적 감상에만 젖어있는 사람이 세상과 조화를 이루기는 힘들기 것이기 때문이다.

그런 의미에서 지금 우리 사회에 갈등과 마찰이 극심한 이유는 우리 자신과 이웃들이 스스로를 바라볼 때 지나치게 안에 있는 나만을 중시하는 경향이 있기 때문일 것이다. 이런 삶의 태도는 자신은 물론이고 어떤 사태를 객관적으로 보지 못하게 함에 따라 외부와 조화를 이루지 못하게 만든다.

나를 제대로 보기 위해서는 〈나〉를 항상 새롭게 탄생시키는 밖을 향해야 한다.

소외 1

    소외란 외부를 향하지만, 내부로 복귀할 수밖에 없는 반동 같은 것이다. 나의 내면과 외부 세계는 결코 하나의 덩어리로 합치될 수 없는 이원적인 것이며 이로 인해 궁극적으로 나의 벗은 〈나〉일 뿐이라는 무의식은 우리를 고독하게 만든다. 그래서 우리는 다시 내면의 〈나〉를 만나기 위해 내부 세계로의 복귀를 시도한다. 세상의 한복판으로 갈수록 주체의 고독감은 커지므로 나는 언제나 외부를 향하면서도 스스로를 고립시킨다. 그것이 소외다.

소외 2

소외란 모두가 즐겨야 할 세상의 리듬 속에서 어떤 한 사람을 잡아 빼내는 행위다. 이러한 행위는 그 사람을 죽음의 침묵, 어두운 그림자 속으로 밀어내는 것과 같다.

닫힌 세상 속에서

　지금 내가 존재하고 있는 이 세상(나의 외부)는 어떤 모습을 하고 있는 것일까? 우리의 삶을 여행이라 한다면 그 여정은 무한히 열린 공간을 향해 있는 것일까? 이 물음에 대한 답변은 각자가 인생을 대하는 태도에 따라 달라질 것이다.

　내 생각은 이렇다. '세상은 열려있지 않다. 세상이 열려 있다는 생각은 진보주의의 함정일 뿐이다. 이성을 기초로 인간이 무한히 진보하고 새로운 세상을 열어갈 것이라는 생각은 근대를 구축한 모더니즘의 환상이다. 또한, 그것은 어떤 절대적 이상 세계를 향해 인간이 한 발자국씩 전진할 것이라는 이상주의자의 생각이기도 하다.'

　우리의 여행이 무한히 열린 공간을 향한 것이 아니라는 인식은 우리를 하나의 평범한 진리로 인도한다. 내가 생각하는 그 평범한 진리란 이런 것이다.

　'인간 세상이란 결국, 하나의 닫힌 구조물에 불과하다. 그 안에서 사람이 살아가고 관계가 만들어지며 삶이 이루어진다. 이러한 과정을 통해 세상이라는 구조물은 항상 우리 자신에 의해 새롭게 변형되고 구축되지만, 결코 외부 세계를 향해 열려지는 않는다. 신의 개입이 없는 한 그럴 것이다.'

　결국 삶이란 닫힌 구조물 안에서 내가 알기도 하고 모르기도 하는 타인과의 관계 작용을 통해 형성될 수밖에 없는 것이 아닌가? 이 생각이 유효하다고 인정된다면 삶이 참되기 위해서는 올바른 관계 작용이 필요하다는 생각 역시 유효할 것이다.

문제는 문명이 발달할수록 그 관계의 의미를 규정하는 일 자체가 현실적으로 점점 더 어려워지고 있다는 점이다. 그 이유는 삶의 물적(또는 문명적) 기반이 복잡해지고 고도화됨에 따라 그 안에서 맺어지는 관계의 의미가 몇몇 개인 간의 정서적 친소(親疏)를 뜻하는데 머물지 않고 한 사람의 이해가 닿지 않는 영역으로까지 크게 확대되고 있기 때문이다. 이것은 내가 모르는 익명의 타인과 분업화된 사회를 이룰 수밖에 없는 고도의 문명 속에서 살아갈 때 나타나는 특징이다.

관계성의 본질은 근본적으로는 생존을 위해 필요한 생산과 소비 활동에 크게 맞닿아 있다고 할 수 있다. 관계성의 이러한 위상과 성격은 인간의 모든 역사를 관통해 그 일관됨을 유지해왔다고 볼 수 있다. 다만, 지금 우리의 시대에 이르러 생산과 소비의 방식인 삶의 물적 기반 자체에 근본적이며 시스템적인 변화가 개입됨에 따라 그 관계의 구조가 쉽게 포착되거나 충분히 이해될 수 없을 정도로 복잡해지고 다층화되었을 따름이다.

시대가 요구하는 올바른 삶에 필요한 윤리도덕과 사회규범이 결국은 물적(문명적) 기반을 바탕으로 하는 인간 간의 관계성으로부터 기원한다는 점을 생각해본다면 지금 현대 사회에서 발생하고 있는 가치관의 전도와 혼돈 현상의 원인도 조금 더 쉽게 이해할 수 있을 것이다.

이러한 이해는 참된 삶의 모습을 규정하는 일이 점점 어려워지고 있다는 또 다른 이해로 이어질 수밖에 없다. 즉, 이제 우리는 자신의 실천과 행위가 복잡하고 다층화된 관계의 사슬에 어떤 파동을 만들어내고, 그 너머에 있는 상대방에게 어떤 충격을 전달하게 될지 파악할 수 없는 세상을 살고 있다는 의식이 그것이다. (이런 측면에서 각성된 개인들이 실천윤리학에 관심을 갖는 것은 당연한 일이다.) 예를 들어 내가 근검한 삶을 위해 인터넷의 가격비교 사이트를 통해 가장 저렴한 물건을 구매할 때, 이러한 나의 행위는 그 물건의 생산 공장에 근무하는 직원의 임금이 오르지 못하도록 압력을 행사하는 것인지도 모른다. 또한, 내 연금 수익 증대를 위해 투자하고 있는 펀드가 기업의 수익 극대화를 요구할 때, 해당 기업은 근로자를 해고해야 할지도 모른다. 이것은 하나의 불행을 초래하는 일이다.

지구온난화 논쟁은 또 어떠한가? 지구온난화가 허구이며 정치적 술수라는 주장에 의하면 이산화탄소의 증가는 온난화의 원인이 아니라 결과일 뿐이며, 각국의 탄소 배출권을 제약하는 행위는 저개발국가가 저렴한 에너지를 사용하여 경제개발을 할 수 있는 기회를 침해함으로써 결과적으로 그들을 계속 가난한 상태로 머물게 한다는 것이다. 만일 이 말이 사실이라면 나는 전기자동차를 타야 하나 말아야 하나?

이렇게 지금 우리가 사는 세상에서는 선의를 갖는 일이 악의가 될 수도 있으며 그 반대의 경우도 발생할 수 있게 된다. 우리의 모든 정치적 경제적 활동은 누군가에는 행복을 또 다른 누군가에는 불운을 초래하는 일로 연결될 수 있지만 나는 그것의 인과(因果) 관계를 정확히 파악할 수 없다.

사회의 물적 기반이 고도화될수록 이러한 현상은 심화되어갈 것이다. 이것은 지금까지 배워오고 함양해 왔던 기존의 모든 가치관에 어떤 진지한 성찰이 필요함을 의미하는 것이다. 결국, 이러한 상황에서 올바른 삶의 지향을 위해서는 내적으로는 진지한 성찰을, 외적으로는 다양한 소통과 학습을 추구함으로써 세상의 진실을 좀 더 깊이 이해하도록 노력하는 수밖에 없다. 내 생각과 행동에 영향을 미치는 각종 도그마(Dogma)들을 재검토해보고 그것들의 배후에 무엇이 있는지를 알아야만 그나마 조금이라도 세상의 진실을 깨닫고 삶의 일부라도 참되게 살 수 있을 것이다.

이것은 또한, 세상이 더 이상 획일적인 권력과 사회규범에 의해 지배당해서는 안 됨을 뜻하는 것이다. 소통을 거부하고 독단적인 윤리도덕과 사회규범을 강요하는 모든 권력과 힘은 거부되고 부정되어야 한다. 왜냐하면, 독단적 힘은 언제나 사람의 아름다운 심성이 발로되는 것을 가로막고 이로 인해 진정한 관계가 형성되는데에도 방해가 되기 때문이다. 독선적인 권력과 힘은 그러한 가능성을 차단함으로써 참된 삶의 기반을 침식하는 작용을 한다.

세상의 리듬, 일상과 사건의 경계

사람은 한평생 리듬 속에 산다. 태어나서 처음 하는 일도 리듬을 만드는 일이다. 물론 고음의 단순한 리듬이기는 하지만 그 울림은 세상을 가득 채운 듯한 청명하고 가슴을 진하게 울리는 목소리에 실려 세상 속으로 뻗어 가는 것이다. 망자도 리듬 속에 먼지로 흩어지기 위해 세상을 떠난다. 상여가 동네 어귀를 빠져나가는 장면을 본 적이 있는가? 어린 시절 상여를 짊어진 동네 어르신들의 노랫소리가 종소리에 맞춰 흔들리던 기억이 난다.

이렇게 인간은 탄생과 소멸의 순간을 리듬과 함께한다. 하나의 리듬을 만들며 태어나 어떤 리듬의 흐름 속에서 유희하다가 음악이 멈추면 집으로 돌아가듯이 정적 속으로 귀소하는 것이 죽음이다. 삶이 예술이자 유희가 될 수 있는 이유도 그 안에 리듬이 흐르고 있기 때문이다. 우리의 일상 안에는 리듬이 흐른다.

삶의 물적 토대를 이루는 경제를 보라. 각종 경기주기설이나 주식시장의 파동 이론도 결국은 리듬의 표현일 따름이다. 일상에서 벌어지는 혼란과 카오스는 특정한 형태의 그래프로 수렴한다. 이런 이론에 타당성이 있다고 보면 개인이 아닌 집단을 이루어 만들어 내는 인간의 총체적 경제활동 그리고 거기에서 파생되는 한 개인의 의식주 문제 역시 결국은 어떤 형태의 흐름에서 벗어나지 못한다는 말이 될 것이다.

아이폰이나 갤럭시 중 어느 브랜드를 선택할 것인지도 그러한 문제에 속한다. 브랜드가 내포하고 있는 어떤 정적인 느낌이나 동적인 역동성 같은 이미지는 고정된 것이 아니라 지속적으로 도입되고 성숙되고 쇠퇴하는 과정을 거친다고 하지 않던가. 그것이 리듬이다. 직장에서 일하는 것도 마찬가지다. 결국, 일이란 혼자 하는 것이 아니라 동료들과 호흡을 맞춰서 하는 것이니까. 생각의 흐름을 조율하고 속도를 맞추고. 이렇게 일상은 리듬을 탄다.

언어도 리듬이다. 언어 자체가 갖고 있는 액센트나 성조(聲調)는 말에 생명력을 불어넣는 요소들이며 타인과 나누는 대화도 리듬을 타지 않고서는 성립할 수가 없는 것이다. 구조주의 언어학자들의 말처럼 단어의 각 분절이 갖고 있는 음의 배열이 의미를 생성하기는 하지만 '주고받고 다시 주고받는' 행위가 순환적으로 이루어지지 않고서는 대화가 이루어질 수 없으며 그 안에 사람의 따뜻한 마음의 온기와 진정한 의미가 담기지도 않는다. 따라서 좋은 대화란 이런 '주고받음'의 행위가 풍부한 리듬을 타며 이루어질 때 만들어질 수 있다. 그런데 세상에는 이런 대화의 리듬을 느끼지 못하는 사람들이 많다. 아마도 그것이 불통과 단절의 원인일 것이다.

오케스트라 연주자가 갑자기 북을 칠 때처럼 삶은 우리의 일상에 돌발적인 포르테(forte)를 지시함으로써 위기의 전율을 조성하기도 하고 하염없는 권태에 빠져들게도 한다. 인생에 우여곡절이 있다는 것은 그 안의 리듬이 과격하게 운동함을 뜻하는 것이겠다.

결국 삶이란 들리지 않는 세상의 공명에 호응하는 활동이며 삶의 진행은 리듬처럼 이어진다고 할 수 있다. 따라서 우리가 어떤 특정한 삶을 산다는 것은 특정한 리듬 속에 있다는 말과 같은 것이리라. 그 리듬은 시대마다 사회마다 각기 고유하고 그렇기 때문에 어떤 시대적 시간과 공간의 분절 속에 존재하는 사람은 자기만의 고유한 삶을 발견하게 되는 것이다.

그러나 삶에는 불현듯 리듬이 바뀌는 순간이 있다. 그것이 사건과 역사와 추억이다. 모든 사건, 역사, 추억은 그러한 리듬의 깨짐과 찢김 속에서 발생하는 파열음이다. 그 파열음은 일상이 깨지고 찢기는 소리이며 사건이란 찢긴 리듬의 표면을 뚫고 불쑥 올라오는 것이다. 리듬의 흐름이 기타 줄 끊어지듯 퉁! 소리를 내며 끊어질 때 사건과 역사와 추억은 만들어진다.

이러한 일상의 균열은 사람의 삶에 변화를 낳고 성장의 마디를 짓는다. 마치 줄기에서 가지들이 뻗어 나가 나무의 형태를 만들어가듯이 균열은 일상의 줄기에서 뻗어 가는 사건들을 통해 삶의 모습을 갖추어가는 것이며, 한 개인의 차원에서 볼 때 그것은 하나의 완성을 향한 기쁨이자 통증이 된다.

사람의 삶은 일상을 기반으로 한다. 일상은 삶의 뿌리다. 반면에 사건은 일상의 깨짐이다. 따라서 삶이 사건 속에서만 이루어질 수는 없다. 그것은 뿌리 없는 나무가 자랄 수 없는 것과 같다. 그러나 삶의 공간 속에 깨짐과 찢김 같은 균열의 파열음이 들리지 않는다면, 그 삶은 성장이 멈춰진 어떤 정체의 상태에 들어가 있음을 뜻한다.

이런 측면에서 볼 때 일상과 사건의 균형은 풍부한 삶을 위한 전제가 된다. 그러나 문제는 균형이 언제나 균형적이지는 않다는 사실이다. 사실 우리는 균형이 무엇인지 알지도 못하면서 균형을 추구한다. 일반적인 경우의 균형이란 그저 어떤 상황에 대한 통제 가능성의 확신이 주는 마음의 안정을 뜻하는 것일 뿐 그러한 상태가 정말 균형적인 것인지는 알 수가 없다. 따라서 우리는 항상 그때마다 선택할 수밖에 없다. 일상에 안주할 것인지(만족할 것인지) 사건으로 뛰어들 것인지, 사건을 위해 일상의 일정 부분을 포기할 것인지 아니면 그 둘 간에 어떤 포트폴리오를 만들 것인지 등에 관한 선택을 해야만 한다. (물론 진정한 사건은 나의 힘이 닿지 않는 곳에서 찾아오는 것이어서 선택의 영역 밖에 있는 것이기는 하지만, 이것은 어떤 역사의 차원으로 넘어가는 일이 될 것이므로 여기에서는 나의 의지로 만들어낼 수 있는 이벤트로 국한하기로 하자.)

그리고 그 끝없는 선택의 결과에 대한 평가라 할 수 있는 내 삶의 가치에 대한 평가 역시 남이 아닌 본인의 판단에 의해 스스로 이루어져야만 하는 것이다. 그것이 인생이라고 믿는다.

주변에는 세상의 리듬을 거부하는 '타인'이 늘 함께 존재한다. 그들은 마치 삐걱거리는 바이올린 소리처럼 세상의 리듬에 호응하지 않는 불협화음을 만든다. 그것이 새로운 리듬을 만들기 위한 시도일 때가 있다는 점을 주목해야 한다.

타인이 초래하는 변화는 결국 우리 자신의 삶에도 큰 영향을 미치는 것이기에, 우리는 항상 그들의 관점에 대해서도 깊은 이해를 갖기 위해 노력하는 동시에 그 타인이 추구하는 변화의 방향성을 진지하게 검토해야 할 책임을 갖고 있다고 해야 할 것이다. 사람은 지금 이 시점에 자신이 세상의 리듬에 어떻게 반응하고 있는지 그리고 그 변화의 방향성에 대해 어떤 관점을 갖고 있는지에 대한 성찰을 인생의 중요한 태도 중 하나로 갖고 있어야만 하는 것이다.

행복을 위하여

나는 결코 염세주의자가 아니지만, 확실히 세상은 부조리와 모순으로 점철되어 있다고 말할 수 있다. 더욱 나쁜 것은 우리는 스스로의 한계로 인해 그러한 부조리와 모순의 전부를 인지하고 모든 일을 해결하기 위해 노력할 수 없다는 점이다.

그렇다고 해서 삶을 비관적 전망 아래에서만 운영해서는 안 된다. 삶이 닫힌 구조물(인간관계의 한정성이나 지성의 한계 따위와 같은 것들) 안에 갇혀있다고 해서 행복으로 향하는 문까지 닫힌 것은 아니기 때문이다. 우리가 삶에 최선을 다한다는 것은 행복의 창출과 공유가 우리의 노력 여하에 따라 가능하다는 믿음을 갖고 사는 것과 다르지 않을지도 모른다.

따라서 바람직한 삶의 자세란 이러한 믿음을 간직한 채 나와 이웃의 행복을 위해 자기가 할 수 있는 만큼 최선을 다해 노력하는 것이라 할 수 있다. 때로는 그러한 노력이 현실의 벽에 충돌하는 좌절감을 맛볼 수도 있겠지만, 바로 그 믿음과 노력이야말로 참된 인생을 이루어가는 밑바탕이 되는 것은 아닐까?

물론 이 점을 명확히 인식한다고 해서 인생의 문제가 해결되지는 않는다. 인생의 진짜 문제는 이러한 다짐에도 불구하고 행복을 향한 그 믿음과 노력의 방향이 올바른지를 확인할 수 없다는 데 있다.

우선 행복이 무엇인지 정의해보자. 누가 자신 있게 행복의 실체를 정의할 수 있겠는가? 휴식이 필요한 자에게는 마음의 안정과 평정의 상태를, 신념을 가진 자에게는 양심의 걸림이 없는 투쟁의 상태를, 모험을 좋아하는 자에게는 자기실현적 과정에서 나오는 격렬한 카타르시스의 상태를, 신의 종들에게는 주인의 뜻을 수행하고 있는 상태를 뜻할 수 있으며, 이것은 한 개인의 차원에서도 생애 주기에 상태에 따라 달라질 수 있다. 당연한 말이 되겠지만 정의하기 힘든 무엇인가를 향한 노력의 방향이 타당한지를 검증하기란 매우 어려울뿐더러, 선의의 노력을 기울이고 있다고 하더라도 행복의 실현을 위해 설정한 목표가 바람직하지 않은 것으로 판명된다면 우리는 큰 당혹감을 느끼게 될 것이다.

이런 당혹감을 느끼지 않기 위해 누군가는 신에게 주권을 양도하고, 그의 섭리를 삶의 진실로 받아들인다. 행복을 신으로부터 구하는 일은 인간의 잃어버린 이상과 삶의 방향을 신의 말씀으로부터 회복하기 위한 의도 속에서 이루어지는 것이다. 그들에게 신의 말씀은 이상이며 방향이다. 그들은 이러한 이상과 방향을 자기 내면의 목소리가 아닌 신의 목소리에서 얻기 위해 스스로 주체가 아닌 피주체가 되기 위한 선택의 자유를 행사한다. 신의 말씀에 복종하는 사람이 되는 것이다. 이렇게 함으로써 그들 중 일부는 신의 보호 속에서 현세의 행복을 얻을 수 있기를 바라고 다른 일부는 반대로 천국에서의 더 큰 행복을 위해 현세의 고난을 감내하는 길을 선택하기도 한다.

그런데 이렇게 신에게 주권을 양도한 자가 추구하는 행복이라고 해서 그것이 꼭 타당하다고 말할 수는 없다. 세속주의자와 신과의 만남을 좋은 예로 들 수 있을 것이다.

세속주의자들은 신을 기망하는 경우가 많다. 극단적 세속주의자들은 더욱 그렇다. 극단적 세속주의자들이란 자신의 현세적 행복을 위해 신의 말씀을 이용하는 사람들을 말하는 것이다. 그들이 신을 찾아가 주권을 양도한 이유는 신과 사람들을 속이기 위한 것이다. 그들은 현세의 권력과 행복을 위해 신의 말씀을 팔아먹는다. 그들에게 있어 신의 말씀이란 단지 상업 광고 속의 메시지처럼 사람들을 현혹시키기 위한 하나의 언어 상품에 지나지 않는다. 신을 기망하는 자들이 인간을 속이기란 매우 쉬운 일이다. 그래서 신과 세속주의자의 만남은 언제나 큰 위선을 낳는다.

반대로 어떤 이들은 극단적으로 모든 세속주의를 거부하고 신의 뜻을 삶의 근본으로 삼는 원리주의자가 되기도 한다. 때때로 그들이 천국에서의 큰 행복을 얻기 위해 희생시키는 것은 자신들의 현세적 행복만이 아니라, 타인의 생명과 행복일 때가 있다. 이때 그들은 자신들이 경멸하는 세속주의자보다 더 '세속적'일 수밖에 없다. 생명을 빼앗는 것만큼 세속주의적인 일은 이 세상에 없다. 신의 선민이었던 유대인들이 예수를 십자가에 못 박았을 때나 교회가 돈을 받고 죄를 사해주는 면죄부를 팔았을 때 그들은 권력과 결탁한 세상 최고의 세속주의자들이었다. 이슬람 근본주의자들이 알라의 나라를 건설하기 위해 살인, 약탈, 방화를 자행할 때 그들은 이 시대 최고의 세속주의자가 될 수밖에 없다.

이런 점들을 고려할 때 신에게 주권을 양도한 자가 추구하는 행복이라고 해서 꼭 타당하다고 말할 수는 없다고 하는 것이다.

행복의 정의와 관련된 또 하나의 치명적 의제는 우리가 느끼는 행복이 무엇인가에 의해 영향받거나 조장될 가능성이 있다는 사실일 것이다. 행복은 결코 한 개인의 내면에서 자생적으로 발생하는 마음의 상태로만 해석할 수 없다. 그것은 우리의 의식 속에 자연스럽게 녹아있기 때문에 알아차리기가 더욱 어렵고 그래서 대부분 손 쓸 수 없을 정도로 치명적이다.

이미 많은 철학자가 간파했듯이 우리의 행복은 그 무엇인가가 지시하는 어떤 기호, 상징, 아이콘, 이미지 같은 대상들을 획득하는 일과 밀접하게 관계되어 있다. 그 누군가에게는 자본주의가 제시하는 물질적 풍요의 상태를 가능하게 하는 화폐라는 기호를 획득하거나 브랜드가 묘사하는 소비문화 따위를 경험하는 일이 곧 행복의 상태로 접어드는 지름길이 될 수도 있다. 우리는 춤을 출 때 행복을 느끼지만, 그 춤사위조차도 예전과는 사뭇 다르지 않던가. 이제는 골반을 흔드는 이미지를 만들어야만 멋져 보이기도 하고 기분도 좋아지는 것이다. 그러나 우리는 그런 사실을 알아차리지 못한다.

이쯤 되면 나의 행복은 자본의 대변인 역할을 하는 어떤 카피라이터나 이미지 메이커에 의해 조작되거나 가장될 수 있고 나는 그들의 조종을 받는 하나의 개체로 전락할 수도 있음을 알게 된다. 심지어는 내적인 자아 추구와 고요한 평점심의 유지 같은 수양 행위조차 문명이 나에게 제시한 수많은 이미지 중의 하나를 행복감을 맛보기 위한 조건으로 채택한 것에 불과할 수 있다. 자신의 마음을 깊이 들여다보고 스스로를 성찰함으로써 행복의 상태를 경험할 수 있다는 사실을 우리는 도대체 어떻게 알게 되었단 말인가? 혹시 이 역시 종교적 이미지를 소비하며 느끼는 자기만족에 불과한 것은 아닐까?

특히나 최근 들어서는 젊은이들의 취업이 어려워지면서 결혼이나 내집 마련까지 포기한 사람들이 늘어나고 있는데 이들에게 있어서 성취감 같은 행복의 감정을 가져다주는 문명의 아이콘들은 점점 쉽게 습득하기 어려운 대상이 되고 있고, 더불어 이들의 행복지수 역시 하락하고 있음을 보면 분명히 행복은 사회적 성취와 획득의 정도에 의해 크게 영향받고 좌우될 수밖에 없다는 사실에 확신을 갖게 된다.

다른 한 편으로 행복이 DNA의 조종을 받을 수 있다고 생각해 보는 것은 어떨까?

행복의 실체를 행복을 바라보는(대하는) 마음의 태도 자체로 규정하는 경우가 있는데 그렇다면 다시 그 태도는 무엇에 의해 결정되는가를 생각해 보면 앞서 말한 사회적 영향뿐만 아니라 선천적으로 타고난 성격에 의해서도 규정될 수 있음을 우리는 안다. 자신과 세상을 긍정적인 태도로 바라보는 사람이 훨씬 더 행복할 가능성이 높다고 하는데, 문제는 어떤 사람은 긍정적인 성격을 갖고 태어나고 또 다른 어떤 사람은 그렇지 않다는 점이다. 그렇다면 주체의 행복은 스스로의 의지와는 별개로 DNA가 사전에 결정해 놓은 로직에 의해서도 영향받을 수 있다는 뜻이 된다. 어떻게 생각하면 이건 다소 우스꽝스러운 일이다. DNA의 매개체 역할을 하는 것도 달갑지 않은데 현실 속의 나의 행복이 눈에 보이지도 않는 화학적 결합체의 조종을 받을 수 있다니….

그렇다고 해서 앞서 말한 모든 말들은 행복을 추구하는 주체의 자발적 노력을 폄하하거나 부정하는 뜻으로 해석되어서는 안 된다. 오히려 우리는 모든 사람은 심성(心性)을 갈고 닦아 스스로 행복을 키워갈 수 있음을 믿어야 한다. 왜냐하면 그것은 주체의 태도에 대해 자기 결정권과 관계된 일이기 때문이다.

태도에 대한 결정권이란 자기 인생에 대한 근원적 권리 중 하나다. 이 것은 자기 인생에 애정을 갖고 있는 사람이 포기해서는 안 될 중요한 권리인 동시에 인생에 궁극적인 책임을 지고 있다는 의식을 가진 사람이라면 당연히 받아들여야 할 무거운 의무감이다. 행복은 이러한 권리의 강화와 책임의 이행에 따라 크게 좌우된다. 그리고 이런 권리와 책임의 자기화 과정이 곧 주체의 인격적 수양이다.

사람은 언제나 어려움을 겪게 마련이다. 더구나 부조리와 모순에 시달리는 게 우리의 일상이다. 이런 어려움과 부조리 모순은 일상 속에서 우리의 행복을 침식해 들어오는 파도와 같다. 우리의 마음은 이런 파도에 휩쓸려 무너져 내리기 쉽다. 우리가 자신의 한계로 인해 이러한 어려움과 부조리를 모두 극복할 수 없다는 사실은 스스로에게 고통으로 작용하기도 한다.

진정한 행복은 주체의 의지 작용 속에서 이러한 어려움과 부조리가 만들어내는 고통을 딛고 발로되는 것이다. 비록 우리가 삶의 어려움과 부조리 전부를 극복할 수는 없겠지만, 자기 삶의 권리와 책임을 포기하지 않겠다는 자세가 중요하다. 태도에 관한 자기 결정권을 포기하지 않는 한 우리는 결코 행복을 져버린 것이 아니다. 진정한 행복은 그런 자기 결정권의 강화 과정에서 조금씩 피어나고 유지되는 것이리라.

윤리와 행복

이렇게 주체가 자기 행복의 궁극적 책임자라는 개념 다시 말해, 자기 행복에 대해 책임의식을 가져야 한다는 개념은 행복이 굳건한 윤리의식과 매우 높은 상관관계가 있음을 암시하는 것이다.

그 이유를 살펴보자. 올바른 행복의 동기란 윤리의식의 기반 위에서 나오는 것이다. 왜냐하면 윤리의식의 토대를 벗어나 있는 행복이란 그저 한 사람의 안위나 쾌락을 위한 편취, 남용, 이용, 사기, 협박 같은 인정하기 힘들고 마이너스적 가치를 내포한 사태들을 일으킬 가능성이 크고, 이러한 사태는 당사자는 물론 사회 구성원들에게 무척이나 큰 불행감을 안겨줄 수 있는 일이 되며, 이러한 불행감의 확산은 결과적으로 행위자의 행복에도 악영향적인 국면과 환경을 조성할 가능성이 크기 때문이다. 자기만의 행복을 위한 비윤리적인 행위는 비록 즉각적으로 인지되지는 않더라도 부메랑이 되어 행위자에게 돌아올 수 있는 것이다.

그런데 윤리의식의 밑바탕에는 책임의식이 그 토대를 이루고 있어서 윤리의식의 와해는 책임의식의 실종으로부터 초래된다고 말할 수 있다. 윤리의식이란 스스로 사회와 타인의 행복과 안위에 일부 책임이 있다는 의식 없이는 발로될 수 없으므로 윤리의식이 책임의식의 토대 위에 서 있다는 말을 부정하지는 못할 것이다.

결국 윤리의식이 와해된 사회에서는 주체들의 책임의식도 찾아보기 힘들게 되고, 그런 사회에서는 스스로 자기 행복의 궁극적 책임자임을 자처하는 사람보다는 타인에게로 모든 책임을 돌리는 사람을 발견하기가 훨씬 쉽게 될 것이다. 윤리의식이 희박한 사회는 각 주체에게 올바른 행복의 동기를 부여하기 어렵게 된다.

이러한 맥락에서 말한다면 우리가 행복하기 위해서는 개인과 사회 모두가 탄탄한 윤리의식의 토대 위에 서 있어야만 할 것이다.

따라서 만일 지금 우리 사회의 행복지수가 바닥에 닿아 있다고 한다면, 먼저 사회 전체의 윤리의식에 문제가 없는지를 면밀히 살펴볼 필요가 있다. 윤리가 흔들리는 사회에서 개인의 행복은 위축될 수밖에 없다. (이 점을 고려하여 사회 전체의 윤리적 토대를 훼손하고 그 보편성을 약화시키는 일부 지배세력의 부도덕에 대해서는 구성원의 행복을 무너뜨리는 행위로 간주해야 한다.)

하지만, 여기서 우리는 넘어서기 힘든 거대한 장벽을 재차 마주하게 될 수밖에 없다. 그 장벽이란 윤리의 근원은 무엇인지 그리고 윤리는 어떻게 보편성을 가질 수 있는지에 대한 물음이다. 진리에 맞닿아 있는 윤리, 흔들리지 않는 윤리적 보편성의 근원은 존재하고 있는가? 이것은 올바름의 근원을 묻는 일과 같다. 왜냐하면 올바르게 행위를 하는 것이 윤리적인 것이기 때문이다.

참된 올바름을 파악하기란 결코 쉬운 일이 아니다. 그 이유는 평소에는 올바름이란 것이 압도적이며 지배적인 어떤 이데올로기의 힘에 의해 그냥 주어져 있기 때문이다. 세상의 모든 올바름은 이데올로기의 자식이다. 이데올로기에 의해 인도되지 않은 올바름이란 없다. 우리는 늘 어떤 이데올로기의 힘에 사로잡혀 있기 때문에 그 이데올로기가 옳다고 주장하는 올바름이 참된 것인지 아니면 의심해봐야 할 것인지를 판단할 수 없는 것이다.

나는 지금 이념적인 이야기하는 것이 아니다. 오히려 지극히 현실적이고 숨결이 살아 있는 생생한 삶의 이야기를 하고 싶을 뿐이다.

예를 들어 회사에서 일하는 나의 모습을 상상해 보라. 나는 회사가 요구하는 올바른 일을 하기 위해 매 순간 노력한다. 이를 통해 인정받고 승진도 하고 싶어한다. 그러나 내가 회사에서 행하는 올바름이란 이익을 최우선적인 가치로 삼고 있는 기업(기업의 최우선 가치는 이윤 창출이라고 교과서에 나와 있다)의 자본주의적 이데올로기의 실현을 위해 봉사하기 위한 행위들이다. 나는 회사가 요구하는 규범에 어긋나는 행동을 할 경우에는 비록 그 행동이 사회 전체적 관점에서는 올바른 것이라 할지라도 기분이 나빠지고 불안해진다. 바로 회사의 자본주의적 이데올로기가 옳다고 지시하는 바에 나 자신이 '사로잡혀' 있기 때문이다. 그것은 내가 소속된 사회 집단의 이데올로기적 관점에서는 이미 옳다고 판명이 나 있는 자명한 일이기 때문에 대부분의 경우 저항할 의지는커녕 잘못된 일임을 인지하지도 못한다.

따지고 보면 많은 일이 이런 식이다. 그냥 이데올로기가 스스로 옳다고 말했기 때문에 올바른 것이고, 그것이 왜 올바른지는 잘 모른다. 이데올로기는 우리의 일상의 거머쥐고 있는 큰 손이다.

따라서 올바름을 제대로 식별하기 위해서는 그 배후에 있는 이데올로기를 이해하여야 한다. 또한, 최대한 이데올로기의 표피를 벗겨내는 일이 필요하다. 이데올로기의 껍질을 벗겨내고 남은 알맹이로서의 올바름을 그 자체로 바로 볼 수 있어야 한다.

세상에는 수많은 사상과 종교 철학이 운영되고 있다. 그 추종자들은 자기의 신념에서 스스로 올바른 일을 하고 있다고 믿는다. 민간인을 잔인하게 참수하는 IS(이슬람 국가) 구성원들조차 스스로 올바른 일을 하고 있다고 믿을 것이다. 그들의 눈에도 이 세상은 해결해야 할 부조리로 가득 차 있을 것이다. 사상적, 종교적, 철학적 올바름에 대한 판단은 바로 그 배후에 있는 이데올로기를 이해하는 일이다.

도대체 올바름이란 무엇이며 어떻게 파악할 수 있는가?

올바름의 모습은 부처가 모든 중생에게 의지하며 살라고 설파했던 법(法) 또는 인간 자유의지의 토대를 이루고 있는 칸트의 선험적 인식과 같이 우리가 붙들고 매달릴 수 있는 절대성을 가진 것인가, 아니면 단지 각자의 관점에서 상대적으로 측정하고 파악할 수밖에 없는 공간과 시간처럼 상대성을 가진 것인가? 절대성의 튼튼한 기반 위에서 안정된 삶의 구조를 꿈꾸는 것이 올바른 것인가, 아니면 흔들리는 상대성의 배 위에서 요동치는 삶을 살아야 하는 운명인가?

우리가 올바름의 실체를 정확히 파악할 수 없는 한 주체의 의지와 끊임없는 수행에도 불구하고 행복은 언제나 완벽하지 못하며 늘 불안정한 상태로 남아 있게 될 것이다.

무지와 위선

올바름의 실체에 관한 물음. 우리는 그 정답을 알 수 없다. 아니지…
어쩌면 정답은 이미 항상 우리 곁에 있는지도 모른다. 혹시 우리가 그것
을 인지하지 못하고 있을 뿐(무지)이거나 알면서도 어떤 이유로 인해 극구
부정하고 있는 것(위선)은 아닐까?

그런 맥락에서 한번 생각해 보기로 하자.

알 수 없다는 것(무지). 이것은 인간의 지성이 갖는 한계를 말하는 것이
다. 우리는 올바름이 무엇인지를 스스로 파악할 수 없기에 신성(神性)이
나 현자, 초인의 계시에 의존하고 싶어하는지도 모른다. 절대적 권위(자)
의 '말'을 사고와 행위의 가이드라인으로 삼는 것은 상대적으로 속 편하
고 쉬운 일이다. 인간의 권위나 권력에 대한 의존과 중독은 여기에 기인
하는 것인지도 모른다. 인간은 스스로 올바름을 알 수 없기 때문에 우리
의 길을 인도해줄 그 어떤 힘이 필요하고 그 힘에 의존한다. 그 힘이 뜻
하는 것이 곧 진리다. 우리는 신성과 진리에 의해 구원받아야 할 불쌍한
영혼들이며 이러한 절대적 진리의 튼튼한 기반 위에서 권위의 힘에 의지
하여 안정되고 가치 있는 삶을 꿈꾼다.

나는 굳이 이런 신성과 진리의 존재를 부정하고 싶지는 않다. 사실은
부정할 만한 입장도 되지 못할뿐더러 그것 역시 하나의 가능성으로 남

아 있는 것이 좋을 수도 있다고 생각하기 때문이다.

그러나 세상이 가벼워지는 이유 중의 하나는 분명히 무지의 확산 때문이다. 무지의 확산 상태에서 '깊은 생각'은 존중받을 수 없다. 모든 사람의 생각이 상대주의적 관점에서 동등한 가치를 지닌다고 보는 것은 민주사회의 평등적 시민권 의식이 엉뚱하게 잘못 작용한 결과일 뿐이며 엄밀히 말하면 그렇지 않다고 말할 수 있다. '깊은 생각'이 상대주의의 이름으로 무지와 동등한 대우를 받을 때 생각의 기반은 허물어지고 세상은 더욱 가벼워질 것이다.

그렇다면 위선이란 무엇인가?

세상을 닫힌 구조물이라고 가정해 보자. 닫힌 공간 안에 있다는 것은 어떤 경계 안에 모두가 모여 함께 머물러 있음을 의미하는 것이다. 물론 나는(고은 시인이 표현한 것처럼) 손가락을 뻗쳐 올려 우주의 끝을 가리킬 수 있으며 그러한 행위를 통해 나의 몸은 우주의 끝과 공간적으로 연결될 것이다. 몇십 년 전부터 인간은 로켓을 타고 지구를 벗어나 우주와 연결되는 미지의 공간 속을 탐험하기 시작했다.

하지만 그래서? 나의 손가락이나 우주인의 로켓이 세상의 뚜껑을 열어젖히기라도 했던가? 화성에 식민지를 건설한다고 해서 세상이 열리는 것은 아니다. 단지 닫힌 구조물이 새로운 형태로 재구축되는 것일 뿐, 그 닫힘이 열림으로 전환되지는 않는다.

사람이 세상을 사는 일은 태양 폭발과 똑같다. 태양은 그 중력이 움켜지고 있는 자체적인 에너지로 인해 폭발하는 것이지 외부로부터 연료를 주입 받아 폭발하는 것이 아니다. 태양의 시스템이 닫혀있지 않고 열려있다면 태양의 에너지는 외부로 흩어지고 폭발하지 않을 것이다.

사람 사는 세상도 언제나 폭발한다. 진리의 무게가 상대적으로 측정되는 세상은 요동치기 마련이다. 들끓고 가열되고 달아오르고 결국 폭발한다. 이러한 과정이 반복된다. 그것 역시 세상이 닫혀있기 때문이다. 닫힌 구조물 안에 에너지가 응축되고, 디젤 엔진의 실린더 안에서 응축된 연료가 폭발하듯 아무런 점화 장치의 촉발이 없더라도 세상 자체의 열기로 폭발하는 것이다. 순환적으로 말이다.

위선이란 이런 폭발의 가능성을 알면서도 자기만의 행복을 위해 그런 세상의 힘을 이용하는 것이다. 닫힌 세상에 메시아의 출현이 지연되고 있는 상황에서 인간이 구원받을 수 있는 유일한 방법은 스스로 구원하는 것뿐이다. 구원도 결국은 인간의 일이며 인간 스스로 해결해야 할 과업이다. 위선이란 이런 사실을 알면서도 다른 길로 안내하는 것이다. 서로 싸우고 미워하라고 말하는 사람들의 모습이 위선이다.

그나마 위안이 되는 것은 이러한 위선은 소수의 영악한 사람들의 행위라는 점이다. 이런 소수의 영민한 인간들은 자기만의 이익을 위해 지역감정을 조장하거나 증오를 부추기거나 공포와 위기감을 일으켜 적대심을 자극함으로써 세상의 폭발을 가속한다. 심지어 과거 지역감정의 피해자들이 이제 와서 자기들의 권력을 지키기 위해 그 지역감정을 오히려 부추기면서 스스로 울타리를 치고 안주하려는 모습을 보노라면 그 영민함에 감탄과 탄식이 절로 나온다. 어쨌든 세상은 이런 소수의 배운자들, 가진자들, 권력자들의 얄팍함 때문에 오염되는 것이다. 각성하지 않은 다수는 소수의 위선을 진실한 것으로 받아들이면서 이리저리 양 떼처럼 휩쓸려 다니고 있을 뿐이다. 그래서 세상이 구원되기 위해서는 다수가 무지의 영역에서 각성의 힘으로 빠져 나와야 하는 것이다.

이런 무지와 위선에서 벗어나기 위해서는 인간의 정신이 더욱 진보하여 큰 이해의 바다에 도달하기를 기다리는 수밖에 없을 것이다. 그러한 이해의 본질은 주체가 왜 무지와 위선의 상태에서 벗어나야 하는지에 대한 깨달음이다. 우리의 삶은 그 항해의 과정에 짧은 순간 참여하는 것일 뿐이다.

참되고 올바른 삶이란 자기에게 허용된 시간 동안 그 항해의 노 젓기를 멈추지 않는 것 그리하여 그 배가 큰 이해의 바다에 조금 더 가까이 다가설 수 있도록 참여하는 것, 그것이 전부다.

행복의 단독성은 가능한가?

행복을 너무 거창하게 생각하고 있는 걸까? 물론 행복은 주변 도처에 널려있다고도 말할 수 있다. 사람에게도 있고 자연에도 있다. 따뜻한 미소, 작은 손짓, 그녀의 입술에도 행복은 깃들어있다. 새벽녘 피부에 닿는 상쾌한 공기, 나뭇잎들이 바람에 흔들리는 소리에도 행복은 스며있다.

이렇게 주체가 행복을 느끼고자 하는 자발적 의지를 발휘한다면 그의 감각기관은 행복의 재료들을 찾아내고 받아들일 것이다. 인간은 감각하지 않고 행복할 수 없다. 오로지 스스로 마음을 수양함으로써 내면의 고요한 평정상태를 유지한다거나 자기 내면의 세계에 침잠함으로써 아무런 동요도 없는 평화의 상태에 도달할 수 있다고 믿는 것은 허위의식이다. 그러한 수양과 내면으로의 침잠은 행복의 필요조건이 될 수는 있어도 충분조건이 될 수는 없다. 만일 외부 세계에 아무것도 존재하지 않는다면 마음에 어떠한 상도 생기지 않을 것이기 때문이다. 상상해 보라. 절대적 고립 상태에서 인간의 마음에 어떤 상이 생길 수 있겠는지를….

이는 행복의 창출이 주체의 자발적 의지만으로는 완성될 수 없으며 외부세계와의 접촉과 작용이 있을 때에만 가능함을 의미한다. 외부세계에 대상이 부재하다면 우리의 감각기관은 행복의 느낌을 만들어낼 그 어떤 재료도 받아들일 수 없게 될 것이다. 이것은 대상이 없다면 행복의 생산도 없음을 뜻한다. 결국 어느 철학자의 말처럼 인간은 감각의 총체인 것이다. 주체의 행복하고 싶은 욕구만으로는 행복이 보장되지 않는 것이다.

따라서 행복을 추구하는 모든 사람은 자기 몫의 행복이 어디로부터 나온 것인지를 알기 위해 노력해야 한다. 세상에는 자기충족적인 순수한 행복과 외부 세계와 접촉되지 않고 온실에서 재배된 오염되지 않은 행복이란 없다.

주체의 행복이란 사회적 자산으로 축적된 공동체 구성원들의 생산기술, 문화수준, 지적 수준, 노하우, 교류방식, 윤리의식 등과 같은 모든 유형적, 무형적, 물질적, 비물질적 자원을 기반으로 생산되는 것이다. 행복을 위한 주체의 자발적 의지와 노력은 결코 홀로 빛날 수 없으며 사회가 공동으로 또는 타인이 개별적으로 보유하고 있는 자원과 결합될 때에만 생성될 수 있다. 따라서 주체의 행복은 결코 자기충족적이지 않은 것이 된다. 자기의 행복만큼은 스스로 일구어낸 순수하고 오염되지 않은 열매라는 주장은 철없는 무지가 아니라면 뻔뻔한 위선에서 나온 말일 뿐이다.

타인의 희생과 공헌이라는 양식을 섭취하지 않은 인간의 행복이란 성립할 수가 없는 허위다. 이것을 모르는 것은 무지이고 외면하는 것은 위선이다. 그 무지와 위선이 인간에 대한 수탈과 분열의 씨앗이다. 삶의 치명적 문제들은 이 무지와 위선에서 벗어나야만 해결될 수 있다. 그리고 그 벗어남의 행위는 궁극적으로 주체에게 부여된 책임이다.

자기충족적이지 못한 인간

인간이 행복의 발원지로서 외부 세계를 주목하고 끊임없는 접촉을 시도할 수밖에 없는 이유는 당연히 인간이라는 존재가 스스로 충족될 수 없는 구조로 되어 있기 때문이다. 인간 내면의 공간은 결코 스스로 채워지지 않는다. 인간은 채워지고 충만하기 위해 외부라는 발원지에서 흐르는 샘물을 내면의 공간으로 받아들여야 한다. 샘물의 흐름이 막힐 때 인간의 내면은 메말라 진다. 인간은 모두 근원적으로 불완전한 존재다. 제아무리 능력이 탁월한 인간이라 할지도 혼자만의 힘으로 세상을 살아갈 수는 없다. 우리가 외부 세계와의 끊임없는 접촉을 시도해야 하는 이유 역시 우리 자신이 불완전하기 때문이다. 존재함 그 자체만으로도 완벽한 충족의 상태를 유지할 수 있는 유일한 존재는 신밖에 없다. 그런 신들조차 홀로 존재하지 않는 경우가 많았다. 그리스의 신과 인도 힌두의 신들을 보라. 신의 반열에 올라있는 그들조차 늘 다른 신들과 함께 존재했다. 하물며 불완전하고 연약하기 그지없는 인간이야 오죽하겠는가?

세상의 가장 큰 무지는 이런 평범한 진리를 모르는 것이며 가장 큰 위선은 알면서도 외면하고 무시하며 심지어 인간의 연약함을 악용하는 것이다. 오만이란 인간이란 존재가 서로 함께 할 수밖에 없는 불완전한 존재임을 망각하고 세상에 대해 자기의 영향력을 과대평가할 때 나오는 것이다.

친소(親疏)와 친친(親親)

　행복의 조건으로 타인의 희생과 공헌을 인정하고 타인과 행복을 함께 하려는 태도를 가지게 되면 그 공유의 대상을 어느 범위로까지 설정하는 게 타당한지에 대한 새로운 물음을 마주하게 된다.

　이것은 공자의 친소(親疏)처럼 혈육적 관계나 관계의 친밀도에 따라 사랑의 정도에 어쩔 수 없는 차별이 존재할 수밖에 없음을 인정할 것이냐, 아니면 묵자의 친친(親親)처럼 만인에 대한 차별 없는 박애를 추구할 것이냐의 관점에서 생각해 볼 수 있는 문제다.

　사실 인간이 아무리 측은지심의 마음을 품는다 해도 모든 사람을 똑같이 사랑할 수는 없을 것이다. 그리고 보면 사람이 친분 관계의 정도나 가깝고 먼 정도에 따라 차별적 사랑을 하는 것은 당연한 일이다.

　그러나 우리는 이러한 차별적 사랑이 낳는 형편없는 결과를 잘 알고 있기 때문에 섣불리 공자의 생각을 지지할 수가 없다. 가문의 번영을 위해 대의를 버리고 부전자전으로 붕당에 참여한 역사를 보거나 정치적 이상을 버리고 지역감정 같은 허구적 자산 위에서 끼리끼리 모여 권력을 추구하는 형태 같은 거 말이다. 인간이 패거리를 만들어 상대 집단을 배척하는 행위도 이 뿌리 깊은 친소 의식 때문이라는 생각이 미치면 공자의 생각이 끔찍하기도 한 것이다.

　그렇다고 묵자의 입장을 지지하기도 어렵기는 마찬가지다. 그는 세상의 혼란이 인간의 친소 의식에 기인한다고 보았겠지만, 만인에 대한 박애는 현실적이지도 않고 인간의 천성에도 부합되지 않아 보인다.

그럼에도 불구하고 우리는 인간의 역사에서 비록 그 개념을 명확히 규정하기는 어렵지만, 인간 평등과 박애 정신이 하나의 실체로서 끊임없이 고찰되고 있음을 알고 있다. 더불어 역사상 그 어느 때보다 인간이 자기와 관계없는 지구 저편의 상황에 대해서도 안타까움을 느끼고 부분적으로나마 박애의 정신을 실천하고 있음을 알고 있다.

묵자의 생각이 비현실적이고 인간의 천성에 부합되지 않아 보인다 하더라도 그의 주장을 망각의 늪에 던져버리기보다는 우리의 의식 한편에서 가끔씩 생각나도록 간직하는 게 좋을 것 같다.

허무감의 극복

　주체가 개인적 성찰과 소통을 통해 무지와 위선에서 벗어남은 참된 삶의 추구를 위한 기본적 덕목이기는 하지만, 한 주체가 세상의 복잡 다양한 사태들을 모두 이해할 수는 없다는 사실은 유감스럽게도 그 주체에게 어떤 허무감의 의식을 초래할 여지를 제공하는 것이다.

　개인의 노력에도 불구하고 타인의 희생과 공헌 그리고 행복을 추구하는 노력이 좌절되는 모습을 모두 파악할 수 없다면 보이지 않는 타인에 대한 배려와 미안함의 감정은 약해지거나 원천적으로 생기지 않을 수밖에 없을 것이다. 아무리 노력해도 전체를 이해할 수 없다면 주체가 아무리 참된 삶을 살고 싶은 의지로 가득차 있다 하더라도 그의 노력은 한정된 결과만을 얻을 수 있을 뿐이다. 결국 우리의 생각과 실천은 제한적으로 작동할 수밖에 없다. 그러니 여전히 자신도 인식하지 못하는 수많은 오류를 만들어낼 것이다. 이 얼마나 허무한 일인가!

　그러나 우리가 허무감의 가치를 낮게 평가해서는 안된다. 그것은 모든 노력을 기울여 본 사람이 최종적으로 갖게 되는 해방의 감정이기도 하기 때문이다. 따라서 역설적으로 허무감은 인생에서 경험할 수 있는 최고의 감정이라 할 수도 있다. 우리는 허무감을 무가치한 패배의 감정이 아니라, 고양된 감정으로 받아들일 줄 알아야 한다. 나는 이러한 감정을 느낄 수 있는 사람이 소수에 불과하다는 것을 안다.

3장

세계와 관계 맺는 법

일상성

　인간은 일상에 예속된 존재다. 일상의 영향을 벗어나 자유로운 삶을 산다는 것은 매우 어려운 일이다. 일상에 예속은 우리 삶의 보편적 방식이다.

　인간이 일상에 예속되지 않을 수 있는 유일한 방법은 소외와 고립을 통해서일 뿐이다. 따라서 일상의 반대말은 '휴가'가 아니라 '소외'와 '고립'이다. 일상의 예속에서 벗어난 인간은 소외되고 고립된다. 소외와 고독이 선사하는 외로움을 만나지 않고 인간이 일상의 예속에서 벗어날 수 있는 방법은 없다.

　소외와 고립이 나 홀로 떨어져 있음을 의미하는 것은 아니다. 선명한 의식을 가진 인간은 흐릿한 의식을 가진 자들 사이에서 소외감과 고독감을 느끼게 된다. 위대한 정신을 가진 인간은 일상성에서 벗어나 있지만, 그 의식은 외롭고 고독하다.

　일상 상태에 빠진 인간의 의식은 몽롱하고 애매하며 감각은 무뎌진다. 마치 프로그램화된 상태에서 조건 반사를 하는 것처럼 일상의 요구에 대응할 뿐이다. 이것이 예속된 자의 의식적 특정이다. 종종 의식과 감각을 불러일으키는 사건과 국면들이 발생하지만, 다시금 일상 속으로 매몰된다. 이것은 현실이 없는 것과 마찬가지다. 현실은 의식과 감각의 총체이기 때문이다. 그는 세계와 진정으로 관계 맺지 못하였다. 인간의 의식은 소외와 고립 상태 속에서 깨어나고 예민해지는 법이지만, 일상에 예속된 존재들은 반복과 순환 속에서 숨이 차올라 소외감을 느끼지 못한다.

일상의 예속에서 벗어나기 위해 또 다른 일상으로 탈출하는 것은 의미가 없다. 그것은 하나의 문을 열고 출구가 막힌 또 다른 방으로 걸어 들어가는 것에 불과하다. 새로운 일상은 새로운 특수성으로 새로운 예속을 만들어내기 때문이다. 이러한 일상성의 본질은 권력을 가진 자에게도 예외 없이 적용된다.

깨어남으로써 저항해야 한다. 일상에서 선명한 의식을 가진 자들은 늘 위태롭게 담장 위를 걷는다. 그들의 일상은 사건과 해결해야 할 의제로 가득하다. 그들의 일상에서 인과(因果)의 법칙은 늘 빗나간다. 그것이 깨어있는 자에게 주어진 힘든 운명이다.

일상성에 대항하라. 의식과 감각을 되찾아야 한다. 일상의 예속과 결별하라. 그것이 세계와 깊은 관계를 맺는 길이다. 외롭고 고독할지라도 그것이 현실을 진정한 현실로 살아가는 유일한 방법이다.

감성

나는 얼마 전까지만 해도 세상은 이성의 기반 위에서 운영되어야 한다고 믿었다. 그것은 내 눈에 보이는 부조리와 모순 대부분이 비합리적인 사고의 결과이거나 무턱대고 감정을 우선시하는 생활 태도에 기인한다고 보았기 때문이었다. 지금 우리 사회가 안고 있는 문제들 역시 이성적 태도의 결핍이 충족될 때에만 해결될 수 있다고 믿었다. 물론 예전의 이런 시각은 이성이 우리의 삶에 반듯한 질서를 부여하는 역할을 수행하고 있음을 고려할 때 여전히 그 타당성을 간직할 수 있으리라 믿는다.

사실 이성에 대해 이러한 태도는 비단 나만이 갖고 있는 것이 아니다. 지금까지 이성과 감성을 바라보는 모든 시각은 결코 감성이 이성 위에 놓여지는 상태를 허용하지 않았다. 사람들은 세상이 어떤 안정된 질서 위에서 운영되기를 희망하기 때문에 감성이 이성 위에 서 있는 것을 원치 않는 것 같다. 불안정한 감성을 이성보다 앞서게 할 경우 초래될 수 있는 사태에 불안감을 느끼기 때문이 아닐까?

서양의 모든 철학은 말할 나위도 없이 이성의 발달을 추구해온 역사를 가지고 있다. 이성 중심주의적 사고방식은 여전히 서양을 떠받치고 있는 사상적 축이다. 이성의 바탕 위에서 운영되고 있는 과학은 현대 문명을 지지하는 힘이기도 하다.

심지어 감성의 윤리학이라고 하는 동양의 철학에서도 감성은 늘 이성의 뒤에 있었다. 유교는 사단칠정(四端七情)으로 대표되는 감성의 윤리학을 주창하였지만, 우주의 기(氣)는 이(理)를 통해 통제하고 억제해야 할 불안정한 속성을 지닌 대상으로 간주되었다. 비록 조선시대에 이기(理氣) 논쟁이 있었다고는 해도 주자학의 대세는 절제를 표방하는 퇴계의 한유(寒儒)였다. 유교의 예(禮)라는 것도 어떻게 보면 이성으로 감성을 통제하기 위한 노력이 삶의 구체적 행동 양식으로 표현된 것으로 해석할 수 있을 것이다.

그러나 곰곰이 생각해 보면 현실 세계는 감성의 토대 위에서 운영되고 있으며 거기에 설치된 모든 인공적 구조물들은 감성을 수용하기 위해 만들어졌음을 알 수 있다. 종교나 축제가 그렇고 윤리와 도덕과 예의가 그러하며 심지어 제도와 법조차도 그렇다.

법이 이성의 법칙에 의해서만 운영되고 있다는 믿음은 대단한 편견이자 무지다. 법은 마사 너스바움이 지적했듯이 그 근간에 감성이 있다. 사실 타인이 느끼는 두려움이나 공포, 상실감, 슬픔, 분노 따위의 감성에 대한 공감과 이해가 없다면 법은 존재하지 않을 것이다. 타인이 느끼는 (느낀, 느낄 가능성이 있는) 감성에 대한 이해를 토대로 법은 피해자를 보호하는 조치를 취하거나 가해자에게 응징을 가하는 것이니까 말이다.

최근 어떤 재판장이 양형 사유를 설명하던 중 벅차오르는 감정을 주체하지 못하고 울먹였다는 기사를 본 적이 있다. 그 재판장이 특별히 감성적인 사람이라서 그렇게 울먹였을 리는 없다. 궁극적으로 법의 행위 안에는 감성이 담겨 있을 수밖에 없기 때문이었으리라.

우리가 갖는 대부분의 정치적 견해도 이성적이라기보다는 감성적 입장이 대입된 태도에 불과할 때가 많다. 그렇기 때문에 자기가 지지하는 정당 또는 정치 거물이 부패해 있고 지극히 천박한 사고를 갖고 있다 하더라도 그에 대해 지지를 철회하기는커녕 온갖 궤변으로 보호하기 위해 애쓰는 것이다. 이러한 현상은 단순히 빠져나오기 힘든 감성의 힘 때문이라고 해야 정확하다고 본다. 그래서 술잔을 부딪치며 '우리가 남이가!'를 외친 게 아니었던가? 어떻게 보면 정치란 곧 감성적 편견을 조장하고 그것을 자양분으로 삼아 번창하는 사업인지도 모른다. 썩어빠질 지역감정이나 진보와 보수 같은 허물들도 결국은 다 감성적 편가르기에 불과할 때가 있다.

가장 이성적인 영역에 있어야 할 법과 정치에조차 감성의 원리가 깊게 관여하고 있는 판에 우리의 일상적 생활은 어떻겠는가? 우리가 하루에 몇 번이나 이성적인 대화를 하는지 잘 생각해 볼 일이다. 아마도 우리가 생활 속에서 가장 이성적인 대화를 나누는 상대는 컴퓨터일 것이다. 그 물건은 아직까지는 감성을 이해하지 못하고 있으니까 말이다. 결국 우리의 삶은 감성의 토대 위에서 영위되고 있다고 해도 과언이 아니다.

이것은 세상이 좀 더 살만한 곳이 되기 위해서는 이성의 발달뿐만 아니라 인간의 감성 발달이 꼭 필요함을 시사하는 것이다. 지금까지 인간은 이성의 발달에 많은 관심을 기울이며 이를 토대로 세상의 질서를 확립하고자 노력했지만 정작 세상을 움직이는 내면적 힘인 감성의 발달에는 큰 관심을 기울이지 않았던 것 같다. 그저 한 개인의 사적인 영역에 있는 프라이버시나 변덕 같은 것으로 치부해 온 게 아닐까?

그러나 감성은 개별 인간이 태어나면서 갖는 선험적인 능력이기는 해도 사적인 대상을 넘어서 있다고 해야 하며, 다른 모든 욕구나 동기와 마찬가지로 사회적이며 환경적인 특징을 갖고 있다고 파악해야 한다.

인간은 동일한 상황이나 사태를 마주하면서도 서로 다른 감성을 느낄 수 있다. 그런 감성의 차이가 각자의 입장이나 문화 등에 따라 크게 좌우될 수 있음은 물론이다. 사람이 죽어가는 전쟁터를 바라보면서 누구는 한없는 슬픔을 느끼지만, 또 다른 누군가는 환호한다. 입장의 차이가 어떤 이데올로기와 같은 형태로 발전하면 극단의 해악적 행위조차도 자기만의 정당성을 가지고 아무런 감성의 동요도 없이 진행될 수 있다.

수많은 역사적 사건들을 말하기 전에 세월호 유가족들을 농락하는 사람들을 생각해 보는 것은 어떨까? 그들은 광화문에서 피자를 먹으며 유가족들의 슬픔을 비웃었으며 인터넷 공간에서는 모욕적인 언어를 멈추지 않고 있다. 그들이 슬픔을 느끼는 동시에 그런 행위를 한다고는 보지 않는다. 이렇게 사람은 타인의 일에 대해 슬픔을 느껴야 할 때조차 극단적으로 잔인해질 수 있음을 알 수 있다. (유가족들과 일부 좌파적 운동세력의 감정 표현이 적절한 것인지에 대한 판단은 유보하기로 하자. 세월호가 침몰한 지 1년이 넘게 지난 지금의 시점에서 그 사건은 종합적인 판단과 평가가 필요한 일이 되어버렸다.)

어쨌든 감성이 입장의 차이나 문화에 의해 달라진다는 사실은 그것이 무척이나 사회적 특성을 지닌 실체임을 의미하는 것이다.

이성을 규정하는 일이 어렵듯이 감성을 도식적으로 규정하는 것도 불가능한 일이다. 사람의 감성을 표현하는 기쁨, 슬픔, 희열, 분노, 성취감, 좌절 등과 같은 몇 가지 분류 역시 같은 인간끼리의 공감대를 전제로 이루어지는 대단히 인위적인 인식에 불과할 따름이다. 사실 우리는 인간이 구체적으로 몇 가지의 감성을 가졌는지조차 알지 못한다. 인간은 첨단

과학의 시대라고 여겨지는 현대에서조차 여전히 자신이 갖고 있는 감성을 제대로 이해하지 못하고 있다.

아마도 세상에 부조리가 존재하는 이유는 인간의 이성에 대한 이해 부족 못지 않게 감성에 대해 몰이해가 큰 부분을 차지하고 있을 것이다. 이 말은 다시 한 번 말하건대, 세상이 좀 더 살기 좋은 곳이 되기 위해서는 인간의 감성 발달이 꼭 필요함을 시사한다. 하긴 거창하게 세상을 말하기 전에 가정(家庭)만 생각해도 그 안에서 서로의 감성을 이해 못 할 때 생기는 일을 쉽게 상상할 수 있을 것이다. 우리는 그 가정의 행복을 결코 쉽게 기대할 수 없다.

그럼 감성의 발달이란 무엇인가? 그것은 감성의 실체에 대한 그리고 감성의 상황적 정당성에 대한 이해의 심화를 의미하는 것이다. 더불어 감성의 적절한 표현에 대한 이해도 그 안에 들어가 있다고 생각한다.

먼저 감성의 실체와 관련해서는 학문과 과학이 그것의 체계적 이해를 돕기 위한 역할을 수행하여야겠지만, 이와는 별개로 우리 스스로도 일상에서 성찰과 반성의 힘을 통해 그것을 이해하기 위해 노력해야만 한다고 본다. 우리가 모든 것을 학문적 관점에서 체계적으로 이해할 필요는 없을 것이다. 특히나 감성은 그런 학문적 이해보다는 각 개인이 스스로 자각하고 느끼는 것이 더 중요하다고도 할 수 있다.

사실 일상적 차원에서 우리는 자신의 감성을 명확히 인지하며 살고 있다기보다는 불명확한 감성 상태를 유지할 때가 많다. 심지어는 감성에 대한 이해는 유약하거나 선이 굵지 못한 예민한 사람들의 몫이라는 잘못된 인식이 팽배해있는 실정이다. 마치 감성에 예민한 사람은 큰일을 할 그릇이 못 된다는 식으로 말이다.

특히나 지금의 우리 사회는 그런 인식을 의도적으로 확산시키는 것으로 보이기도 한다. 사회 주도 세력의 인식 수준이 그러한 확산의 진원지임은 물론이다. 그들은 우리 사회가 신자유주의적 경쟁 체제가 갖는 치열함 속에서만 발전할 수 있으며, 감성은 그런 치열함을 가열시키는데 장애가 되는 거추장스러운 장신구에 불과할 뿐이라고 믿고 있다. 그러나 다시 한 번 우리가 명확히 확인하고 넘어가야 할 사실은 감성이 인간의 삶을 좀 더 살만한 것으로 만드는 데 있어서 실천적으로도 매우 중대한 의미를 가진다는 점이다.

감성의 정당성이란 사람이 갖는 감성이 어떤 상황이나 사태에 적절한 것인지 또는 바람직한 것인지에 관한 가치 판단을 말하는 것이다. 감성에 대한 가치 판단이란 감성의 정당성을 평가하기 위해 이성의 개입을 초래하는 일이 되는 것이므로 앞서 말한 이성에 의한 감성의 통제에 관한 명제로 다시 회귀하는 순환적 오류로 빠져들 위험을 내포하는 일이 된다.

그러나 이것은 오류가 아니라 적절한 감정이 갖는 특징이라고 이해해야 한다. 감성의 발달은 이성의 도움을 필요로 하는 일이다. 이 지점에서 우리는 감성의 실체에 대한 이해로서 감성이 결코 이성과 떨어질 수 없음을 알게 된다. 뫼비우스의 띠처럼 합리적 이성의 뒤에 감성이 있듯이 적절한 감성의 뒤에는 이성이 있을 수밖에 없다.

사람의 감성이 항상 그 타당성을 인정받을 수 있는 것은 아니다. 감성도 이성적 생각과 마찬가지로 어떤 상황과 사태에 합리적으로 적합할 때에만 그 타당성을 인정받을 수 있다. 그 합리적 타당성이란 결국 사회 공동체 구성원들의 심리적 공감대를 바탕으로 성립될 수밖에 없으며, 이러한 보편적 공감을 획득한 감성은 비로소 윤리의 바탕으로 작용할 수 있는 힘을 갖게 된다. 적절하지 않은 감성이란 이런 공감과 윤리성을 갖추지 못한 감성을 말한다.

따라서 사람은 지금 자기가 느끼고 있는 감성이 그 상황과 사태에 정당한지를 꼭 되물어야 한다. 중용(中庸)의 관점에서 감성의 정당성을 살펴보는 것도 좋을 것 같다. 중용이 어떠한 한쪽으로 치우침이 없는 상태를 뜻한다고 할 때, 감성은 바로 이런 중용의 상태에 이를 때 최고의 정당성을 확보할 수 있을 것이다.

그러나 나는 중용을 감성적으로 어느 한쪽을 편들지 않는다는 뜻으로 생각하지는 않는다. 중용의 의미를 도식적으로 중립 또는 가운데로 해석하는 것은 오류다. 치우침이 없다는 것은 그 상황과 사태가 요구하는 감성적 상태에 적합하게 있음을 의미하는 것이다. 따라서 도식적으로 가운데에 처신해 있는 것은 그 상황과 사태의 관점에서 바라볼 때에는 어느 한쪽에 치우쳐 있는 상태가 될 수도 있다.

따라서 기뻐할 때 기뻐하고 분노할 때 분노하며 서운할 때 서운해하는 게 맞는 일이다. 다만, 그 기쁨, 분노, 서운함이 상황에 맞지 않게 지나칠 때 그것은 중용의 원리에서 벗어나 있는 일이 될 것이다. 결국 감성적 중용의 상태에 도달하기 위해서도 어떤 판단 작용의 개입 즉, 이성적 판단 작용이 꼭 필요한 일임을 알게 된다.

감성의 정당성과 관련해 빠뜨려서는 안 되는 생각은 감성이 이데올로기나 문화 같은 그 무엇인가에 의해 조종당할 수 있다는 사실일 것이다.

사실 우리가 일상에서 갖는 분노나 혐오, 수치심, 뻔뻔함 따위의 감성은 우리 문명의 이데올로기나 문화 등에 의해 크게 영향을 받는다. 어떤 문화가 진화론적으로 자연스럽게 발달되었고 특정한 감성이 그런 문화의 맥락에서 형성된 경우에는 그나마 나름의 타당성을 부여할 수도 있겠지만, 인의적인 이데올로기에 의해 고의로 형성된 것으로 의심되는 경우에는 신중한 검토와 고찰을 통해 그 감성의 타당성을 검증해 봐야만 한다.

특히 분노, 혐오, 증오의 감성은 그 대상자에게 큰 위해를 가할 수 있는 근거로 활용될 수 있을 뿐만 아니라, 공동체의 분열을 획책하는 수단으로 악용될 수 있다는 점에서 그 밑바탕에 무엇이 들어있는지를 차분히 고려해야만 할 것이다. 우리가 갖는 감성이 특정한 집단의 장사 밑천으로 활용되고 있는 것은 아닌지 그들이 우리의 감성을 조종하여 자신들의 이익을 챙기고 있는 것은 아닌지에 대해서 말이다.

최근 들어 지역 정당을 창당해야 한다는 말을 들을 때마다 정치의 이상을 버린 이기적인 장사치들에게 왜 우리의 감성이 농락당해야 하는지 답답한 마음이 든다. 적(敵)에 대한 혐오와 증오도 마찬가지다. 적과의 대립을 통해 적대적 공생을 꿈꾸는 세력들에 의해 우리의 감성이 교묘하게 조종당할 수도 있다는 점을 잊지 말아야 한다.

마지막으로 감성의 적절한 표현에 대해 생각해보자.

사람의 감성이 자연스럽게 표출되고 받아들여지는 세상이 좋은 세상임은 분명하다. 감성이 도그마나 이데올로기 같은 논리 구조에 의해 얽매여 지배받거나, 터부와 같은 금기의 도구에 의해 제한될수록 사람의 삶은 그만큼 위축될 수밖에 없다. 또한 자연스러운 감성 표현에 능한 사람을 사차원 인간으로 바라보는 세상을 좋은 삶의 공간이라고 말하기는 힘들다. 왜냐하면 사람은 감성이 자연스럽게 교류될 때 서로를 보다 잘 이해할 수 있게 되며 이해를 통해 더욱 풍부한 행복감을 느낄 수 있기 때문이다. 그런 면에서 타인의 감성을 누르고 지배하려는 사람은 타인의 행복 가능성을 차단하는 장애물과 같은 인간이 되는 것이다. 이 지점에서 나는 그런 인간이 되지는 않도록 노력하겠다는 다짐을 해본다.

그럼에도 불구하고 감성의 '적절한' 표현을 생각해 보지 않을 수 없는 이유는 무엇일까? 그것은 이성의 결핍 또는 과잉이 위험한 바와 마찬가지로 감성 역시 결핍되거나 과잉의 상태가 될 때 타인의 행복을 침해하는 위험으로 작용할 가능성이 크기 때문이다. 사람은 누구나 언제든지 화가 나고 분노가 치밀어 오를 수 있는 상황을 맞이할 수 있지만 그럴 때마다 절제의 힘으로 그 수준을 통제하지 않는다면 매번 큰 문제를 일으킬 것이다. 기쁨, 슬픔, 절망의 감정 역시 마찬가지라고 본다. 모든 것을 버리고 싶은 슬픔이나 절망의 감성 역시 어떤 정제의 과정을 거치는 게 바람직하다. 오! 그러나 이런 정제의 과정은 형언할 수 없을 정도로 고통스러우리라…….

그런데 이런 감성의 표현 방식은 삶을 바라보는 관점과 태도에 큰 영향을 받는 것 같다. 그런 관점과 태도가 절제와 정제의 과정에서 하나의 여과지로 작용하는 것은 아닐까? 결국 사람은 삶에 대한 고양된 관점과 태도를 가져야만 감성의 표현에서도 고양된 자세를 유지할 수 있을 것이다.

열림과 따뜻함

　주체는 외부를 향해 서 있어야 한다. 이 말은 매우 중대한 오류를 초래할 가능성을 내포하고 있다. 그 첫 번째 오류의 가능성은 세상을 향한다는 것이 단순히 사회적이며 사교적인 활동을 강화한다는 말로 들릴 수 있음을 뜻한다.

　다행히도 우리는 이러한 오해로부터는 비교적 손쉽게 벗어날 수 있다. 그것이 성격의 호탕함이나 인맥을 구축하는 일 따위를 뜻함이 아니며 〈열린 마음과 따뜻한 가슴〉으로 세상을 대하는 것임을 알고 있으며, 조금만 주의를 기울여보면 세상의 많은 사람이 이미 이러한 길을 걷기 위해 노력하고 있음을 알게 된다. 이러한 길에 정도란 없으므로 그 길 위에 서 있기 위해 노력할 뿐이지 그 길의 한복판을 순항하는 것은 아니지만….

　열린 마음의 상태란 세상 속에서 스스로 발전할 방법과 길을 찾는 것을 뜻한다. 내면에만 갇혀 있지 않고 세상이라는 넓은 들판에서 스스로 성장할 방법을 모색하고 실천하는 것이다. 세상을 죽을 때까지 공부하고 실천하며 연마하는 도장으로 여기는 마음이다. 그럼 따뜻한 가슴이란 무엇인가? 그것은 나의 발전뿐만 아니라 타인의 발전에도 함께 관심을 갖는 것이며 타인의 감정에도 소홀히 하지 않음을 의미한다. 불완전한 인간으로서 서로가 경쟁할 수밖에 없지만, 동시에 협력해야만 하는 존재임을 아는 것이다. 쓰러진 인간이 일어날 수 있도록 하는 응원이다.

마음의 창문

두 번째 오류의 가능성은 우리가 과연 세상을 '직시(直視)'할 수 있는가에 관한 물음으로부터 발생한다. 사람은 세상을 직시할 수 없다. 세상을 바로 본다는 것은 불가능하다. 사람은 오로지 마음이라는 창문을 통해 세상을 볼 수 있을 뿐이며 그 창문의 형태와 유리 색깔에 따라 세상을 다르게 보게 된다. 카메라 렌즈를 통해 들어온 빛이 미러에 굴절되어 망막으로 들어오듯이, 사람의 시선 역시 마음의 창문을 통과하면서 굴절된다. 그러니 주체는 외부 세계를 향해 서 있을 수는 있어도 그 세계를 있는 그대로의 모습으로 볼 수는 없다.

주체가 세상을 직시하지 못하고 굴절된 영상을 통해서만 볼 수 있다는 관점은 우리의 삶에 매우 큰 의미를 안겨준다. 바로 우리는 늘 편견에서 벗어날 수 없으며, 그러한 편견을 최소화하기 위해서는 성찰과 반성을 통해 제대로 된 마음의 창문을 갖기 위해 노력해야 한다는 가르침이다.

사실 문제는 언제나 마음이다. 그래서 부처는 해탈의 방법으로 우리에게 자극을 발산하는 외부의 대상 또는 그 대상과 연결된 인연의 끈이 아니라, 주체의 마음 그 자체의 소멸을 제시했을 것이다. 그것은 곧 〈나〉라는 〈자아상〉을 없애는 길이기도 했다.

그럼 마음이란 무엇인가? 마음은 무엇으로 구성되어 있는가? 심성이나 덕성 같은 연한 요소들도 있을 것이고 지식이나 지성 같은 딱딱한 요소들도 있을 것이다. 사람은 아는 만큼 제대로 볼 수 있는 힘이 생긴다는 점에서 보면 이런 딱딱한 요소들도 매우 큰 중요성을 가진다. 더불어 자아의 자존심이나 자존감 같은 심리적 회로도 마음의 일부를 이루고 있을 것이다. 그러나 궁극적으로 우리는 그 해답을 갖고 있지 않다. 하지만 너무 실망하지 말자. 그러한 지식은 현자들만이 소유하고 있는 성스러운 지식이니까 말이다.

아마도 우리가 마음의 실체를 온전히 이해하지 못하는 것은 세상의 실체를 완전히 알지 못하는 것과 같은 이치일 것이다. 인간은 살면서 자신의 안팎 양쪽 모두를 제대로 이해하지 못한 채 살고 있다고 해도 틀린 말이 아니다. 그것이 우리의 인식론적 현실이다. 그럼에도 불구하고 부족한 상태에서나마 자신의 마음을 솔직히 대면한다는 것이 무엇을 뜻하는지 생각해보자. 그것은 성찰과 반성의 과정을 거치지 않고 자기의 마음을 대면하는 일은 불가능함을 깨닫는 것이 아닐까?

주체가 자기의 내면을 바라본다는 것은 매우 어렵고 괴로운 일이다. 왜냐하면 시선을 굴절시키는 내면의 모순과 이기심을 만나야 하는 일이기 때문이다. 또한 세상의 실체에 대한 허약하고 부실하기 짝이 없는 인식을 인정해야 하는 일이기 때문이다. 그것은 진정한 용기가 필요한 일이다.

자신의 마음을 알지 못하는 사람은 세상도 이해하지 못하는 것이며, 그 반대로 세상을 이해하지 못하는 사람은 자신의 마음도 알지 못하는 것이다. 그 둘에 대한 이해는 개별적인 것이 아니라, 궁극적으로 하나의 이해와 인식으로 합해지는 것이다.

스스로를 책임짐

사람은 세상을 향해 서 있어야 하지만 언제나 내면을 함께 살펴야 하는 존재다. 성찰과 반성은 이러한 일을 가능하게 만드는 자발적인 마음의 작용이다. 그것은 단순히 헝클어진 마음을 정리하는 작업이 아니다. 그것은 나와 세상을 바르게 이해할 수 있는 내적인 힘을 키워내는 작업인 동시에 그 둘을 올바르게 연결하게 해주는 매개 작용이기도 하다. 성찰과 반성을 통해 우리는 잃었던 힘을 되찾고 세상을 향해 다시 당당히 설 수 있는 용기와 기백을 얻게 된다. 만일 우리에게 성찰과 반성의 활동이 없다면 나와 세상의 관계는 크게 뒤틀리고 왜곡될 것이다.

우리가 성찰과 반성을 지속해야 하는 진정한 이유는 그것이 스스로를 책임지는 사람의 올바른 태도이기 때문이다. 사람이 스스로를 책임진다는 것은 무엇을 말하는가? 아마도 그것은 단순히 경제적 자립을 실현하는 것에 그치는 것이 아니라 자기 행동의 기준을 자신의 양심과 마음에서 찾고 그에 따라 실천하는 삶을 추구하는 것이리라.

지금의 우리 사회에는 지위 고하를 막론하고 자기 행동의 정당성을 외부의 준거에서 찾으려는 경향이 널리 퍼져있다. 도덕적, 법률적 위반에 대해 '남들도 다 이렇게 하는 일인데 왜 나에게만 책임을 묻는가?' 라는 항변이 지극히 일상화되어 있는 심리적 기제가 되어있다. TV 뉴스에서 부패 정치인은 물론이고 사소한 규칙을 위반한 시민들에게 마이크를 들이대면 나오는 얘기가 바로 이 소리다. 이것은 무엇보다도 우리 사회에 정당한 권위가 무너져 있는 현상에 기인하는 바가 크겠지만, 이 점을 십분 인정하더라도 자기 행동의 기준을 내면의 준거에서 발견하지 못하는 주체들의 일그러진 모습에서도 그 책임의 일부를 찾아야 마땅하다고 본다.

사회가 어지러울수록 개인에게는 더욱 큰 성찰과 반성의 힘이 필요해진다. 어지럽고 탐욕스런 세상 속에서 자기 마음을 지켜낼 내적인 힘이 없는 사람은 세상을 똑바로 보지 못하며 중심을 잃어버릴 수밖에 없다. 이로써 주체는 자기 자신을 상실하게 되고 세상과 올바른 관계를 맺을 수도 없게 될 것이다. 우리는 인생에서 결코 잘못을 멈출 수 없는 존재이기 때문에 성찰과 반성을 통한 치유를 모색해야 한다.

그럼 우리는 무엇을 성찰하고 반성해야 하는가? 예전에 김우창 선생의 책에서 읽었던 내용이 떠오른다. 그것은 공자의 일일삼성(一日三省)에 관한 언급이었는데 나는 지금도 그의 말이 타당하다고 느낀다.

공자는 하루에 세 번씩 남을 위해 충(忠)을 다했는지, 친구에게 신의(信義)를 다했는지, 배운 것을 남에게 지켰는지에 관해 반성해야 한다고 했다. 그런데 이런 반성은 자신의 깊숙한 내면으로 들어가 스스로의 양심에 고백하는 것이 아니라, 타인과의 관계를 잘 운영하고 있는지에 관한 것이다. 이것은 성찰이 아니라 사회적 관계에 대한 점검의 의미를 담고 있는 행위다. 반성과 성찰의 대상은 나의 양심과 마음이어야 한다.

사람은 살면서 오류를 범하지 않을 수 없다. 때로는 어쩔 수 없는 상황에서 의도적으로 잘못을 저지르기도 한다. 나 역시 예외가 아니다. 이것은 우리가 현실의 압도적인 힘을 의식하면서 살 수밖에 없음에 따른 불가피한 일이기도 하다.

그러나 우리가 성찰과 반성의 활동을 멈추지 않는다면 양심을 살아 숨쉬게 만들 수 있을 것이며 이로 인해 비록 많은 내면적 갈등을 겪게 되겠지만, 인생의 새로운 길을 지속적으로 모색해 볼 수 있을 것이다. 그것을 통해 나 스스로에 대한 책임을 다하면서 세상과 올바른 관계를 맺어나갈 수 있을 것이다.

세계의 역사성이 만드는 삶

상실의 시대

인간이 역사적으로 지금처럼 큰 상실감을 느끼며 살았던 적이 있었던 가? 나는 '상실'이라는 개념이 매우 현대적이며 그래서 그 말 안에는 동시 대적 의미가 함축되어 있다고 생각한다. 아마도 시대별로 '상실'이라는 단 어가 사용된 빈도를 산출해 본다면 내 생각을 증명할 수 있으리라.

소위 잘 나가는 사람이든 평생 삶의 영위에 필요한 기본적인 욕구의 충족을 위해 땀 흘리는 가여운 사람이든, 이 시대를 살고 있는 사람이라 면 모두가 그 계층과 신분에 관계없이 공통적으로 크고 작은 상실감을 느낀다.

왜 그런 것일까? 인류 역사상 가장 풍요롭고 넘치는 시대를 살면서도 이렇듯 큰 상실감을 느끼는 이유는 무엇일까?

아마도 그것은 우리의 욕망이 그 어느 때보다 더 커져 있기 때문일 것 이다. 우리는 무한한 욕망의 소유자들이다. 자아는 욕망한다. 자의식의 팽창으로 인해 급격히 부풀려 있는 욕망을 충족시키기 위해 분주한 사 이, 우리는 사람을 소중히 여기지 않게 되었고 이로써 우리의 영혼은 더 고독해지고 우울해지고 무기력해지고 고립되어 가는 것이 아닌가?

경제가 어려움을 겪을 때마다 자유주의자들 그리고 성장주의자들은 욕망(탐욕)을 인간의 자연스러운 심성이라고 하면서 그것의 해방을 부르 짖는다. 맞는 말이다. 경제는 욕망을 먹고 자란다. 욕망이 인간의 원초적 심성임도 부정할 수 없다.

그러나 인간의 욕망을 외부적 변수들과 무관하게 개인의 심성 안에서만 발로되는 자생적이며 독립적인 실체라고 생각하는 것은 잘못이다. 욕망은 지극히 사적인 동시에 극단적으로 사회적이며, 따라서 사회 시스템이나 문화와 같은 외부적 변수에 크게 연동되어 있다. 그것은 욕망이 외부적 변수들에 의해 증폭되거나 조절될 수 있다는 뜻이다.

그렇다면 지금 욕망이 그 어느 때보다 크게 팽창된 이유를 이 시대의 경제구조와 같은 사회 시스템 또는 문명이라고 불러도 좋을 삶의 외적인 환경에서 찾는다면 무리하고 터무니없는 시도일까?

이 시대의 우리는 더 많이 생산하여 더 많이 소비하는 것이 자신의 행복 증진에 부합된다는 믿음을 갖고 있다. 이러한 믿음은 이 시대 최고의 이데올로기이자 신념이다. 현시대의 믿음 체계 안에서 욕망은 언제나 충족의 대상으로 설정되며 소비를 통한 욕망의 충족은 행복의 기본 요건이 된다. 우리의 영혼은 생산과 소비에 중독되어 있다. 욕망을 다루는 다른 방식들은 종교 일각의 가르침이나 순전히 개인적 자각에 의해 유도되고 있을 뿐이다. 학교에서조차 승리와 쟁취를 통한 욕망의 충족을 가르친다. 사람이 더불어 살아가는 데 필요한 마음의 태도와 행동양식보다는 경쟁에서의 승리를 가르치며, 욕망 충족을 위한 생산과 소비의 극대화를 최고의 효율적 경제 시스템이자 그 자체가 선이라고 설파한다.

그래서 우리는 삐뚤어진 자의식과 사회 시스템이 부추기는 무한한 욕망을 충족시키기 위해 생산과 소비의 끊임없는 확대를 추구한다. 그리고 이러한 확대가 유지되는 상태를 〈선순환적 경제구조〉라고 부른다.

생산과 소비의 확대가 실현되는 선순환적 경제구조는 늘 자본의 확대를 동반한다. 시스템에 하자가 발생하여 자본이 위축될 경우에는 경제 불황을 알리는 서곡이 되므로 인위적인 자본 증대가 시도된다. 마치 2008년 금융위기를 겪고 난 후 전 세계 자본주의 국가들이 기준금리 인하나 국채 발행을 통한 재정 확대 등과 같은 수단을 동원해 막대한 자본 공급을 시행하고 있는 지금의 상황처럼 말이다. (대부분의 자본주의 국가는 재정 확대의 수단으로 미래 세대에게 빚을 넘기는 국채 발행을 선택했지 잘못을 저지른 현세대에게 세금을 추가로 징수하지는 않았다.) 지금의 세상 원리에서는 자본의 확대가 중단되면 생산과 소비도 중단될 수밖에 없다. 자본의 위축은 정부와 기업이 싫어하는 디플레이션을 의미한다. 그래서 자본은 끊임없이 확대 공급될 수밖에 없다.

결국, 미국의 양적 완화 축소(테이퍼링) 정책도 이런 관점에서 보면 교묘한 눈속임에 불과할 뿐이다. 양적 완화 축소 정책이 아무리 강력히 시행된다고 하더라도 장기적으로 자본의 지속적 공급이 중단되지는 않을 것이다. 왜냐하면 자본주의 시스템 아래에서 생산과 소비는 자본 자체에 매우 강력히 연동되어 있으며 지금의 문명은 생산과 소비의 축소를 절대 원하지 않기 때문이다.

이 시대의 인간은 부자나 가난한 자를 가릴 것 없이 모두가 소비를 담보할 수 있는 자본을 갈망한다. 중앙은행의 기준금리 인하는 소비자에게 또 빚을 내라는 유혹이자 강압이다. 그것이 강압인 이유는 시장 통제를 통해 유동성을 확대하려는 권력과 시스템의 강한 의도가 정책안에 담겨 있기 때문이다. 우리는 늘 이런 유혹과 강압에 시달려 왔으며 이제는 빚을 소비자에게 주어진 당연한 선택권인 것처럼 바라보게 되었다. 그래서 가계부채 1,100조 원이라는 숫자는 낯설고 상상할 수 없는 자릿수를 가지고 있지만, 한편으론 친숙하고 익숙하게 느껴지기도 한다.

토지를 소유하지 못한 봉건 시대의 소작농이 역설적으로 토지에 묶인 노예였듯이 자본을 소유하지 못한 모든 사람은 자본에 묶인 노예가 될 수밖에 없다. 지금의 시대에서 자본은 곧 자유를 의미한다. 그래서 부자는 자기가 보유한 자본의 증식을 추구하고 가난한 자는 신용이라는 이름의 빚으로 자본을 확보한다. 그들이 자본을 갈망하는 이유는 더 큰 자유를 얻기 위해서이다. 사람들이 자유를 원하는 한 자본의 공급은 축소될 수 없다.

1,100조 원이라는 숫자에 부담을 느낀 정부가 아무리 가계부채 축소를 위해 노력하는 모습을 보일지라도 본질적으로 그것은 하나의 쇼일 뿐이다. 끊임없이 자본을 공급하고 그것이 소비의 형태로 태워져야만 운영되는 세상에서는 가계부채가 절대로 감소할 수 없게 된다. 가계부채의 증가는 보통의 경제학자들 주장처럼 소득증가율이 낮아서가 아니라 세상의 운영 원리가 그렇게 설정되어 있기 때문이다.

소득 증가율이 높았던 시기에는 과연 가계부채가 감소되었던가? 아니다. 미래의 소득 증가율이 아무리 높아지더라도 부채의 증가는 불가피한 일이 될 것이다. 오히려 소득 증가율이 높아지면 소비자의 부채 상환 능력이 개선되었다는 명분으로 가계부채가 더 늘어날 가능성도 있을 것이다. 성장률 자체를 최고의 선으로 간주하는 사회 체제에서 이런 일은 피할 수 없는 일이다. 신용의 축소는 성장률의 하락을 유도하는 일이 될 것이므로 그것은 답안 선택지에서 일찌감치 제외되어 있었다.

그런데 빚을 져본 사람은 그것을 갚기가 얼마나 어려운 일인가를 안다.

가계부채 1,100조 원을 소득의 증가분으로 상환한다는 것은 넌센스에 불과하다.

가계부채가 감소 또는 최소한 정체되기 위해서는 1) 디플레이션이 발생하여 자본의 구매력 상승과 소비자의 소비 욕구 감소가 동시에 겹쳐서 일어나거나 2) 거꾸로 자본의 지속적 증대를 통한 의도적 인플레이션으로 부채의 실질적 가치를 떨어뜨리는 방법뿐임을 그들은 알고 있다. 그러나 정부와 기업은 결코 디플레이션 상황을 원치 않는다. 그것은 이미 확대 공급된 자본이 만들어 놓은 거품의 붕괴를 의미하는 것이며, 이로 인해 정부의 재정과 기업의 이익이 크게 악화될 것이기 때문이다.

따라서 이제 남은 일은 자본의 증가에 대한 정교한 통제뿐이다. 그들은 소비자들이 생활고를 느끼지 않게 급격한 인플레이션이 유발되지 않도록 하면서도 적정한 수준에서 인플레이션을 관리하고자 노력할 것이다. 동시에 디플레이션이 얼마나 위험한 것인가를 설파하면서 말이다.

그러나 나는 이러한 전통적이며 상식적인(?) 조치들이 정말 타당한 것인가에 대해 의구심을 갖고 있다. 소득의 실질적 구매력이 증가할 수 있는 유일한 조건은 디플레이션이 발생할 때뿐이다. 소득 수준이 정체되고 있는 사람의 입장에서 지금보다 풍요롭게 살기 위해서는 물건값이 떨어져야만 한다. 따라서 디플레이션은 수많은 소득 생활자들 특히 저소득 생활자나 80만 원 세대라고 불리는 젊은 계층의 입장에서는 매우 반길만한 일이다. 그런데 지금 우리 시대의 가계와 일반 소비자들의 소득은 정체 상태를 보이고 있다. 오로지 일부 기업과 특정 계층의 소득 및 자산이 증가하면서 빈부의 격차가 확대되고 있는 상황이다. 따라서 디플레이션은 다수의 이익에 부합될 가능성이 있다.

자산을 소유하고 있다고 하더라도 달랑 집 한 채를 갖고 평생을 살아야 하는 사람에게도 마찬가지다. 그들이 막대한 주택담보대출의 이자에 시달리기 때문에 소비를 못 한다고 하는데, 디플레이션이 발생하면 생활비가 절감되고 실질 소득이 증가하여 부채의 상환 능력도 개선될 것이다. 명목적으로 집값이 내려가는 것에 대해 불안감을 느끼겠지만, 실질적으로 집 한 채를 가진 사람은 그것을 처분해서 다른 주택을 구입하거나 전세로 옮길 때 디플레이션이 발생한 만큼의 혜택을 보게 된다. 물론 주택가격의 급격한 하락은 소위 '깡통 주택'을 양산할 수 있기 때문에 단기적으로는 대단히 공포스러운 일이 될 수 있다. 하지만 주택 가격의 장기적 안정 상황 또는 장기간에 걸친 점진적 하락은 그러한 위험을 크게 해소시킬 수 있다.

반대로 인플레이션이 발생하여 집값이 상승하면 기분은 좋아질 수 있겠지만, 소득이 정체된 사람들(잠재적 깡통 주택 소유자들의 대부분이 이런 상황에 놓여 있다)의 입장에서는 실질 소득의 감소로 부채의 상환은 더욱 어려워지고 주택을 처분해서 거주를 옮길 때에도 별다른 이익을 얻지 못하게 된다. 그들이 주택 처분을 통해 금전적 이익을 얻는 경우는 주로 사는 동네를 바꿈으로써 '주거의 질'을 떨어뜨릴 때이다. 결국, 인플레이션으로 인해 그들은 기분만 좋아질 뿐 아무것도 얻을 게 없다.

인플레이션 상황에서 이익을 얻는 사람은 가령 주택을 몇 채씩 소유하고 있는 자산가 계층뿐이다. 최소한 지금의 상황에서는 그렇다. 과거 경제개발 시기(70~90년대)의 자산 가격 상승이 중산층 형성을 촉진하기는 했지만, 이 역시 빚을 잔뜩 짊어진 '부실한' 중산층을 양산한 것에 불과하며 만일 당시에 자산 가격이 상승하지 않았더라면 중산층이 형성되지 않았을까 생각해 보면 '아니요.'라는 답을 하기도 어려울 것이다. 오히려 부채 없는 '건강한' 중산층을 형성하지 않았을까?

　어찌 보면 자산 가격 상승에 의한 중산층 형성이란 현상은 사회학적으로 다소 부도덕한 일이라고도 할 수 있다. 지금 우리 사회에 근면과 성실의 가치가 사라졌다고 한탄하는 지배 계층들, 돈 많은 사람, 무산 계층들일수록 과거에 자산 가격 상승의 이익을 봤던 사람일 가능성이 크다.
　예전 직장에서 고위 임원을 하시다 퇴임한 분이 언제가 술자리에서 했던 말이 생각난다. 돌이켜 보니 결국 노후 자금의 규모가 알뜰살뜰 저축한 결과라기보다는 젊은 시절 어느 지역에 집을 샀느냐에 의해 결정되었다는 얘기였다. 같은 직장에서 똑같이 월급쟁이를 했어도 강남에 집 산 사람과 일산에 집 산 사람의 부에 큰 차이가 생겼다는 얘기다.
　과연 이런 시대 상황에서 근면과 성실의 가치가 살아날 수 있겠는가? 물론 당시에는 더 근면하고 성실한 사람이 주택분양이나 재테크에도 더 열심이었을 테니 전적으로 그 점을 부인하지는 못하겠지만, 큰 틀에서 생각해보면 그 말을 수긍하기도 어려운 것이다. 왜냐하면, 주택분양에 신경 쓰지 않은 사람들의 상당수는 젊은 시절 자기가 맡은 일과 업무에 더 근면하고 성실하게 임했을 가능성도 있기 때문이다. 실제로 내 젊은 시절의 주위를 회상해보면 업무에 성실했던 많은 사람이 재테크에는 신경을 쓰지 못했던 경우가 많았다.
　그러니 부자들은 함부로 돈 없는 사람들의 근면성과 성실성에 의문을 표해서는 안 된다. 자칫 그것은 스스로도 인식하지 못하는 사이 바보 같은 위선을 저지르는 바가 될 수도 있기 때문이다.

어쨌든 정부는 디플레이션을 원하지 않는다. 그것은 부분적으로 그들이 보호해야 할 일차적인 대상이 자산가 계층이기 때문이기도 할 것이다. 디플레이션이 발생할 때 가장 큰 타격을 받는 계층은 그들이다. 그들이 무너지면 낙수 효과가 사라지고 국가 경제 전체가 큰 타격을 받을 것이란 논리로 국가는 자산가 계층의 보호를 위해 노력한다. 그래서 국가는 자본의 지속적 증가를 멈추지 않는다. 대신에 기준금리, 지급준비율, 국채 발행 따위의 조치들을 통해 정교하게 그 속도를 통제하고자 노력하는 것이다.

지금의 시대에서는 디플레이션을 주장하는 사람들은 축소 지향적 사고를 가진 사람으로 비판받게 되기에 십상이다. 디플레이션이 발생하면 자산과 상품 가격만 하락하는 것이 아니라 소득까지 감소하게 될 것이므로 결국에는 다 같이 못살게 될 것이라고 반박할 것이다. 그럴지도 모른다.

그렇지만 점진적 인플레이션이 좋다고 생각하는 것만큼이나 합리적 디플레이션에 대해서도 우호적인 시각으로 검토해 볼 필요가 있다고 본다. 왜냐하면 그러한 시각은 자본에 중독된 사람들이 그 중독에서 깨어나 제정신으로 돌아올 수 있는 합리적인 방법을 제공할 가능성이 있다고 생각되기 때문이다.

그러나 문제는 디플레이션을 퇴보와 수축으로 간주하는 시각이다. 우리가 이러한 시각에 고정될 때 한 발자국도 앞으로 나가지 못할 것이라는 점은 자명하다. 이 점에서 우리는 발전의 진정한 의미를 정의해볼 필요가 있다. 그리고 자본의 팽창에 의존하는 작금의 세상 운영 원리가 인간에게 진정한 행복을 선사하는지에 대해 본질적 관점에서 의심하고 회의해 볼 필요가 있다고 본다.

사실 인플레이션은 바로 생산과 소비에 대한 중독의 원인이기도 하다. 상품과 자산 가격의 지속적 상승이 예상되는 상황에서는 미래의 소비 및 소유를 현재화시키고자 하는 욕망이 더욱 커질 수밖에 없다. 소비의 지연보다는 현재화가 자기 이익에 더 부합되기 때문이다. 이자율이 낮아 금리보상액이 작아질 땐 더욱 그럴 것이다. 이렇듯 평범한 인간의 욕망은 지속적인 인플레이션을 유도하는 사회 시스템에 의해 영향받고 팽창된다.

자본가들이 디플레이션을 두려워하는 이유 역시 그것이 인간의 욕망을 축소시키는 역할을 하기 때문이다. 물가의 하락은 인간의 소비 욕구를 감소시킨다. 소비를 미루고 현금을 보유하는 것이 자기 이익에 더 부합되기 때문이다. 그것은 생산과 소비의 위축을 초래하는 일이며 결과적으로 자본의 축적 속도를 저지하는 일이 될 것이다.

생산과 소비의 위축이 경제의 전반적 외형을 축소시킬 것은 분명해 보인다. 이것이 자본의 이익을 침해하리라는 점 역시 분명하다. 그러나 이것이 소비자의 실질적 복리후생을 감소시킨다는 명백한 증거가 되지는 못한다고 생각한다. 디플레이션 상황에서 사람들은 꼭 필요한 물건이 아니면 소비를 미루는 근검과 절약의 태도를 갖게 될 것이다. 그렇게 행동하는 것이 자기 이익에 더 부합하기 때문이다.

이럴 경우, 생산과 소비의 작동 원리는 상당 부분 〈욕망 → 필요〉의 구조로 전이될 것이다. 생산과 소비의 과정이 합리화되는 것이다. 이런 합리화 과정은 경제의 외형 자체를 훼손할지는 몰라도 인간 심성의 회복, 자연 훼손의 완화, 자원 낭비의 방지, 인구 증가의 억제 등과 같은 수많은 긍정적인 결과를 초래함으로써 결과적으로 인간의 복리후생을 '실질적으로' 증대시킬 가능성이 있을 것이다.

 이런 관점에서 현시대의 자본 팽창에 대한 숭배 관념은 한번쯤 의심과 회의의 대상이 되어야 할 신념 체계라 할 수 있다. 우리는 자본 팽창이 약속하는 생산과 소비 수준의 확장이 정말로 인간의 행복 증진을 보장하는가에 대해 의심하고 회의해야 한다.
 하지만 당분간 그럴 가능성은 거의 없어 보인다. 우리들 다수는 이미 그런 신념 체계에 포획되어 있고 그 포획으로부터 벗어나 그것을 부정할 때 우리 자신에게 어떤 결과가 초래될지를 알고 있기도 하다.
 따라서 이제 가계부채의 감소는 어떤 특수하고 보기 드문 상황에서만 발생할 수 있는 일이 되었다. 그것은 바로 작금의 세상 운영원리가 통제의 매트릭스를 벗어나 파국을 맞이할 때뿐이다. 마치 2008년의 금융위기 때처럼 말이다. 그게 아니면 화폐개혁이 되든지… (이런 맥락에서 나는 살아 있는 동안 화폐개혁을 목격할 가능성이 높다고 생각한다. 아니면 비트코인과 같은 정부의 영향력에서 자유로운 대안 화폐가 구조적으로 인플레이션의 발생을 저지하고 지금까지 자본의 위협과 종속에 시달려온 사람들을 구할 수 있는 수단으로 부상할 가능성에 주목해 본다.)

 생산과 소비에 중독된 인간에게 있어서 그것의 위축은 욕망의 충족이 미흡하고 부족해질 것임을 의미하는 것이다. 이러한 상태에서는 인간의 마음속에 마약 중독자가 금단현상을 겪듯이 우울, 무력, 고립, 자살 충동, 절망이 들어선다. 그는 이제 상실의 시대를 겪게 되는 것이다. 그래서 인간은 다시 자본을 증대시켜 생산과 소비를 그 이전의 상태보다도 더 확대시킴으로써 그것의 달콤함을 맛보려 한다. 이는 마치 마약 중독자가 약물 흡입의 농도를 증가시키는 것과 같다. 인간의 욕망에 한계가 없듯이 그 농도도 끝없이 짙어져 간다. 이러한 현상을 우리는 이웃 나라 일본에서도 목도한 바 있다. 잃어버린 20년을 되찾겠다고 하면서 결행되고 있는 아베노믹스로 표현되는 천문학적인 자본 확대가 그것이다.

자본의 입장에서도 그 자신의 지속적인 증식을 위해서는 인간을 생산과 소비에 중독시킬 필요가 있다. 자본은 생물과 같다. 그것도 매우 역동적이며 교활한 생물로서 흔히 그의 소유주라고 여겨지는 인간이 사실은 자기의 증식을 위해 봉사하도록 이면에서 추동한다.

단적으로 인구 증가에 대한 강박만 보더라도 그렇다. 인구가 증가되어야 한다는 모든 논리의 귀결은 결국 자본의 숙주가 감소함으로써 자본의 생명이 위태로워질 것에 대한 두려움으로 향한다. 인구가 감소하면 사회 전체의 생산력과 소비력이 떨어지고 종국적으로는 자본의 팽창도 위축될 수밖에 없을 테니까 말이다.

그런데 이런 식의 논리라면 인구가 도대체 얼마까지 증가되어야 한단 말인가? 영원히 무한대로! 이것은 결국 교묘한 다단계 판매에 지나지 않는 것이다. 생산과 소비의 증대가 인구 증가에 의존할 수밖에 없는 것이라면, 그러한 경제의 작동 원리는 악덕 다단계 업체의 판매 구조와 근본적으로 아무런 차이가 없다고 볼 수 있다.

인구 증가는 지구 전체적으로 굳이 언급하지 않아도 모두가 알만한 다양한 현상들을 복합적으로 일으킨다. 이를테면 기후 변화, 자원 고갈, 식량 부족, 생태계 파괴 등과 같은 현상들인데 이런 일들은 하나같이 장기적 관점에서 인간의 지속 가능한 생존과 행복을 위협한다.

자본의 증식 논리는 이런 모든 문제들을 덮고 대중의 관심을 현혹시키는 강력한 힘을 갖고 있는 것이다.

그래서 인간은 자본의 힘에 포섭되어 있음을 알면서도 그를 위해 온 힘을 다해 봉사하기를 멈추지 않는다. 인간보다 우위에 있는 자본을 위해 봉사하는 사이, 인간의 시선은 다른 인간으로 향하지 않고 자본의 증식을 위한 숙주를 찾아 헤맬 뿐이다. 이제 인간은 다른 인간을 인간으로 보지 않고 자본의 숙주로만 간주하게 되었다. 자본에 빼앗긴 타인의 눈길을 그리워하며 우리의 마음은 상실하는 것이다.

매트릭스의 시대

'부처님 손바닥 위에서 논다'라는 말이 있다. 아마도 이 말은 인간이 아무리 잘난 척을 해도 결국에는 부처님의 섭리 안에서만 존재할 수 있다는 뜻일 것이다. 섭리를 벗어난 삶은 가능한가?

자연사적 관점이나 문명사적 관점 모두에서 그것은 실질적으로 불가능하다. 인간이 자연의 섭리를 떠나 존재할 수 있다고 믿는다면 그것은 지독한 무지이거나 오만의 수준을 넘는 방자함일 뿐이다. 문명사적으로도 인간은 항상 어떤 섭리 안에서 존재해 왔다. 조선 시대에는 유교적 섭리 안에서 삶이 영위되었고 서양의 중세시대에는 기독교 신의 섭리가 사람의 삶을 지배하였다. 섭리가 약해질 때 세상은 언제나 혼란되었다. 그렇다고 섭리가 확립된 세상에서의 삶이 항상 더 건강하고 존중되었다는 것은 아니지만 아니 실제로는 섭리가 강화될수록 고통받는 삶은 더 늘어나기도 했지만, 인간은 항상 어떤 섭리를 찾아 길을 나섰다.

섭리란 세상이 운영되는 핵심적 원리이자 인간의 뇌를 조종하는 중심적 사상이다. 그것은 내가 주체이고 내가 소망하고 내가 욕망하는 것처럼 보이지만, 사실은 배후에서 끈덕지게 내 의식을 쥐어 잡고 조정하는 그 '무엇'이다. 그런데 세상은 항상 이런 식의 '중심'을 필요로 한다. 그리고 동시대에 존재하는 모든 사람과 사물은 이 '중심'을 기준으로 배열된다. 이것은 마치 자성을 중심으로 금속가루가 배열되는 것과 같다. 이 배열에서 벗어나 있는 사람과 사물은 대오에서 소외되어 존재의 가치를 잃는다. 이렇게 모두가 그 중심을 기준으로 배열될 때 거미줄 같은 매트릭스는 확립되고 그 원리에 따라 세상은 운영된다. 마치 자석이 회전할 때 금속가루들이 나선형의 원을 그리며 자성을 따라가듯 말이다.

시대적 섭리란 현실의 모순을 덮는 이미지를 만들어내는 원천이다. 그 시대의 섭리는 인간의 가치관과 정체성, 사회적 신분의식에 영향력을 행사하여 사실상 인간의 의식을 지배하는 실체가 된다. 그 실체의 지배력 앞에서 현실의 모순은 쉽게 자신의 모습을 드러내지 못한다.

그렇다면 이 시대의 우리는 어떤 섭리 안에서 살고 있는 것일까? 우리의 의식을 지배하는 이 시대의 문명사적 섭리는 무엇인가? 나는 21세기의 시대적 섭리는 자본과 기술이라고 생각한다.

자본주의가 강력한 시대적 운영 원리로 작동하고 있다는 점을 부인할 사람은 많지 않을 것이다. 자본주의는 단순히 경쟁을 전제로 혁신의 창출을 추구하는 단계를 넘어선지 오래다. 그것은 눈에 띄지 않는 정교한 도구들을 통해 동시대 인간들의 삶에 막대한 영향을 미치고 있다. 중앙은행의 화폐공급량, 이자율, 환율조작, 정부의 재정정책 등의 정교한 도구들이 시스템을 움직이기 위해 동원되고 있으며, 개별 인간의 삶은 게임 테이블 위의 주사위처럼 보이지 않는 큰손에 의해 휘둘릴 수밖에 없게 되었다.

기준금리가 1%대의 사상 최저치에 내려와 있는 지금 그것은 누군가의 주머니에 채권수익률 형태로 들어갈 수익금이 다른 당사자에게로 전이될 것임을 의미하는 것이다. 그것은 해석하기에 따라서는 누군가가 정당하지 않게 또는 도덕적이지 않게 돈을 벌 (또는 손실을 최소화할) 기회를 획득했음을 의미하기도 한다. (만일 이자율 따위의 사회적 기준이 변경된 덕분으로 누군가가 벌어들인 큰돈이 정당한 것이라고 인정된다면 '정당'이란 단어가 참 우습게 느껴지기도 한다.)

하긴 높은 이자율 아래에서 이자수익률로 노후를 보내려고 하는 마음도 도덕적이지 않기는 마찬가지다. 인간이 높은 은행 이자율에 의지해 자기의 노후를 보낼 수 있었던 시대가 역사적으로 과연 얼마나 있었던가를 생각해 보면, 지난 몇십 년간 자본주의적 개발시대를 겪어오면서 당연시 여겼던 그러한 행태는 오히려 역사적으로 흔치 않았던 경험이었으며 그런 돈을 도덕적이라고 여겼던 시대 역시 없었음을 알게 된다. 오히려 동양은 물론이고 서양의 기독교, 아랍의 이슬람교 등 다수의 문화권에서는 자본주의가 태동하기 이전까지는 이자에 대해 매우 부정적인 신념을 지녀왔다.

그러나 지금의 시대에서는 자본의 축적 활동은 대부분 선(善)으로 용인되고 있으며 인간은 그가 보유한 자본의 양에 따라 존엄성을 인정받고 있다. 그러니 누가 자본을 추구하지 않을 수 있겠는가? 이제 자본은 그 자체가 인생의 절대적 목표가 되었다. 이렇게 모두가 자본을 갈망하고 있는 상황에서 사람들의 욕구를 만족시킬 수 있는 유일한 방법은 자본을 지속적으로 공급하는 것뿐이다. 만일 중앙은행이 유통 중인 화폐 일부라도 수거해 간다면 자본에 갈망하는 인간들의 아우성으로 온 세상이 가득할 것이다. 우리는 그러한 아우성을 증시에서 나타나는 '유동성 발작'에서도 들을 수 있다.

인간은 충분한 빵을 얻을 때에는 어떠한 형태의 지배구조도 용인하는 존재다. 모든 권력은 빵 위에서만 성립되고 유지될 수 있다. 절대 왕정, 군사 독재, 종교 권력, 봉건주의, 민주주의, 그 모든 체제는 그의 지배를 받는 인간들에게 충분한 빵을 제공하는 한 저항에 직면하지 않는다. 모든 체제는 빵을 제공하지 못할 때 무너지는 것이지 권력이 도덕적이지 못해 무너지는 것이 아니다. 권력의 정의를 실현하자는 주장은 곧 공동체의 빵을 같이 나눠 먹자는 말의 다른 표현일 뿐이다.

유신정권과 제5공화국의 붕괴 그리고 이어진 민주화의 실현도 산업화 과정에서 극심한 노동과 착취에 시달리면서 정작 빵의 배분 과정에서는 소외된 노동자와 농민들의 저항으로 촉발되고 확산한 결과다. 만일 노동자 농민들에게 좀 더 평등한 배분이 이루어졌다면 당시의 사회는 정의로운 사회로 평가받았을 것이며, 많은 이들의 옹호 속에 지금까지 유지되고 있었을 것이다. 따라서 이러한 관점에서 바라볼 때 지금의 사회 시스템 운영자들은 자본에 중독된 인간들의 갈망을 외면할 수 없다. 왜냐하면 그러한 외면은 시스템의 붕괴를 초래하기 때문이다.

비록 최근 들어 기준금리에 대한 치열한 논쟁과 가계부채에 대한 우려로 세상이 떠들썩하지만, 자본의 공급을 '본질적으로' 중단시키지는 못하는 상황에 우리는 처해있다. 그러한 논쟁은 현재의 상황에서는 치열해 보일지라도 자본주의 시스템이 지속된다는 관점에서 보면 단지 미시적인 논쟁에 불과한 것이다. 자본에 깊이 중독되어 그의 절대적 통제를 받고 있는 인간들이 거대한 자각 속에서 깨어나 새로운 매트릭스를 구성하지 않는 한 자본의 확대 공급은 중단되지 않을 것이다. 우리는 마치 영화 '괴물'에서 괴물의 소굴에 납치되어 갇혀 버린 어린 소녀처럼 자본에 깊이 갇혀 있다.

그럼 기술은 어떤가? 이 시대의 기술은 고도로 발달한 문명의 상징이다. 그것은 인간 삶의 확장을 위한 도구인 동시에 인간의 영혼을 몰두케하는 숭배 대상이 되었다. 이 시대 모든 삶의 양식은 기술에 의존되어 있으며 각 인간 개체는 기술이 창조해낸 거미줄 같은 네트워크에 옭아 매어져 있다.

기술이 단순히 생산성 극대화를 위한 기계 장비의 개발이나 스마트폰, 무인자동차 등을 통한 생활 혁명 또는 의료기술을 통한 기대수명의 연장 등을 뜻한다고 생각해서는 안 된다. 그것은 순진하다 못해 바보 같은 생각이다.

사실 기술은 이제 인간의 생존과 문명의 향방 자체를 결정하는 근본적인 지지대 역할을 하고 있다. 그렇다고 해서 기술이 자동적으로 찬양의 대상이 되는 것은 아니다. 오히려 기술은 그것의 대단한 위력과 파급 효과로 인해 더욱 철저한 검증의 대상이 되어야 할 뿐만 아니라, 인간이 앞으로 어떤 세상을 만들어 나갈 것인지 그리고 그 안에서 어떤 삶을 영위할 것인지에 관한 형이상학적이면서도 완벽하게 현실적인 문제와 연동되어 신중하게 다루어져야 한다.

명백히 지금의 인간은 기술 없이는 생존하지 못한다. 70억 명의 인간 입으로 들어가는 식량을 생각해 보자. 지금의 음식물들은 그것이 동물성이든 식물성이든 간에 유전학적으로 또는 생명공학적으로 조작되지 않은 것이 없다. 쌀, 밀, 옥수수, 콩, 바나나, 사과, 소, 돼지, 닭…

언젠가 신께서 노아의 방주에 함께 태우라 명하셨던 대부분 종은 이제 인간의 발달된 기술 덕분으로 멸종의 위기에 처해 있거나 유전학적으로 개량되어 그 흔적을 찾아보기 어렵게 되었다. 인간에게 더 많은 식량을 제공하기 위해서 이루어진 기술적 업적의 결과인 것이다.

그렇다면 이것은 신의 뜻인가? 신이 노아에게 그의 또 다른 창조물인 동물들을 같이 태우라 하셨을 때 훗날 70억 인간들(몇십 년 후에는 100억이 된다고 하는 인간들)의 입을 위해 유전학적으로 개량되기를 바라는 마음으로 명하셨던 것일까? 나는 신을 믿는 사람들은 이 질문을 신중히 검토해 봐야 한다고 생각한다. 어차피 다 함께 그 음식물을 나눠먹고 있는 입장에서 그들에게 답을 강요할 수는 없지만, 신의 창조물들에 함부로 손을 대는 일이 혹시나 주인의 허락을 필요로 하는 것은 아닌지 잘 생각해 봐야 한다고 말하고 싶다.

그럼 생명이 아닌 물질은 어떤가? 자연계에 존재하는 분자들은 인간의 편의를 위해 쪼개지고 새롭게 조합되면서 좋은(?) 일, 나쁜(?) 일에 쓰이고 있다. 인간은 에너지를 만들어내기 위해 또는 다른 인간을 죽이기 위해 화학적 물리학적 기술들을 개발하여 이용하고 있다.

급격히 개체 수가 늘어난 인간 모두가 지금 이렇게 존속할 수 있는 이유는 기술의 발전으로 충분한 식량과 에너지를 생산할 수 있었기 때문이다. 인간은 향후 50년 이내에 유사 이래 지금까지 인류가 생산해 온 양만큼의 식량을 새롭게 생산해야 한다고 하는데 아마 에너지도 마찬가지일 것이다. 물론 이 일의 실현 가능성은 매우 높다고 해야 한다. 최소한 단기적으로는 인간이 대응할 수 없을 정도의 급격한 자연적 재해가 없다면 충분히 가능할 것이다.

하지만 장기적으로는 어떨까? 과연 이것은 지속 가능한 방식인가? 모든 동식물의 유전자를 변형시키고 자연의 분자 배열을 바꾸는 과정이 반복된 이후의 모습은 어떤 것일까? 인간은 자신에게 필요한 에너지를 얻기 위해 자연을 끊임없이 변형시키고 있다. 그 변형의 결과는 다양한 형태로, 때로는 우리가 예상치 못한 모습으로 나타나게 될 것이다. 이 모습을 단정하기는 어렵겠지만 어렴풋이 그리 유쾌한 결론이 나올 것 같지는 않다고 느껴진다.

기술의 발전이 인간의 일과 생활에 미칠 영향은 어떤 모습일까? 기술은 외형적으로는 누구나 편하게 소비할 수 있는 범용적 상품을 만들어내지만, 그 이면에서는 인간에게 그 자신을 다룰 특별한 전문성을 요구하고 있다. 기술이 발달할수록 인간의 전문성도 심화할 수밖에 없다. 인간은 자신의 사회화(사회 참여)에 도움이 되는 전문성을 확보하기 위해 노력하지만, 기술이란 항상 새롭게 탄생하고 혁신되고 폐기되는 과정을 거치게 되므로 이와 연동된 인간의 전문성도 그 가치가 항상 변하게 된다. 기술의 혁신 속도가 빨라질수록 인간이 갖는 전문성의 가치도 더욱 자주 재평가될 것이며, 이로 인해 그 전문성에 의존해 자기의 삶을 꾸려가는 개별 인간들의 일상 역시 빈번하게 변동되고 영향받게 될 것이다. 그것은 개별 인간들의 삶이 점점 불안정하고 유동적인 모습으로 변화될 것임을 시사하는 것이다.

그런데 이렇게 불안정하고 유동적인 삶을 사는 사람들이 만들어낼 세상이 어떤 모습일지를 상상하는 것은 그리 어려운 일이 아니다. 누군가 아무리 저녁이 있는 삶을 외친다 하더라도 또는 일과 개인적 생활의 균형(balance of work and life)을 강조하더라도 그것은 하나의 피상적 구호에 그

칠 가능성이 클 수밖에 없다. 이런 상태에 처해 있는 사람들이 만들어내는 세상이 행복하고 아름다울 수 있을까?

나는 여기서 기술의 부정적인 측면을 부각시키려고 하는 것이 아니다. 기술이 인간을 고된 노동으로부터 해방시켜 왔음은 사실이다. 기계 기술의 발전은 인간의 근육이 감당해야 했던 피로를 경감시켜왔다. 그러나 이런 긍정적인 측면은 숱하게 부각되어 왔다. 그러니 나의 이런 삐딱한 시선을 이해해주기 바란다.

기술은 경제 시스템과 같은 사회 체제에도 큰 영향을 미치게 될 것이다. 경제학자들은 공산주의가 실패한 가장 큰 이유를 그 체제가 시장가격을 계산하지 못해 극도의 비효율성이 나타날 수밖에 없었기 때문이라고 한다. 시장가격은 자원의 분배를 가장 효율적으로 유도하는 지침으로서 시장 참여자들의 행동을 합리적으로 지시하는 작용을 하는데 공산주의의 엘리트 관료가 그것을 계산하여 지시할 수는 없다는 것이다.

그러나 만일 자본주의의 최고 산물 중 하나인 컴퓨터가 고도로 발달하여 세상의 모든 값을 계산하고 통제할 수 있게 되면 어떤 일들이 발생할까? 컴퓨터 기술의 발달이 공산주의자와 사회주의자들의 주장을 부활시킬 수 있을까? 그런데 사실 이런 일들이 부분적으로나마 지금의 세상에서 이미 실현되고 있는 것은 아닌가? 정부는 종종 사업자들의 원가를 계산하여 가격을 통제하고자 하는 욕구를 느낀다. 그것이 국민의 복지를 증진하는 일이라고 믿기 때문이다. (사실은 가격 상승으로 인해 비등하는 국민들의 불만을 잠재워야 할 필요 때문이겠지만…) 이러한 일은 충분한 정보의 공개와 그것을 수치로 환산할 수 있는 컴퓨터 기술의 발달 덕분이다.

앞으로도 컴퓨터 기술의 발달로 경제활동의 많은 부분이 정교하게 측정되어 수치화될 가능성은 훨씬 높아질 것이다. 그리고 이런 자신감을 바탕으로 정부가 시장 개입을 강화하는 현상을 예상해볼 수 있다. 이러한 현상은 컴퓨터가 사회 통제의 수단으로 적극적으로 이용될 수 있음을 의미하는 것이며, 컴퓨터로 인해 개인의 삶이 국가를 중심으로 하는 통제 매트릭스 안으로 더욱 깊이 들어가 예속될 수 있음을 의미한다고 할 수 있다.

정보의 공개와 유통을 촉진하고 그 정보를 수치상으로 용이하게 환산시키는 컴퓨터 기술의 발달로 인해 자본주의가 고도화될수록 사회와 개인의 경제활동에 대한 통제가 강화될 수 있다는 것은 하나의 거대한 아이러니라 하지 않을 수 없다. 결국 자본주의가 죽은 마르크스를 무덤에서 부활시키고 그에게 궁극의 승리를 안겨주는 역설을 초래할 가능성을 배제하지 못하는 것이다.

기술의 발달로 인해 인간은 그 어느 때보다 더 당당하고 진보적인 역사관을 갖게 되었다. 사실 인구 증가가 초래할 비극도 녹색혁명으로 극복해 냈고 증가한 산업 생산성은 인간에게 지극한 풍요로움을 제공하고 있지 않은가.

진보적 역사관에는 들을 때마다 사람의 심장을 뛰게 하는 묘한 매력이 있다. 문명의 문제에 대한 회의적 시각이 등장할 때마다 인간은 항상 역경을 이겨내고 진보해 왔으며 그때마다 새로운 과학기술이 그것을 뒷받침해 왔노라는 주장과 앞으로도 그럴 것이라는 확신에 찬 웅변은 마치 엘가의 위풍당당 행진곡을 들을 때처럼 심장을 울리게 하고 그 대열에 동참하겠노라는 의지를 불러일으키는 것이다.

그러나 인간이 정말 과학 기술의 발전에 힘입어 진보해 왔는가? 이 질문은 기술에 대한 또 다른 오해의 한 가지와 관련되어 있다. 그것은 기술의 향상 자체를 진보로 간주하는 의식에 대해서이다. 인간이 진보한다는 것은 어떤 의미인가? 우리는 기술의 발달로 산업화, 정보화가 이루어지고 이로 인해 인간의 삶의 양식이 영향받는 것을 진보로 착각하고 있는 것은 아닌가?

기술은 발달하고 있지만, 의식은 불안정해지고 영혼은 허약해져가는 모습을 진보라 할 수 있을까? 불안한 의식과 비어가는 영혼으로 인해 우리는 기술의 주인으로서가 아니라, 오히려 그에 종속된 숭배자로 전락하여 살고 있는 것은 아닌지 깊게 생각해 볼 일이다.

우리가 자본과 기술이 구축하고 있는 매트릭스의 세계를 살고 있다는 것은 확실해 보인다. 세상을 보는 내 통찰력의 한계로 인해 이 점을 명증하게 증명할 수는 없지만, 그것은 둔감한 내 영혼의 느낌이다.

나는 자본과 기술의 끝없는 확대가 어떤 미래를 만들어낼지 매우 궁금하다. 그러나 쓸데없는 걱정은 하지 말기로 하자. 그게 아니더라도 평소 개인적인 걱정거리가 얼마나 많은데….

기업의 시대

왕조의 시대, 신의 시대가 끝난 지 오래되었다. (물론 지구 일각에서 여전히 종교적 충돌로 인해 많은 사람이 고통받고 있는 현실을 고려할 때 신의 시대가 끝났다고 선언하기에는 다소 무리가 있겠다는 생각이 들기도 하지만….)

근대에 이르러서는 정부가 왕조와 신의 권력을 이어받아 세상의 질서를 운영해 왔으나, 이제 정부의 시대도 석양 너머로 떨어지고 있다. 정부는 막대한 국가부채를 짊어진 빚쟁이일 뿐이다.

개인의 자유와 자율적인 사회 참여를 존중하는 시민 민주주의의 시대도 허울만 그럴듯할 뿐이다. 시민단체들은 정부의 보조금이 없다면 당장 활동력을 상실하게 될 것이다. 이로 인해 대부분 시민단체는 정부로부터 독립된 완벽한 자율성을 갖고 있지 못하다. 개인은 어떤지 보라. 다수의 개인은 어느 국가에 살고 있든지 엄청난 부채에 허덕이고 있다.

반면에 기업은 막대한 사내 유보금을 축적하면서 부를 독점해 가고 있다. 그리고 이러한 부의 힘을 원천으로 수많은 추종자의 비호 속에 세상에 대한 지배력을 키워가고 있다. 기업은 세상을 통제하는 매트릭스이자 지배주주이며 삶의 규칙을 정하는 룰러(Ruler)가 되었다. 막대한 부의 창출과 확대, 축적, 보유가 모두 기업에 의해 이루어지고 있다.

자본주의 사회에서 기업은 이데올로기 그 자체다. 기업의 이익을 침해하는 일은 곧 우리 사회 공동의 이익에 손상을 가하는 일과 동일시되고 있다. 일부 산업자본이 독과점적 지위를 이용해 막대한 자본을 축적하더라도 이는 혁신을 추구한 자에 대한 당연한 보상일 뿐이며, 국제 경쟁력 확보를 위해 필요한 투자를 위해 필수적인 이익이라는 논리가 그 어느 때보다 당당하기만 한다. (사실 이런 논리는 우리 삶이 운영되고 있는 작금의 경제 구조적 관점에서만 본다면 거부할 수 없는 현실이기도 하다.) 거대 금융자본이 인간 삶의 개선에 기여하는 바도 없이 오히려 약한 국가를 파탄시키며 사람의 삶을 황폐화하면서까지 약탈적으로 금융시장에서 자본수익을 창출하더라도 자본은 경제 자유의 방패 뒤에서 꼿꼿하다.

이제 모든 개인은 기업의 영향력 아래 자유로울 수 없다. 기업의 선택을 받지 못한 개인은 생활을 유지하지 못한다. 구조적으로 개인의 생계는 기업에 더욱 의존하게 되었다. 어떤 시대든 경제적 의존은 무력한 종속을 낳는 법이다. 이로 인해 개인의 자율적 삶의 영위는 더욱 힘들어지고 있다. 개인은 각자의 얼굴을 기업의 목적 수행에 적합하게 성형해야만 생존할 수 있게 되었다. 이것은 소위 말하는 상위 1%의 개인도 마찬가지다. 오히려 그들이 더 기업의 눈 밖에 날 것을 두려워하며 전전긍긍하면서 산다. 기업의 선택을 받은 충실한 지배인이 되어 있음을 자랑스러워하면서 그 서클에서 밀려나지 않기 위해 자기계발을 하고 인맥을 만들고 부지런히 움직이고 반듯한 자세를 유지하고 억압하고 허풍 치며 산다. 이것을 나는 경험으로 증언할 수 있다. 이제 개인은 기업이라는 조직 안으로 편입되어 통제받고 있다. 개인의 실질적 통제자는 정부가 아니라 기업이 되었다. 기업은 그렇게 우리 사회를 조직화한다.

정부 역시 기업의 수호자 역할을 하는데 주저함이 없다. 기업의 번영이 사회 전체의 번영과 직접적으로 연결된다는 신자유주의적 신념 하에 기업을 후원하고 지원하는 것이 정부의 가장 중요한 미션이 되었다. (그럼에도 불구하고 지금 우리 사회의 현실은 분명히 기업의 번영과 사회 전체의 번영 간에 어떤 괴리가 발생하여 확대되고 있는 것이 틀림없다.)

정부의 첫 번째 존재 목적이 시민을 보호하기 위한 것이 아니라 기업의 생존과 번영을 보장함에 있는 것이 아닌가 생각이 들 정도다. 신자유주의의 물결이 거세지면서 기업은 정부의 막대한 특권을 받는 최대 수혜자가 되었다. 조세제도부터 전기요금에 이르기까지 기업에 대한 정부의 배려는 끝이 없다. 법인세는 항상 우파와 좌파의 핵심적 논쟁거리이지만, 지난 몇십 년 동안 법인세는 지속적으로 인하된 반면 개인에게 부과되는 세율은 계속해서 상승되어 왔다. 기업의 생산에 필요한 원가를 보조하기 위해 전기요금도 우대된다.

반면 개인의 권리는 기업(법인)의 권리가 충족된 이후에나 보장되는 후순위 채권으로 전락했다. 시민의 정치적 권리와 경제적 민주주의도 기업의 이익 앞에서는 무력해진다. 기업의 이익 증대가 곧 사회적 공리로 간주되고 있다. 기업이 정치권력과 법 권력의 중심을 차지하고 있는 것이다.

기업의 영향력이 이처럼 경제, 정치, 법의 영역에만 머무르고 있다고 생각해서는 안 된다. 이제 기업의 영향력은 윤리와 도덕의 기준을 정하는 일에까지 이르고 있다. 어떤 것이 윤리적이고 도덕적이냐의 판단에 기업은 깊숙이 개입하고 있다. 자기를 고용한 자본을 위해 성실하고 빈틈없이 봉사하는 것은 자본주의 사회의 최고 미덕이 되었다. 주주와 자본의 이익은 그 무엇과도 바꿀 수 없는 최고의 선이다. 피고용자에게 그 이상의 윤리 도덕적 판단은 허용되지 않는다. 기업이 설정한 판단 기준을 넘어 타인과 사회의 이익을 고려하고 선택하고자 할 때 그리고 기업 외부의 인간을 배려하고자 할 때 피고용인은 해고와 소외의 위험에 노출된다.

개인이 이러한 상황에 놓이는 순간 처음엔 당혹스럽고 어쩔 줄 모르게 된다. 저항해보려고 하지만 그의 몸부림은 어떠한 작은 울림도 만들어내지 못한다. (물론 이러한 의도와 경험도 소수에게만 해당하는 일이긴 하다.) 이미 기업과 자본의 논리에 포섭된 주변인들은 그 자신의 생존을 위해 울림의 진원지를 제거하는 억압자로 전락한 지 오래다. 그런 과정을 거친 후에 개인은 결국 자본의 논리에 포획되고 만다. 생각의 전도가 이루어진 후에는 그 역시 자본의 신봉자, 추종자, 옹호자, 대변인이 되기를 마다치 않게 된다. 그리고 그의 비판적 의식은 사라지고 종속만이 남게 될 뿐이다.

기업의 성과를 주도하고 있다고 자부하는 최고 경영자들은 이런 사실을 부정하고 싶겠지만, 자본의 힘 앞에 내적으로 비굴하지 않은 사람은 없다. 최고 경영자는 기업 주주의 대리인으로서 주주의 이익을 최우선적 가치로 삼을 수밖에 없다. 사회 전체의 공리가 증가할 수 있는 다른 모든 가치들은 주주가 기대하는 만큼의 충분한 자본수익률이 실현된 이후의 문제일 뿐이다. 주주 자본주의 체제 아래에서 최고 경영자는 자본의 논리에 더욱 강하게 포획되어 종속된 사람이 될 수밖에 없는 것이다. (나는 지금 기업의 약탈적 속성과 악덕을 비난하며 반기업적 구호를 외치고자 하는 것이 아니다. 더구나 '기업'이라는 표현을 통해 기득권 세력을 우회적으로 지칭하고자 하는 바도 아니다. 나는 그런 '극단적 좌파'가 아니다.)

사실 지금의 이 세상을 만들어낸 주역은 기업이라 할 수 있다. 특히 근대 이후의 세계는 기업에 의해 구축되었다고 해도 과언이 아니다. 기업은 인간이 스스로 욕망을 실현할 수 있는 최적의 제도적 장치로 탄생하여 신대륙을 발견하고 무역을 하고, 새로운 도구들을 발명하고, 빌딩을 높게 올리고, 인터넷을 발명하며 지금의 현대 사회를 구축해냈다. 기업은 경제적 차원을 넘어 문명의 주역이 되었고, 현대 문명은 기업의 존재를 떠나서는 생각할 수가 없다. 자본주의 초기에 진행된 악랄한 노동 착취에 대한 기억과 자본 확대에 대해 여전히 맹목적이고 탐욕적이라는 이유로 기업의 존재를 송두리째 부정하고 악의 축으로 규정하려는 시각도 한편으로 보면 편협하고 불균형적인 것이다. 기업의 역사는 아직 끝나지 않았을 뿐만 아니라, 우리나라 같은 경우는 이제 겨우 50년 남짓의 짧은 기업 역사를 갖고 있을 뿐이라는 점도 고려해야 한다.

사실 기업도 불쌍한 존재기는 하다. 기업은 자본 대 자본의 싸움에서 늘 이겨야 하는 부담을 안고 간다. 마치 공룡의 싸움처럼 말이다. 기업도 자기 자신의 실체를 유지하기 위해 생태계의 모든 존재가 그러하듯 끊임없이 치열한 경쟁을 거듭한다. 기업의 막대한 현금 유보를 봐도 그것을 알 수 있다. 기업의 사내 유보금은 단순히 신제품 개발이나 설비 확충 등의 투자를 위한 것만은 아니다. 그것은 금융자본 따위와 같은 또 다른 거대 자본으로부터 스스로를 지키기 위한 목적을 갖고 있다. 금융시장 변동에 의한 자본 조달 리스크의 완화 정도에서 그치는 것이 아니라, 투기자본의 주가 조작이나 적대적 인수합병 차단 등의 목적을 갖고 있는 것이다.

이러한 목적의 막대한 사내 유보금은 현대의 '금융 자본주의'가 우리의 상식과는 달리 기업에게 큰 위협 요소로 작용하고 있음을 방증한다고 할 수 있다. 기업은 주주 행동주의의 기치를 걸고 기업으로 하여금 배당을 확대토록 압력을 가하거나, 기타 온갖 간섭을 시도하는 금융 자본으로부터 자신을 지키기 위해 현금을 필요로 한다. 아이러니하게도 현대 금융 자본주의의 시대에서 금융은 한편으로 기업의 투쟁 대상이 되었다.

이런 측면에서 보면 자본의 적(敵)은 자본이라 할 수 있다. 자본의 적은 더 이상 노동자가 아니다. 70억 인구가 세계화의 광장에 노출되어 있는 시대에 자본은 어디서나 쉽게 노동력을 조달할 수 있게 되었다. 그러니 자본은 더 이상 어느 한 지역에 머물며 그곳의 노동자와 싸울 이유가 없는 것이다. 그렇기 때문에 현대 사회에서 사람이 발휘하는 대부분의 치열함도 크고 작은 기업 안에서 선택을 받기 위한 경쟁을 하면서 이루어진다. 인구 노령화로 노동력 부족을 우려하는 목소리가 끊이지 않지만, 엄밀히 말해 우리는 인구 과잉의 시대를 살고 있다. 사람이 너무 많아 사람의 가치가 떨어지는 시대를 살고 있는 것이다. 지금 세계 도처에 노동력이 넘쳐 나고 있다. 더구나 그들 중 상당수는 돈벌이를 위해서라면 어떤 일이든 마다하지 않을 극빈자 계층이다. 이것이 출산율 저하에 대한 우려의 목소리가 다소 공허하게 들리는 이유다. 아이를 낳아서 도대체 뭘 시켜야 한단 말인가?

지금까지 기업을 우상으로 숭배하는 자본주의에 저항한 국가치고 침체의 길을 피해간 나라는 없었다. 앞서 살펴본 기업의 문제는 경제학의 의제이기도 하지만, 근본적으로는 인간 욕망을 다루는 패러다임과 관련된 의제인 동시에 문명의 문제이기도 하다. 기업을 숭배하는 작금의 문명이 올바른 것이든 그른 것이든 간에 그것은 지난 몇 백 년간 대세를 이룬 큰 흐름이었다. 언제나 대세를 거스르는 개체는 그것이 국가라 할지라도 번영하기 힘든 것이다. 따라서 인간이 이러한 문명으로부터 벗어나기 위해서는 어떤 범세계적인 역사의 물결이나 도도한 문명적 혁명의 흐름이 도래해야만 할 것이다.

그렇다면 지금 이 순간 거부할 수 없는 기업의 시대 속에서 살고 있는 인간이라면 마땅히 생각해 봐야 할 문제가 있다. 그것은 개인의 삶에 대단히 크고 절대적인 영향력을 행사하고 있는 기업과 그 안에서 삶의 기반을 찾고 있는 개인들이 지금보다는 조금 더 조화로운 모습으로 공존할 수 있는 사회, 그리고 기업 안에 모여 함께 살아가는 개인들이 좀 더 성숙한 모습을 연출할 수 있는 사회에 관한 것이다.

지금까지의 내 인생의 절반은 기업 속에서 이루어져 왔다. 앞으로도 당분간은 그럴 가능성이 크다. 기업은 내 인생의 한 부분이다. 지난 25년 가까이 기업에 몸담으며 그 과실을 먹고 살아오지 않았던가. 내가 기업의 혜택을 가장 많이 받아온 사람 중 한 명이라는 사실을 부인할 수는 없다. 그러나 거기에는 어떤 애증 같은 느낌이 서려 있다. 기업은 〈나〉라는 실체를 확장시키기도 했지만 동시에 제한시키기도 했다. 기업은 한 개인에게 있어 확장과 제한의 활동이 동시에 벌어지는 공간이다.

앞으로도 세상에 대한 기업의 지배력은 더욱 강화될 것이다. 기업의 선택과 사랑을 받기 위한 개인들의 노력과 봉사도 더욱 치열해질 것이다. 하지만 인간으로서의 당당함을 잊지 말자. 기업의 자본은 본질적으로 인간을 위해 봉사하기 위해 존재하는 것임을 잊지 말자. 본말이 바뀐 세상에서 그 본질의 가치를 잊지 않기란 쉬운 일이 아니다. 그러나 그 점을 잊지 않아야만 우리는 세상의 모순된 질서와 부당한 요구에도 불구하고 당당하게 행복한 삶을 개척할 수 있을 것이다.

문명의 시대 1

우리는 문명인이다. 문명이 무엇인지 정의하긴 어렵지만 아마도 그것은 야만성의 배제와 이성에 기초한 생활 양식을 말하는 게 아닐까 싶다.

그런데 문명의 기초는 바로 이 점에서 흔들리기 시작한다. 야만과 이성의 경계선은 어디인가? 흔히 야만이란 이성에 눈뜨지 못한 미개와 무지가 국가나 문명으로부터 승인받지 못한 비합리적(?) 폭력성을 동반한 상태를 지칭한다. 비합리적 폭력성이 결합되어 있지 않더라도 이성적으로 개화되지 못한 광범위한 상태를 야만이라 칭하는 것 같기도 하다.

그렇다면 우리의 삶은 정말 이성의 토대 위에서 영위되고 있는 것인가? 다음의 경우들은 이성에 기초한 문명적 행동에 해당하는가?

이스라엘 사람들이 거대한 장벽 안에 갇힌 팔레스타인을 향해 폭격을 가하는 장면을 언덕 위에 올라 감상하면서 환호한다. 일베 회원들이 남도 사람들을 홍어라 비하하며 모욕한다. 인간의 발명품 중에서 최고의 효율성을 자랑하는 자본주의가 지구 생태계를 무분별하게 교란하고 파괴한다. 가난한 사람들이 사는 아파트와 부자 아파트를 구분하고 왕래하지 못하도록 장벽을 설치한다.

이 질문에 대한 답은 내 마음속에 이미 정해져 있다. 최근 학교 무상급식 문제가 사회적 이슈가 되면서 어느 보수 경제학자의 신문 칼럼이

나를 놀라게 했다. 그는 하이에크가 나눔, 참여, 공동책임, 유대감 같은 감성적 도덕률을 '원시적 정신태도'로 정의했고, 레다 코스미세스라는 진화심리학자는 그것을 '석기시대의 정신'이라고 불렀다고 했다. 그런 도덕률로는 오늘날과 같은 문명화된 사회의 운영을 도모할 수 없다면서 옳고 그름, 정치, 법, 시장을 개화되지 못한 감성으로 접근하면 치명적인 오류를 낳을 수 있다고 주장했다. 또한, 결론적으로 이런 국가 밑에서는 경제적 자유와 책임 정신의 소멸이 필연적이라고 강변했다. 그는 무상급식 문제를 결과적으로 문명의 문제로까지 부상시켰다.

무상급식이 경제적 자유와 책임 정신의 소멸과 무슨 관계가 있나? 이런 논리라면 국민의료보험제도나 국민연금제도는 당장 폐기해야 한다. 국민연금의 수혜자들은 후손들의 희생을 바탕으로 경제적 안정을 얻으려 해서는 안 되고 순수하게 자기 저축만으로 노후를 책임지는 게 맞을 것이다.

정통 경제학자들은 왜 유독 경제적 자유를 주장하는가? 그들의 주장은 자본의 자유가 최고의 효율성을 낳고 그것이 문명과 사회를 발전시킨다는 믿음에 기대어 있을 것이다. 현대 문명이 자본의 팽창과 긴밀하게 연결되어 있다는 점은 부정할 수 없는 사실이다. 그것은 역사적으로 실증적인 팩트라 할 수 있다. 자본의 형성은 과학의 발전을 촉진했고 기업을 낳았으며 기업은 수많은 발명품과 기술발전을 통해 문명의 물질적 토대를 구축하였다. 또한 대규모의 탐험과 모험을 실현했으며, 현대에 이르러서는 인터넷을 통해 세상을 점점 하나의 연결된 공간으로 만들면서 인류의 문명을 형성해 가고 있다.

그러나 역설적으로 이러한 사실은 자본의 붕괴가 현대 문명의 붕괴를 초래할 수 있는 파괴적 사건의 단초가 될 가능성이 있음을 시사하는 것이다. 이제 현대의 문명은 자본 위에 서 있는 것이 아니라 자본 그 자체가 되었다고 해도 과언이 아니다. 이 점을 쉽게 부정할 수 있을까? 우리는 건설자의 얼굴을 하고 있는 자본이 언제든지 파괴자의 얼굴로 돌변할 수 있음을 목격했다. 2000년대 초반 밀레니엄 버그와 함께 도래한 새로운 천 년의 시작이 닷컴 버블의 붕괴로 인해 초토화되고, 2008년 미국의 금융위기로 인해 전 세계 많은 시민의 삶이 아직도 고통받고 있는 현실이 이것을 증명한다. 1900년대 초반의 대공황부터 시작해서 지구가 겪은 거대한 경제적 위기들의 상당수는 자본주의가 최고로 발달해 있는 국가들에서 발생한 것들이었다.

이제 현대 문명은 본질적으로 그 안에 있는 주체들의 자율적 행동에만 의지하지 않는다는 점을 명확히 인식해야 한다. 사실상 현대 문명은 이미 하나의 거대한 시스템이 되었다. 경제적으로는 분업화되어 있고 문명 안에 거주하고 있는 구성원들이 각 분야에서 특정한 기능을 분담하여야만 유지될 수 있는 시스템 말이다. 그 시스템은 스스로 질서를 유지하기 위해 그 안의 구성원들이 특정한 기능과 역할을 하도록 법과 질서, 경제적 제약, 윤리의식 등과 같은 유무형의 장치들을 이용해 정교하게 통제하고 간섭하는 상태가 되었다. 어쩌면 문명이란 바로 이러한 유무형의 통제자산 자체를 말하는 것일 수도 있겠다.

이러한 상태에서 시스템의 붕괴는 각 구성원의 일탈 행동으로 인해 초래되는 것이 아니라, 오히려 자본 자체의 탐욕과 무게로 인해 발생한 경우가 많았다는 점을 주목해야 한다. 앞서 예로 든 사건들에서도 자본의 붕괴는 산업 체계의 와해와 분업구조의 파손을 함께 초래했고, 구성원들은 자기의 사회적 기능을 상실하고 실업자가 되어 거리를 배회했다. 이 모든 현상이 순수하게 자본이 스스로 붕괴되어 발생한 일이었다.

2008년의 금융위기를 파생금융 분야에서 탐욕을 부리다 나자빠진 일부 악마 같은 금융세력에 의해 저질러진 미시적 사건이라고 해석해서는 안 되는 이유는 그러한 해석이 자본주의 시스템에 내재된 거품의 주기적 형성과 붕괴 현상을 일부 세력의 책임으로 돌리는 교묘한 의도에 정당성을 부여해줄 수 있기 때문이다.

물론 이러한 붕괴의 현장을 토대로 마치 건물이 재건축되듯이 새로운 발전이 도모되는 일이 영구적으로 반복된다면 아무런 문제는 없을 것이다. 일시적 붕괴는 인류의 또 다른 도약을 위한 필요악으로 간주될 수도 있을 테니까 말이다. 그러나 자본 붕괴에 대한 현재의 실제적 치유법은 그것을 또 다른 자본으로 부풀려 일으키는 조치에 불과한 것이다. 그것은 마치 계속 바람을 불어넣어야만 흔들리며 기립할 수 있는 고무풍선 인형과 같다고도 할 수 있다.

미국 연방준비이사회는 자본 시스템 유지를 위해 2008년 금융위기 이후 '양적 팽창'이라는 이름으로 화폐를 사실상 무제한적으로 찍어냈다. 이를 통해 정부(물론 연방준비이사회는 정부기관이 아니지만, 발권에 대한 독점권을 갖고 있는 사실상의 정부다)는 자본 시스템을 회생시키기는 했으나 사실상 이러한 발권 행위는 '근거도 없이 행해지는 고도화된 문명적 행위'에 해당하는 것이다. 왜냐하면 이제 금본위제조차 폐지된 상태에서 화폐란 단지 한갓 종이쪽지에 불과한 허상이라고도 할 수 있기 때문이다. 지금 화폐가 가치를 유지하고 있는 유일한 근거는 정부(중앙은행)가 그것의 지급을 보증하고 있어서인데, 이런 논리에서 보면 정부가 '최종 대부자'로서의 신용을 상실하게 되면 이러한 시스템 유지 방법은 더 이상 통하지 않게 될 것이다.

그런데 무슨 일만 생기면 무제한적으로 화폐를 찍어내는 정부가 끝까지 신용을 유지하리라는 보장이 있겠는가? 위기가 반복되고 이에 상응하여 다시 반복적으로 화폐를 찍어내는 일이 무제한적으로 이루어지지는 못할 것이다. 하지만 여기에 대한 답을 누가 알겠는가? 이 문제는 석학들의 거대한 논쟁이기도 하지 않는가? 그러니 나는 여기서 이만 빠지도록 하자. 다만, 그럼에도 불구하고 그러한 의심은 도저히 거두지 못하겠다.

어쨌든 결론적으로 이제 시스템의 붕괴는 사회의 몰락 또는 우리 삶의 붕괴를 뜻하는 것이 되었다. 그런데 이런 식의 상시적 붕괴 가능성을 내재한 시스템 안에서 운영되는 개인의 자유란 사실상 제한되고 조정되어야 하는 대상이 될 수밖에 없으며, 색다른 관점에서 본다면 자유란 보드리야르의 말처럼 시뮬라크르적인 것 다시 말해, 가장(假裝)된 것으로 해석할 여지도 있을 것이다. 전혀 달갑지는 않지만, 주체의 자유란 결코 무제한적이지 않으며 시스템의 통제를 받고 있다는 사실이 현대 문명의 본질적 운영 원리다.

그런데 유독 경제적 자유만이 어떠한 간접과 통제에서 벗어나 자유롭게 허용되어야만 하는가? 2008년 금융위기 직후 세계 지성계에는 자본에 대한 합리적 통제가 필요하다는 견해가 넘쳐났다. 그것은 건설자로서의 자본이 아닌 파괴자의 성격을 가진 자본의 민낯을 세계인들이 다시한 번 새삼스럽게 직시했기 때문이었을 것이다. 지금 우리는 그때의 기억을 망각하고 있는 것이 아닌가? 지금 나는 경제적 자유를 부정하고 싶은 것이 아니라, 그 주장의 편향성이 너무나 명확한 자유에 대한 주장에 회의하고 있는 것이다.

다시 무상급식(교육급식이 정확한 표현이라고 하는 사람도 있다.) 문제로 돌아와 보자. 보수 경제학자들과 일부 계층의 주장대로 무상급식은 경제적 자유를 침해하고 책임 정신을 소멸시키는 정책인가? 이것은 문명에 치명적인 오류를 초래할 개화되지 못한 정신인가? 진정 이것은 '원시적 정신태도'이며 '석기시대의 정신'인가?

이러한 주장은 앞뒤가 맞지 않는 극단적 이데올로기적 정신의 의사 표현에 불과한 것이다. 이러한 시장 원리주의는 종교 근본주의만큼이나 위험하고 맹목적인 것이며, 현실에서 작동되고 있는 실재적 세계 운영 원리에 대한 몰이해에서 비롯된 것이다. 경제적 자유와 책임 정신을 강조하면서 왜 그들은 지금 화폐의 공급을 인위적으로 '조작'하고 있는가? 이러한 화폐량 조작은 시장 가격에 영향을 미치는 아주 나쁜 정책이지 않던가? 또 도산할 은행과 기업에는 왜 구제금융을 지원하는가? 그들이 망하도록 내버려 두는 것이 개화된 정신에 부합되지 않을까? 분명히 그러한 조치가 그들의 책임 정신을 부활시키는데 더 큰 도움이 될 텐데 말이다.

결국 그들의 주장은 정치적 의제이자 프로파간다일 뿐이다.

자본주의 시스템에 대한 인위적 조작과 지원을 '경제 원리'라는 명분으로 실행하고 있는 사람들이 학교 급식에 대해서는 반문명적 행위라고 말하고 있다. 자유시장경제 원리의 효율성을 부정하고자 하는 게 아니라, 정치적 사심을 위해 공동체적 가치를 훼손하면서까지 아이들의 급식 문제를 이용하는 얄팍한 태도는 이의를 제기 받아야 한다고 생각하는 것이다. 도대체 무엇이 문명이며 문명인이 마땅히 가져야 할 '정신태도'란 게 무엇인지를 묻지 않을 수 없다.

문명의 시대 2

　현대 문명은 기호 이데올로기를 신봉한다. 현대 문명은 기호 자체를 소중히 여기며 목적화시킨다. 이미 많은 철학자가 간파했듯이 그 속에서 주체가 추구하는 가치는 기호화되어 있다.

　대표적인 상징이 화폐의 디지털화다. 사실 주체가 노동을 통해 획득한 화폐는 더 이상 실물이 아니다. 현대의 화폐는 어떠한 물질에도 연동되어 있지 않으며, 단지 월급통장 안에 숫자의 조합으로서만 존재한다. 현대 문명은 노동의 가치를 디지털 기호로 변환시키고 있으므로 나의 노동은 숫자를 쫓는 행위이다.

　사실 노동을 포함한 모든 사물의 가치를 디지털 변환시키고 있는 문명은 극단의 허구에 맞닿아 있다고도 말할 수 있다. 기호의 굴레에서 벗어나 목적과 의미를 재발견하는 일은 현대 문명이 풀어야 할 문명사적 과제다. 물론 그것이 신앙과 도덕주의의 부활을 의미하는 것이 아님은 분명하지만….

이념의 시대

지금 우리 사회의 이념적 대립은 날이 갈수록 극심해 지고 있는 것 같다. 그런데 그 대결 속에는 뭔가 특이하고 수상쩍은 구석이 있다.

일반적으로 서구 사회에서는 이념이 사회적 계급 의식을 통해 제도화되고 표출되는 경우가 많음을 볼 수 있다. 예를 들어 부자 계층과 서민 계층을 대변하는 정당으로 각각 구분되는 식으로 말이다. 반면에 우리 사회에서는 사회 계급이 낮은 서민 계층이 오히려 더 적극적으로 보수 정당을 옹호하는 현상을 볼 수 있고 연령이나 지역에 따라 지지 정당이 달라지는 것을 확인할 수도 있다. (나는 여기서 계급과 계층을 혼용해서 사용하기로 한다.)

이 점에 대해 잠시 생각해 보자.

빈부의 격차가 심한 우리 사회에서 경제적 사회 계급을 중심으로 지지 세력이 갈라지는 현상이 고착화된다면 분명히 보수 세력은 크게 불리한 게임을 치르게 될 것이다. 왜냐하면 빈부 격차가 심하고 중산층이 확고히 뿌리를 내리지 못한 상황에서 기득권을 지켜내야 할 계층은 항상 소수이기 때문이다. 보수 세력은 사회계급만으로는 소수의 지지자를 확보할 수밖에 없을 것이므로 다수결의 원칙이 지배하는 민주주의 사회에서 그들은 항상 불리한 여건에 놓이게 될 것임이 분명하다.

따라서 사회 계급만으로 다수의 지지 계층을 확보하기 어려운 보수 세력은 구분 짓기를 위한 다른 방식의 기준을 필요로 하게 된다. 그것이 바로 이념과 사상이다. 이런 측면에서 우리는 이념과 사상을 구분 짓기를 위한 특정 세력의 의도된 전략의 소산이라고 간주해도 무방할 것이다.

우리 사회에 이념 투쟁이 강하고 다른 사상에 대한 수용 태도가 약한 이유는 그것이 특정 세력에 의해 지속적으로 촉진되고 강화되기 때문이다.

이념이란 것 자체가 사실은 먹고 사는 문제에 관한 의제다. 일반적으로 좌파 우파의 이념이란 자유주의적 경제 활동과 공동체 중심의 경제 활동에 관한 선택의 문제로부터 출발한다. 신자유주의적 국가 대 사회주의적 국가, 자유시장경제 대 복지경제 등에 관한 문제인 것이다. 이것은 그 사회에 소속된 개인들의 삶의 형태와 구체적인 행복의 요건에 막대한 영향을 미치는 의제다. 이보다 경제적인 의제가 있을 수 있나? 이념은 먹고 사는 문제이며 따라서 그 자체가 삶이다.

반면에 우리 사회의 이념은 주로 색깔에 관한 의제로 귀결된다. 빨간색이냐 파란색이냐의 문제에 불과한 것이다. 그것은 민주주의냐 독재냐의 문제도 아니다. 그런 정의(正義)의 문제조차 언제나 색깔에 덮이게 된다. 경우에 따라 색깔은 모든 이성을 마비시키는 하나의 맹목에 불과할 뿐, 어떠한 의미도 담지 못함에도 불구하고 그저 편을 가르는 깃발이 되는 것이다. 그것은 청군 백군으로 나눠 싸우는 운동회이기 때문에 누구든지 어느 한쪽의 깃발 아래 모여야만 한다. 제3의 길은 없다.

이토록 단순하게 늘 적과의 대립 상황을 만드는 것이야말로 현시대 정치의 본질이다. 이로 인해 증오, 미움, 배척은 그들의 존립 기반이 된다.

우리 사회의 이념이 배타적이고 수용성이 낮은 이유는 바로 이것 때문이다. 정치는 사회 갈등의 해소를 목적으로 존재한다고 말하는 사람이야말로 자신이 존재하기 위해 갈등이 필요한 사람이다. 그들은 그러한 갈등의 창출을 위해 색깔을 사용한다. 그것은 단순하지만 강력한 매력을 가진 소재다. 심지어 지도 위의 지역도 색깔을 입는다. 역사도 색깔을 입기는 마찬가지다.

우리 사회의 정치 세력들 간에 경제적 의제에 명확한 차이가 존재한다고 믿을 만한 근거는 없어 보인다. 그것은 단지 오십보백보의 차이에 불과할 뿐이다. 공동체의 기본인 먹고 사는 문제에 대한 근본 담론은 우리 사회에서 언제나 배제되어 왔다. 그러한 담론들은 미시적 의제들로 국한되어 있을 뿐이며, 근본적 의제들은 색깔에 의해 매도되어 아예 싹을 틔울 수 없을 만큼 깊은 상처를 받았다.

남은 것은 그저 고급스럽지 않은 색깔뿐이다. 그 깃발 아래에서 사회 갈등은 누군가에 의해 의도적으로 촉진되고 가열된다. 갈등 해소를 위한 그들의 노력은 자신들이 존재하기 위한 위장이다. 새로운 길은 안갯속으로 사라졌다. 모두의 이성은 마비되었고 맹목만이 남았다. 피리 부는 사람을 따라가는 소년들처럼….

건물의 시대

건물 또는 빌딩은 도시화된 현대 문명의 상징이다. 오래전 맨하탄에서 보았던 경탄할만한 마천루가 기억난다. 상해, 파리, 런던, 서울, 모든 도시 문명은 건물화된다. 그리고 도시 문명 속에 살고 있는 인간의 삶 역시 건물 안으로 수렴된다. 장대한 벌판을 횡단하던 유목생활과 들판의 농경 생활은 건물 속으로 흡수되었고, 이제 그것은 단지 여행의 소재로 전락했다. 여행이란 곧 건물 속에서 벗어나는 일이 되었다. 미래에는 축산과 농경도 건물 안에서 무슨 산업이라는 이름으로 이루어지는 시대가 될지도 모르겠다. 하긴 이미 그런 일이 일부 현실화되기도 했다.

아마도 나는 자연에서 건물로 본격적으로 진입한 초기 세대 중의 한 사람일 것이다. 지금의 세대들은 건물 속에서의 삶만을 경험해봤고 그것이 자연적 삶보다 더 친숙하겠지만, 그래도 나는 아직까지는 건물 속의 삶이 답답하게 느껴진다. 나는 여름 어느 날 나무 그늘 앉아 스쳐 가는 바람을 맞을 때 가장 큰 행복을 느낀다.

자연의 풍토와 경관이 인간의 심성에 영향을 주듯이 건물 역시 우리 심성의 표현인 동시에 다시 순환적으로 심성에 영향을 미친다. 인간에 대한 배려와 심미적 감성이 표현된 건물로 가득 찬 도시가 있고 그렇지 않은 도시가 있다. 건물의 성격과 모습을 보면 그 도시에 살고 있는 사람들의 심성을 이해할 수 있게 된다. 그럼 지금 우리가 살고 있는 이 도시의 건물들은 어떤 모습인가? 혹시 오로지 기능 지향적이며 소유주의 이익에만 부합되도록 설계된 건물들로 이 도시가 가득 차 있는 것은 아닌가?

몇 년 전 국제적으로 유명한 여행 전문 잡지에서 서울의 풍경을 '영혼도 마음도 없는 지겨운 단조로움이 사람들을 알코올 중독으로 몰아가고 있다'고 표현했다고 하고, 또 어느 유명 신문은 서울의 빌딩들이 구소련의 회색 건물들을 닮았다고 하는데 능히 수긍이 간다.

한편 건물은 곧 하나의 작은 조직이다. 건물 속에서 인간은 관계를 맺고, 언어를 교환하며, 계획을 만든다. 그렇지만 그러한 관계와 언어와 계획은 일반적으로 조직이 제시하는 지향점 아래에서 형성된다. 그리고 조직의 지향점 아래에 모여 있는 인간들의 유대는 항상 피할 수 없는 부자연스러움 속에서 맺어진다.

하나의 건물은 그 내부에 특정한 임무를 위한 하나의 생태계 또는 권력 체계를 만든다. 그리고 그 건물을 중심으로 다른 외부 건물들로 확장되어 연결되는 생태계와 권력은 생태학적 네트워크와 권력 지도를 만들어낸다. 건물 속에서 이루어지는 관계들은 그러한 생태계 내부에서 운영되는 권력 체계에 종속되며, 도시화된 인간은 이 체계에 순응하게 된다. 건물을 나서는 순간 인간은 자유인이 되는 대가로 기존의 기득권적 권력을 박탈당하고, 그를 제외한 나머지 주체들은 권력 구조를 재편하고 재구축한다. 그래서 도시화된 현대인은 건물을 떠나지 않기 위해 온 힘을 다해 노력한다.

건물, 그것은 도시화된 현대 문명을 살고 있는 인간 삶의 실존적 표상이다.

철학 부재의 시대

    모든 철학은 그것이 아무리 형이상학적 수사로 가득 차 있다 하더라도 결국은 인간 내면에 들어있는 어떤 본성적인 요소들을 끄집어내어 비판적이고 반성적인 관점에서 살펴보고 성찰하는 일이다. 이것은 궁극적으로 인간이란 존재를 보다 잘 이해함으로써 우리의 인생과 세상을 조금 더 살만한 것으로 만들기 위한 노력의 일환이다.

    우리는 자신의 행위를 촉발시키는 배후로서의 본성들이 왜 지금처럼 우리의 내면에 각인되어 있는지를 정확히 알지 못한다. 아마도 신이 자신의 세계 경영을 위해 인간 내면에 원초적으로 심어놓은 운영원리이거나 인간 스스로 진화론적으로 채택한 생존원리 중에 하나일 것이다.

    그런데 만일 인간의 본성을 신의 운영원리라고 간주한다면 신의 입장에서는 약간의 장난스러운 짓이었겠지만 인간의 입장에서는 가혹한 짓을 당한 것이다. 왜냐하면 신이 인간에게 높은 이상뿐만 아니라 그것의 실현에 큰 마찰을 일으키는 치명적인 결함과 한계를 본성이란 이름으로 함께 탑재해 놓음으로 인해 인간 세상은 늘 어떤 식으로든 투쟁과 부조리에 직면할 수밖에 없기 때문이다.

    그래도 다행스럽게 인간은 똑똑한 존재다. 따라서 역사의 발전과 함께 인간 본성의 실체는 많은 인문학적 학문 분야와 과학적 이성을 통해 점진적으로 탐구되고 해명될 것이다. 이러한 학문과 과학은 인간이 지금까지 시도해보지 못한 다양한 방법을 통해 인간성을 규명하는 데 큰 역할을 하게 될 것이다. 역사 안에 담긴 수많은 사태와 사건들 역시 실증적으로 그러한 규명에 기여하리라고 본다.

그러나 이러한 학문과 과학은 인간을 실험실의 생쥐처럼 객관적 분석 대상으로 취급하여 몇 개의 범주로 일반화시키는 경향이 있다. 학문과 과학의 역할의 한계를 말하고자 하는 것이 아니다. 오히려 인간 본성에 대한 과학적 규명은 인간에게 무지와 미신에서 탈피하기 위해 꼭 필요한 실증적인 지식을 제공해 주기 때문에 반드시 필요한 일이라 할 수 있다.

사실 지금까지 인간 본성에 대한 이해의 확대는 철학적으로 수립된 명제들뿐만 아니라 과학적 분석과 해명에 힘입은 바가 매우 크다. 특히나 최근 들어서는 뇌 과학과 의학의 발달로 뇌의 상태나 호르몬 작용 등이 심리에 미치는 영향이나, 생각이 만들어지는 메커니즘 따위에 대해 광범위한 파악이 가능해짐으로써 인간 본성에 대해 더욱 깊이 있는 이해가 이루어지고 있다.

이렇듯 과학의 눈 부신 발전은 인간의 본성을 단순히 심리적 차원이 아닌 유물론적 관점과 물리적인 차원에서까지 다양한 시각으로 이해할 수 있도록 함으로써, 분명 우리가 자신의 본성을 보다 잘 터득하고 이를 바탕으로 보다 나은 세상을 만들어가도록 하는 데 도움이 될 것이다.

그럼에도 불구하고, 이러한 학문과 과학의 탐구는 그 분석의 일반화 특성 또는 범주화 특성으로 인해 인간 본성을 어떤 카테고리 안에서 이해하도록 유도하는 경향이 있기 때문에 실존적인 개별 주체가 고유하게 갖는 본성의 특수성을 파악하는 데 어려움이 있을 수밖에 없다.

똑같이 생긴 얼굴이 없듯이 똑같은 본성도 없을 것이다. 개별 인간의 본성은 그것을 어떤 과학적 기준에 따라 인위적으로 카테고리화할 수는 있겠지만 본질적으로 동일하지 않다. 그것의 실체는 어떤 과학적 기법을 통해 완전히 드러내놓고 해체해 파악할 수 있는 것도 아니다. 개별 인간의 본성을 이해하는 일은 고유하게 암호화된 자물쇠를 풀 때처럼 오직 하나의 열쇠가 필요하다. 그리고 그 열쇠는 자기 영혼의 주인만이 조각할 수 있다. 자기 본성에 대한 이해는 이 세상에서 오직 자기만이 만들 수 있는 알고리즘을 요구한다.

주체는 자기 행위의 배후에 본성이 있음을 알아야 한다. 그것은 사회적 동기와 환경이 행위에 미치는 영향만큼 강력한 것이다. 따라서 개별 주체의 입장에서는 스스로 어떤 대상으로서가 아니라, 자율적 의지를 가진 주체로서 세상에 서 있기 위해 자기 행위의 배후 조정자인 본성에 대한 이해가 꼭 필요하다. 그런데 앞서 말한 바와 같이, 그러한 이해의 열쇠와 알고리즘은 자기만이 가질 수 있는 것이므로 인간의 일상적 삶 안에는 자기 본성에 대한 근원적 성찰과 함께 상황적 행위에 대한 철학적 고뇌가 늘 뒤따라야 한다고 본다.

인간이 신으로부터 높은 이상과 치명적 결함을 함께 부여받았을 때부터 우리의 이런 성찰과 고뇌의 수고는 불가피한 운명이 되었다. 아무리 학문과 과학이 발달하더라도 철학의 역사가 멈추어서는 안 되는 이유는 성찰과 고뇌가 자기 수양에 도움을 주기 때문이리라.

민주화의 시대 −1980년대

　시인 김남주의 문학세계에 관한 책을 읽다가 1980년대의 역사 속에서 민주화 운동을 위해 온몸을 불살랐던 인물들을 어떻게 판단하고 정리해야 할지 고민하게 되었다. 1980년대는 우리 역사에서나 나 개인에게나 아주 특별한 시기였다고 할 수 있을 것이다.

　책 속에서 어느 평론가는 김남주가 프로메테우스의 삶을 살았다고 비유하고 있다. 그것은 김남주가 〈프로메테우스의 꿈〉이란 시를 썼기 때문이겠지만, 근본적으로는 인류에게 불을 선사한 탓으로 자기의 간을 새에게 쪼이는 희생을 감수한 어느 인정 많은 신의 운명이 김남주의 인생에 비유될 수 있기 때문일 것이다.

　나는 그 뜨거웠던 1980년대의 대학을 아무런 확신 없이 다녔다. 사실 캠퍼스를 맹렬하게 휩쓸었던 민주화 투쟁도 웬일인지 내 가슴에는 와 닿지 않았다. 나는 그저 소극적 참여자였다. 2학년 때 군사교육을 위한 훈련소 입소 거부 데모에 참여해서 하루 늦게 전방에 도착했던 게 그나마 내가 참여했던 가장 강도 높은 투쟁이었을 것이다. 나 같은 보통 학생, 보통 시민들의 무관심과 무 확신 속에서 김남주 같은 인물들은 시대를 뒤엎기 위해 싸움을 전개하고 있었다.

　이제 30년이 지났다. 세상은 변했다. 낯빛이 바뀐 세상은 30년 전 세상을 바꾸기 위해 투쟁했던 사람들의 모습을 어떻게 기억하고 평가하고 있는가?

다양성은 새로운 세상이 표방하는 표어가 되었다. 다양한 사상, 다양한 사람들, 다양한 생활방식, 다양한 소신 등이 그 표어의 부제일 것이다. 지금의 이런 관점과 비교할 때 1980년대 민주화 투쟁에 참여했던 사람들의 사고는 여전히 이분법적이며 이항 대립적으로 보인다.

세상의 비판은 여기에서 시작한다. 변화된 세상을 제대로 인식하지 못하고 여전히 선과 악의 대립적 세계관을 가지고 있다는 것이 이제 와서 세상을 움직이는 사람들의 386 민주화 운동 세력에 대한 비판의 논점이 되고 있는 것이다. 지난 대선 때 이정희 후보가 박근혜 후보와 그의 아버지 박정희를 비판할 때 대한민국 국민의 절반은 그녀의 공격이 구시대적이며, 변화된 세상의 가치를 제대로 이해하지 못하는 편협한 세계관의 산물이라고 생각했다. 이제 세상의 관심은 온통 '돈과 경제'인데도 말이다. 결과는 보수 세력의 결집과 박근혜 후보의 당선으로 나타났다.

그럼 세상의 비판은 타당한 것인가, 부당한 것인가? 세상이 폭압적일수록 반항하는 사람들의 신념은 더욱 선명해지기 마련이다. 선명한 신념은 불가피하게 대립적 세계관을 만들어낸다. 이런 관점에서 보면 지금의 주도 세력들이 비판하는 이분법적이며 이항 대립적인 세계관을 만들어낸 당사자는 정작 당시의 폭압적 시대 상황을 기획했던 배후 세력들이었다. 예를 들어 신념을 지닌 자들에게 있어서 광주 시민을 학살한 군부는 당연히 타도해야 할 '적'이었고, '적'은 배제해야 할 대상으로서 이분적 세상의 반대편에 있는 대립적 대상이었을 것이다.

따라서 이분법적 세계관이 사라지기 위해서는 대립의 대상이 먼저 청산되어야 한다. 그렇다면 시대가 바뀐 지금까지도 그런 세계관이 살아 있다는 것은 혹시나 청산되어야 할 대상의 흔적이 아직도 남아있다는 증거가 되지는 않을까? 만일 이런 전제가 사실이라면 1980년대의 역사는 아직도 완전히 종결된 것이 아니다.

다만 끝나지 않은 대립의 역사가 단순히 과거의 연장이어서는 안 된다는 점은 분명하다. 세상이 변한 것은 사실이기 때문이다. 사람들의 마음도 변했다. 독재적 세계관이 뿌리 깊게 남아있기는 해도 독재의 시대는 아니다.

싸움은 정의(正義)와 행복을 위한 것이어야 한다. 그런데 무엇이 정의인지를 정의(定義)하기가 매우 어려운 시대가 되었다. 행복에 대한 사람들의 가치관도 변했다. 싸움의 목적에 공감을 받기 어려운 이유가 바로 여기에 있다. 하나의 신념이 만인의 신념이었던 시대가 끝난 것이다. 그래서 지금의 싸움은 그때보다 오히려 더 어려울 수 있다. 역사에 참여하는 사람들에게 더욱 큰 철학과 지혜가 필요한 시대가 되었다.

지금 우리가 이 정도의 능동성과 자율성을 갖게 된 이유는 지난 1980년대 민주주의 운동에 시민들이 적극적으로 참여한 때문이다. 아마도 1980년대의 민주화 운동은 오천 년 역사상 일반 대중의 항거가 성공한 첫 번째 사례일 것이다. (4·19혁명은 실패한 학생혁명으로 규정하는 경우가 많지 않던가?) 내가 그런 시대를 경험했다는 사실은 나에게 있어 그 자체만으로도 역사적이다.

그러나 지금 시민들의 의식은 다시 피동적으로 바뀌고 있다. 어렵게 싹튼 시민들의 자각은 자본주의적 경쟁에서의 생존 의식으로 전환되었다.

지금 우리 머릿속에 '살아남아야 한다'는 생각 말고 무엇이 더 있단 말인가? 자본주의적 경쟁에서의 생존은 이 시대 사람들의 최고 가치가 되었다. 그것이 개인의 입장에서는 수용할 수밖에 없는 시대적 압박일 수밖에 없기는 해도, 이런 생각이 필연적으로 권력과 자본에 대한 종속으로 이어질 수밖에 없다는 점은 명백하다. 역사에 참여하는 시민들의 철학과 지혜는 퇴보하고 있다. 그런 우리들의 눈에 가난하고 고통받는 사람들의 모습이 들어올 수 있을지 모르겠다….

평화, 자의식, 이성의 시대

　내가 전쟁을 피해 평화의 시대에 태어난 것은 하나의 큰 축복이랄 수밖에 없다. 이런 시대에 태어난 사람은 더 큰 즐거움과 행복 그리고 풍요로움을 누릴 가능성이 크고 인생이라는 여정을 상대적으로 무난히 걸을 수 있기 때문이다.

　만일 광대한 시간 속에서 찰나에 지나지 않을 몇십 년의 차이로 내가 좀 더 일찍 태어났더라면 아마도 전쟁의 참화 속에서 상실과 굶주림의 고통을 받고 있거나, 빼앗긴 나라의 국민으로서 절망적인 삶을 살고 있거나 아니면 누군가의 앞잡이 노릇을 하고 있지는 않을까?

　그런 장면들을 생각해 보면 내 삶의 기본적인 조건으로 지금과 같은 평화의 시대가 설정되고 시간과 공간의 연속성 상에서 한치의 오차도 없이 바로 지금, 이 땅 위에 '나'라는 존재로 던져진 것은 대단한 행운일 수밖에 없다.

　또 신이나 조상의 시대가 아닌 자아의 시대에 살고 있다는 사실 역시 감사한 일이다. 하늘에 계시든 땅에 계시든 신과 조상의 지배를 벗어나 사람이 자기 인생의 주인이 되기를 선택할 수 있다는 사실은 어떤 내세적(來世的)인 위험을 부담하는 일이 수는 있겠지만, 직장에서 상사의 잔소리를 듣지 않고 지낼 수 있는 것만큼이나 기분 좋은 일이다.

현실에서 자아는 그리 믿을 만한 것이 못되고 오히려 갈등의 원천으로 작용할 때가 많다. 때문에 사람들은 보다 큰 존재에 스스로를 위탁함으로써 삶의 안위를 보장받으려 노력하기도 한다. 이렇게 신에게 자신을 위탁할 것인지 아니면 갈등의 해결 주체로 의지에 찬 자아를 선택할 것인지의 결정은 본인의 자유다. 이런 지적인 또는 영적인 방황을 할 수 있는 삶의 조건 역시 나에게는 큰 행운이다.

또 하나, 이성이 태동한 시대에 살고 있는 것도 하나의 축복이다. 광기가 지배하는 시대를 조금이나마 벗어나 태어난 것은 극단적으로 누군가에게 죽창 따위의 물건으로 억울한 죽임을 당하거나, 죽여야 하는 역사의 들판에 내가 서 있지 않음을 뜻한다. 더불어 누군가 나에게 부당한 운명을 선언할 가능성이 상당 부분(분명히 '완전히'는 아닌 것 같다) 제거된 것임을 뜻한다.

만일 우리에게 제대로 된 역사의식이 있다면 평화의 시대, 자아의 시대, 이성의 시대가 태동한 것이 불과 수십 년 전의 일이라는 사실을 알 수 있을 것이다. 이렇게 짧은 시간의 차이로 사람이 완전히 다른 삶의 조건을 가질 수 있다는 것은 매우 신기한 일이다. 고밀도로 압축된 시간이 이 땅에 힘겹게 만들어 놓은 것들이다. 그러나 여전히 불완전하고 미숙한 단계를 벗어나 있는 것 같지는 않다. 아직까지 그 성장의 역사는 미천할 따름이고 이런 조건들을 둘러싼 변증법적 다툼이 치열한 곳이 한국 사회다.

나는 이러한 조건들이 나만이 아니라 내 이웃의 삶을 위해서도 앞으로 더욱 확대되어야 하며 그것의 위축은 삶의 모순과 부조리의 심화를 뜻한다고 믿는다. 평화가 아닌 증오와 불신, 자아에 대한 강압적 침해, 이성을 벗어난 광기는 보다 축복된 삶을 위해 물러가도록 해야 한다. 우리 사회가 자기와 소속 집단의 이익을 위해 증오를 부추기고 이성을 마비시키려는 자들을 분명히 가릴 줄 아는 사회로 조금씩 더 성숙해지기를 바라는 것이다.

5장

삶의 근원적 테마 몇 가지

권력을 가진 인간으로서

　인간은 행복이 권력으로부터 나온다고 믿는다. 그렇기 때문에 대부분의 주체에게 권력의 추구는 삶의 가장 큰 목표가 된다.

　사람은 눈길이 마주치고 악수를 하는 그 순간부터 상대방이 가진 권력의 크기를 잰다. 사람의 입장과 태도는 그러한 측정과 평가의 결과에 따라 결정되며, 행동은 권력의 상대적 크기에 의해 영향을 받는다. 성희롱은 남성이 여성에게 하는 행위가 아니라 큰 권력이 작은 권력에게 가하는 학대 행위 또는 소유 욕구의 성적인 표현일 뿐이다. 이와 같이 모든 행동의 이면에는 권력이 숨어있으며, 인간 행동은 권력의 조종을 받는다.

　인간은 자기가 소유한 권력의 상대적 크기가 크면 지배하고, 작으면 봉사한다. 인간은 그가 가진 권력의 크기에 따라 자신의 위치를 설정하거나, 외부로부터 위치적 상대성을 부여받게 된다. 바로 그 위치에서 인간은 복종하는 동시에 지배한다. 복종하는 인간은 지배하는 인간이 되며 복종하는 만큼 지배하고자 한다. 대부분 인간에게 지배력은 복종으로부터 나온다. 주체는 지배하기 위해 복종하는 것이며, 그 지배력은 복종의 하사품인 것이다.

　지배하는 인간들이여, 나는 너희가 얼마나 자발적으로 복종하는지 알고 있다. 그러나 나의 이 말이 권력을 위해 복종하는 인간들에 대한 경멸을 표출하기 위한 것은 아니다. 왜냐하면, 그것은 나의 일이기도 하기 때문이다. 내가 이런 사람들을 경멸한다면 그건 나 자신을 경멸하는 일과 다르지 않을 것이다. 기억나지 않는가? 내 입에서 쏟아져 나와 허공으로 흩어진 그 숱한 복종과 아부의 언어들이… 이와 함께 권력의 추구에는 항상 인간의 자기실현 의지가 담겨있기 때문이기도 하다. 그러한 신성한 의지를 어떻게 폄하할 수 있겠는가? 그것은 들끓어 오르는 삶의 활력의 증명이다.

다만, 지배력을 갖기 위해 기꺼이 종이 되고자 하는 자가 있다면 그 의식을 가엾이 여기지 않을 수는 없다. (사실은 나를 포함한 우리 대부분이 그렇다. 그러므로 우리 스스로를 가엾게 여기자.) 복종의 자발성은 약하지만 움직일 수 없는 상대적 위치에서 더 강하게 지배하도록 압력을 받고 있거나, 위치가 유발하는 압박의 해소를 위해 아무런 의식도 없이 폭력과 강압적 형태의 지배력을 행사하는 인간도 있을 수 있다. 그들 모두의 가엾은 영혼은 구원받아야 할 대상이 된다.

인간 의식의 모호성과 애매함은 지배와 복종의 관계성에서 파생되는 자신의 행동을 명확히 파악할 수 없게 만든다. 그러나 의식해야 한다. 내가 누군가에게 권력을 부당하게 행사하고 있는 것은 아닌지를… 그래야만 나의 가엾은 영혼이 구원받을 수 있을 것이기 때문이다.

언어적 인간으로서

나와 세계, 그 사이에 언어가 있다. 내가 세상을 만나고 그에게 다가설 수 있도록 인도하는 안내자로서 말이다. 나는 세상을 직접 대면할 수 없다. 오직 언어를 통해서만 그리고 언어로서만 만날 수 있을 뿐이다. 세상이 내게 전하는 메시지는 언어의 해석과 해설을 거친 후에야 의미의 조각들로 치환될 수 있다. 물론 언어의 의미가 문자화된 또는 음성화된 언어에 국한되는 것은 아니다. 세상에 마음을 열고 대화를 시도할 때 개시되는 것이 언어다.

이미지… 언어로 변환되지 않은 이미지는 이미지가 아니다. 나에게 말을 걸어오고 내가 응답하는 한에서 이미지는 이미지로 탄생한다. 모든 이미지는 그 자체로서가 아닌 언어로 변환된 형태로서만 실체의 차원으로 부상한다. 이미지와 접촉하는 순간 나의 마음은 언어의 건축을 개시한다. 그것은 낯섦과 생소함이 앎과 친숙함으로 전환되는 과정이며 껍질을 벗겨내는 드러냄의 작업이다. 이미지는 언어로 변환된 정도에 비례하여 딱 그만큼만 실체의 차원으로 모습을 드러낸다. 언어로의 변환에 실패한 이미지는 드러냄의 과정에 이르지 못하였기 때문에 실체가 될 수 없다. 실체란 항상 드러냄의 조명을 받고 있는 상태의 존재를 말하는 것이며 그 조명이 꺼지면 드러냄의 사라짐과 함께 실체도 사라지기 때문이다. 언어란 이미지의 실체를 드러내는 불빛이다. 춤이나 운동 따위의 동작은 어떠한가? 언어화된 그만큼만 춤은 춤의 자격으로 우리에게 다가온다. 언어로 변환되지 않은 춤은 그저 〈사라지는 몸짓〉에 불과할 뿐이다.

  빛과 어둠 역시 언어의 안내를 받지 않는 한 집 안에만 머무를 뿐, 밖으로 나와 인간에게 말 걸며 대면하지 않는다. 성경의 하나님께서 태초에 빛에게 언어로 명하셨다. '빛이 있으라!' 빛은 언어의 호명을 통해 존재를 드러냈으며, 그 생명력의 유지도 언어의 보살핌 속에서만 이루어질 수 있다. 언어의 오감을 통해서만 나는 빛의 미소를 목격하고 어둠의 침묵을 들을 수 있다. 언어로 변환되지 않은 빛과 어둠은 그저 〈비어있음〉일 따름이다.

  세상에 대한 나의 모든 느낌과 감각도 언어를 통해서만 생기할 수 있다. 기쁨과 아픔, 달콤함과 쓰라림, 솟구침과 추락 따위의 감각들 그리고 타인이 나의 마음속에 촉발시키는 사단칠정(四端七情)의 감정은 모두 언어를 통해 표상되기 이전에는 스스로 생기하지 않는다. 나의 입은 닫혀있더라도 마음속에서 언어는 계속 구성된다.

  나의 모든 느낌과 감각이 마비되는 유일한 경우는 내면의 언어가 침묵할 때뿐이다. 인간은 동일한 자극 속에서도 서로 다른 언어를 말한다. 거리의 찌든 때를 묻힌 채 구걸하고 있는 걸인의 모습을 목도하는 인간들의 서로 다른 언어를 들어보라. (1) 불쌍하다~(X) 할 짓이 저리도 없나. 인간과 세계 그 사이에 있는 언어가 그들을 서로 다른 느낌과 감각의 방으로 이끈다. 언어가 나를 이끈다.

  나와 세계 그 사이에 언어가 있다. 따라서 세계를 이해하기 위해서는 먼저 언어를 만나야 한다. 언어의 인도를 받지 못한다면 우리는 세계의 생소함에 낯설어하며 주위를 배회하게 될 뿐이다.

인생을 알고 싶은가? 그렇다면 먼저 삶의 내면을 말해줄 언어를 만나야 한다. 인생의 따뜻함과 차가움도 언어의 샘물에서 발원하는 것이다. 행복 가득한 인생의 집을 짓고 싶다면 따뜻한 언어를 만나야 하며, 지성의 힘을 갖고 싶다면 냉철한 이성의 언어를 알아야 한다. 부를 축적하고 싶다면 인간의 마음에 담겨있는 욕망의 언어를 독해할 수 있어야 하며, 우주를 알고 싶다면 과학의 언어를 배워야 한다. 의지를 불러일으키는 생명력도, 뱀의 혓바닥에서 쏟아져 나오는 유혹과 이간질도 모두가 언어 안에 담겨 소통된다. 언어는 생명이자 죽음이며, 시작이자 끝이며, 희망이자 절망이며, 유희이자 노동이다. 그것은 단순한 표상이 아니라 내면의 속성을 담고 있는 본질이다.

언어는 나를 세계로 인도하는 안내자이며 어떤 언어를 만나는가에 따라 내가 당도하게 될 세계도 달라질 것이다. 언어를 만나지 않는 자는 안내자 없이 세상을 사는 것과 같다. 항상 언어와의 만남을 계획하고 실천하라.

침묵하는 인간으로서

침묵은 가장 깊고 무거운 언어다. 그러므로 침묵의 언어를 감당할 수 있는 사람은 많지 않다.

현실과 대면하는 인간으로서

현실처럼 압도적인 이름이 있을 수 있는가? 현실은 모든 것을 압도하는 위압감을 갖고 있다. 마치 자기의 품을 떠나서는 결코 살 수 없다는 듯한 위압감으로 우리를 그의 주변에 머무르게 만든다. 우리가 항상 그의 존재를 의식하는 것은 아니지만 일단 의식하게 되면 그 압도적인 위압감에서 빠져나올 수 없다.

현실은 나의 친구이자 동반자인 동시에 나의 적이며 뒤통수를 후려치는 배신자이다. 그는 나의 주인이며 다루기 어려운 사랑스러운 종이기도 하다. 현실은 기쁨의 샘터이며, 좌절의 늪이며, 방황의 숲이며, 슬픔의 계곡이다. 성공의 언덕이며, 굴욕의 구렁텅이다. 현실 안에 모든 것이 담겨 있다.

그의 변덕은 끝이 없으며 다중성격자처럼 음흉한 마음을 갖고 있다. 우리는 현실이 부리는 끊임없는 변덕에 시달리면서 살고 있으며 그의 마음을 파악하기 위해 애쓴다. 그를 피하기 위한 노력은 모두 허튼짓이다. 현실은 그 절박함을 무기로 인간을 자기에게 집중하게 하기 때문이다. 현실의 얼굴을 외면하면 그의 날카로운 복수의 칼을 받게 된다. 현실 앞에서는 모두가 절박하며 그들은 그의 날카로운 무기를 피하기 위해 몸을 이리저리 움직이며 애쓰고 있다.

삶의 모든 문제는 현실이라는 이름을 달고 있으며 그와 맞서 싸우거나, 타협하거나, 굴복하기를 요구하고 있다. 피할 수는 없다. 피함은 굴복일 뿐이다. 변덕스러운 현실과 어떤 관계를 맺을 것인가? 그것이 매 순간 인간 앞에 놓여 있는 진실한 선택이며, 그런 의미에서 우리는 선택하는 (할 수 있는) 인간이지만 대부분의 경우 그 선택은 강요되어 있다. 그 강요의 강력한 완력을 뿌리치는 일은 무척이나 힘든 몸짓이다.

하지만 그런 일을 한 사람들이 있다. 산을 넘은 사람들이 있는 것이다. 때로는 죽음으로 그 산을 넘기도 하지만 강요의 완력을 이겨낼 준비가 되어 있는 씩씩한 영혼들이 있는 것이다. 현실의 압도적인 위압감으로 하여금 자기 앞에 무릎 꿇게 한 사람들이 존재하는 것이다. 그들에게 진심으로 경의와 존경의 찬사를 보낸다.

하지만 나의 삶은 그러한 경지에 미치지 못할 것이 확실하다. 왜냐하면, 나는 그런 마음의 준비가 되어있지 않기 때문이다. 내 마음은 그렇게 굳세지 못하며 어떤 위인이 되기를 소망하지도 않는 것이다. 다만, 나는 현실과 끊임없이 타협을 시도해 보고자 한다. 내가 그에게 양보할 것과 그에게서 받을 것들을 계산해보고 가급적 사이 좋게 그와의 우애를 돈독히 하면서 지내보고자 노력하고자 한다. 이것이 나의 방식이며 성격인지는 솔직히 잘 모르겠다….

도구적 인간으로서

어쩌면 세상을 향해 삶의 의미를 묻는 일은 무의미하고 어리석은 것인지도 모른다. 왜냐하면, 대부분의 경우 세상이 답하는 삶의 의미란 그 '도구성'에 대한 찬양이기 때문이다.

도구성으로서의 삶의 의미의 실현이란 분업화된 세상의 특징이다. 인간이 세상에 참여한다는 것은 어떠한 방식으로든 도구적 역할을 수행함을 의미하는 것이다. 이것은 공동체의 유지와 번영을 위해 도구적으로 기여하고 있음을 평가받는다는 것이며, 존재의 목적성을 그곳에 두고 있음을 뜻하는 것이다. 자본의 이익 실현을 수단이 아닌 목적으로 설정하고 있는 지금의 세상에서는 특히나 그렇다. 도구적 기여를 하지 못하는 인간에게 사회적 보상은 주어지지 않는다. 사람이 현실 앞에서 더욱 전전긍긍해 하는 이유도 바로 나의 도구성을 그가 선택해 줄 것인지에 대한 불안감 때문이다.

이것은 인간이 자칫 어떤 사회적 목적이나 수단으로 전락할 위험성을 내포하는 것이다. 도구적 역할에 대한 인식이 보편성을 띨 때 사회와 권력은 개인에게 세상을 위한 도구의 역할을 명령할 수 있을 것이고 개인의 복종은 당연한 것이 될 테니까 말이다.

의미와 목적으로부터의 해방은 삶의 본질을 풀어내는 매우 중요한 열쇠다. 모든 존재는 삶 그 자체를 위해 존재하는 것인지도 모른다. 만일 그렇다면 존중받아야 할 것은 '있음'의 상태 그 자체이지 도구성의 충족이 아니다. 다시 말해 삶은 그 자체로 목적이며 존중받아야 할 대상이라 할 것이다.

물론, 의미와 목적으로부터의 해방은 개인에게는 어떤 허무감을, 사회적으로는 시스템의 와해를 불러일으킬 무기력의 가능성을 초래하는 것일지도 모른다. 이러한 점을 고려한다면 결국 도구성에 대한 맹목적 부정은 바람직한 것이 될 수 없으며, 경계해야 할 것은 도구성의 차이를 인간의 본연적 가치를 재는 척도로 교묘하게 사용하는 일이 될 것이다.

인간의 발전과 시스템의 유지를 위해 높은 도구성의 실현에 대해서는 응당한 존경과 지지를 보내는 것이 마땅하다. 다만 인간의 진정한 가치는 도구성 만으로 평가할 수 있는 것이 아님을 인식해야 하며, 인간 불평등의 논리로 도구성이 이용되는 것을 지양해야 한다.

그러나 현실은 갈수록 도구성의 차이를 능력의 차이로 귀결지음으로써 사회적 불평등을 합리화하는 데 이용하고 있으며, 교묘하게 도구성을 획득하는 방식에 원천적인 불평등 구조를 구축하고 있는 것처럼 보인다. 어쩌면 문명사회를 유지하기 위한 도구성이 강조될수록 인간 사회의 불평등 구조는 심화될 수밖에 없을지도 모른다. 이로 인해 문명이란 것이 또 다른 정교한 형태의 불평등 장치로 전락할 수도 있지 않을까?

만일 그렇다면 문명은 인간 불평등이 발현되기 이전의 '원시적 사회를 문명적으로 재구현하는 방향'으로 진화의 진로를 바꿔야 할지도 모른다.

악보를 해석하는 인간으로서

'악보는 음악이 아니다.'라는 말이 생각난다. 영화 '더 레미제라블'에서 헤서웨이가 부른 〈I dreamed a dream〉은 정말 멋진 노래임이 틀림없었다. 그 노래를 들으며 처절한 절망에 빠진 한 인간의 비탄이 가슴 깊이 느껴져 얼마나 마음이 아팠던지……. 반면에 '브리티쉬 갓 탤런트'에서 수전 보일이 이 노래를 불렀을 때에는 삶에 대해 애절한 희망, 곧 끊어질 것만 같은 끈을 놓지 않으려는 간절함 속에서도 마지막까지 당당함을 잃지 않으려는 의지 같은 느낌을 받을 수 있었다.

이렇게 똑같은 리듬과 가사가 담겨있는 노래였지만 각각의 음악이 마음속에 불러일으킨 의미와 진동은 크게 달랐고 따라서 같지만 같은 않은 노래가 되었다. 음색의 차이 때문이었을까 아니면 부르는 사람의 마음이 달랐기 때문이었을까?

사람은 모두가 동일한 인생 악보를 받아 든다 하더라도 똑같이 연주하지는 않을 것이다. 어떤 사람은 아름답게 연주하고 노래하겠지만, 또 다른 어떤 이는 불협화음을 내며 심지어 연주 자체에 고통을 느끼는 사람도 있을 것이다. 우리가 연습 없는 즉흥 연주를 하고 있기 때문일지도 모른다.

모든 사람이 자기가 받아 든 악보를 아름답게 연주할 수 있다면 얼마나 좋을까? 하지만 연주에 서툴지라도 그것은 책망이나 비난을 받을 일이 아니다. 오히려 아무리 아름다운 음을 만들어 내더라도 남들과 똑같은 연주를 하는 것이야말로 진부함이며 의미 없는 답습이라고 해야 할 것이다. 왜냐하면, 그것은 나의 연주가 아니라 남의 것을 재현하는 것에 불과하기 때문이다.

헤서웨이와 수전 보일의 노래가 달랐던 이유는 단순한 목소리의 차이 때문이 아니라, 근본적으로는 악보에 대한 해석의 차이 때문이었지 않았을까? 그리고 같지 않고 달랐기 때문에 각각의 고유한 감성적 의미를 갖게 되었다고 할 수 있겠다. 미리 정해진 대로 똑같이 노래 부르는 인생에서는 값진 의미의 보석을 찾기 어려운 것이다.

문제는 나의 삶을 살기 위한 끊임없는 해석과 모색이다. 그것이 나를 하나의 독립된 주체로 만든다. 삶을 예술이라고 하는 이유도 오선지 위에 박혀있는 음표 자체가 곧 음악을 의미함이 아닌 것과 같은 이치일 것이다.

우연의 지배를 받는 인간으로서

삶의 많은 문제 중 하나는 인과론이라는 빛깔 좋은 상자 안에 숨어 있다. 인과론은 인간의 모든 신념과 가치체계에 강력한 근거를 제공하고 있다. 종교와 윤리도덕을 보라. 그 기반은 인과론적 신념과 가치로 다져져 있다. 신념이란 그것이 궁극적으로는 바람직한 결과에 도달할 것이라는 인과론적 믿음 위에서 작동하는 것이다. 그러나 인과론은 종종(어쩌면 늘, 항상) 우리를 배신한다. 세상의 거동은 인과론적 프로세스에만 의존하지 않는다. 우연성의 개입은 사태를 또 다른 결말로 이끈다. 인과와 우연의 경계는 선명하지도 않다. 존재로서의 나의 탄생 자체가 인과론적이면서도 우연적인 사태가 뒤엉킨 이벤트가 아니었나?

하나의 인과적 선상(線上)에 또 다른 인과선(因果線)이 교차할 경우 그 선을 따라 흐르던 신호들은 방향성을 상실하기도 한다. 인간은 각자 다른 방향을 향해 서 있을 수밖에 없기 때문에 인과론의 충돌은 불가피한 사태가 된다. 따라서 하나의 인과론적 프로세스는 또 하나의 프로세스 또는 우연성과 뒤엉켜 있는 형태로 발견될 때가 많다.

이러한 인과론의 허약성은 인간을 갈등하게 만든다. 그것은 신념의 붕괴를 초래하고 타협하게 만드는 원인이다. 내면의 가치관이 서로 충돌함에 따라 믿음체계는 붕괴한다. 이로써 인간은 서로를 경계하게 된다. 인과론을 완성하고자 하는 나의 굳은 의지와 노력을 좌절시키는 타인은 불신의 대상이 된다.

이것은 인간이 무지와 위선의 굴레에서 벗어났다고 해서 그 즉시 다 함께 행복할 수 있는 길로 접어들 수는 없음을 뜻하는 것이다. 어쩔 수 없는 인과론의 종말. 바로 이것이 인간에게 숱한 좌절을 초래함으로써 행복을 가로막는 거대한 장벽이 되는 동시에 인간의 삶이 바로 그것(삶)다운 이유가 된다.

그러니 인과론의 복원을 서두르지는 말자. 전쟁 중에 친구에게 한때 아내를 빼앗겼던 김수영의 시를 기억하라. "아둔하고 가난한 마음은 서둘지 말라 / 애타도록 마음에 서둘지 말라"

오류의 인간으로서

이 세상 어느 한구석에서 정의와 진실의 존재를 확인하기란 결코 쉬운 일이 아니다. 어쩌면 정의란 단지 인과론적 질서의 실현에 대한 염원인 동시에 인간의 신념과 믿음 체계 안에서만 존재하는 허상인지도 모른다. 절대적 정의와 진실에 대한 끈질긴 갈구에도 불구하고 인간 모두는 저마다 다른 정의와 진실의 얼굴을 마주하며 살고 있는 것이 현실이다.

정의와 진실의 문제를 단지 옳고 그름의 의제가 아니라 〈그것이 누구의 문제냐〉라는 극히 현실적이며 이분법적 구분이 개입하는 기하학적 인식 작용의 문제라 한다면 이것은 틀린 말일까?

정의와 진실을 추구하는 인간의 이성은 너와 나의 구분 앞에서 쉽게 무력화되고 사태가 나(내 편)에게 유리하게 전개될 수 있는 명분을 위해 정의의 이름을 내건다. 그리고 그렇게 각자가 명패에 적어 내린 그 글귀의 구현은 곧 자신의 땀과 헌신을 바쳐야 할 신념이 된다. 인간은 각자의 존재 이유를 그 신념의 구현에서 찾는다. 그리고 각자의 존재 이유에 도전하는 다른 신념은 배척하고 극복해야 할 대상이 된다.

예를 들어 인간의 불평등 해소와 정의로운 분배를 통한 참된 사회의 구축을 옹호하는 목소리는 자본주의적 가치의 실현을 꿈꾸는 신자유주의자들의 신념에 정면으로 배치되는 것이다. 그들에게 건전한(?) 불평등은 사회 진보를 위한 촉진제다. 누구의 주장이 옳은가? 변증법적 역사 전개라는 원리가 실제로 작동하고 있다면 이러한 원리에 의해 좀 더 정의에 가까운 새로운 현실이 창조될 수도 있겠지만, 근본적으로 이것은 사회과학의 문제라기보다는 주관적 신념의 문제에 가깝다. 북한에는 굶주리고 헐벗은 수백만 명의 동포가 있다. 이들을 위한 경제지원과 교류확대는 정의로운 일인가? 이조차 결국은 주관적 신념과 믿음의 문제로 귀결될 것이다.

이처럼 정의와 그의 친구들은 신념의 보호 없이는 존재할 수 없다. 그러므로 하이데거의 표현 방식을 따라 말한다면 신념은 정의의 집이며, 신념이 대립하듯이 정의도 언제나 대립적이다.

신념이 세상의 변화를 이끄는 근본적인 힘이라는 것은 확실해 보인다. 그러므로 세상의 삶들이 올바른 방향으로 가기 위해서는 올바른 신념이 있어야 한다고 주장해도 무리가 없을 것이다. 하지만 그 올바름이 당대의 실존적 상황에서 구체적으로 어떤 것이어야 하는지를 판단하기란 매우 어려운 일이다. 복잡하고 무궁무진한 인과관계의 사슬 속에서 특정한 신념이 초래할 결과를 이해하기란 사실상 불가능하기 때문이다.

따라서 현명한 자라면 가장 확고한 신념으로부터 가장 위험한 결정이 나올 수 있음을 알아야 한다. 완벽한 신념이란 있을 수 없다. 인간의 신념이란 항상 일정 부분 편견과 잘못된 이해에 기반을 둘 수밖에 없음을 알아야 한다. 이것은 신념이 건강해지기 위해서는 늘 의심과 회의의 도전을 받아야 하는 이유가 될 것이다. 신념은 의심과 회의의 힘을 통해 존재하는 모든 것들을 위해 열려 있어야 한다. 이런 상태의 신념이야말로 정의롭고 참되며 진실한 신념의 모습일 것이다.

수용할 수밖에 없는 인간으로서

닫힌 세상에서 벌어지는 모든 일들 이를테면, 부조리와 모순, 행복과 권력의 추구, 도구적 역할, 삶의 주체가 되기 위한 투쟁, 현실과 인과론의 배신, 오류의 발생 같은 일들은 뫼비우스의 띠처럼 우리 주위를 끊임없이 순환한다. 인간의 의지는 그 순환에서 벗어나기 위해 노력하지만, 그 일이 결코 쉬운 작업이 아님을 깨닫게 된다. 그럼에도 불구하고 나는 계속 노를 저으며 항해를 멈추지 않을 것이다. 나는 이미 앞에서 그것이 삶의 미학임을 가정했다.

그렇다면 그 항해의 끝에 도착할 항구의 이름은 무엇인가? 달성, 성취, 쟁취 따위의 이름일까? 물론 모두가 하나의 도시를 향해 가고 있는 것이 아니기 때문에 도착지의 이름도 각기 다를 것이다.

하지만 성숙한 인간이 되기 위해 거쳐야 할 도시가 하나 있다. 인간은 그 도시에 머물며 그 정취를 맛보아야만 비로소 성숙해질 수 있다. 나는 그 도시의 이름을 〈수용〉이라 부를 것이다. 아마도 인간이 할 수 있는 가장 거룩하고 최종적인 행위는 〈수용〉일 것이다. 인간은 궁극적으로 자기 죽음마저도 수용할 수밖에 없는 운명이 아닌가! 어떤 이들에게 사는 일은 현실의 희미한 희망에 대한 긍정의 문제가 아닌 '그럼에도 불구하고~'

의 문제일 수밖에 없다.

고통의 삶이 어디 한둘이겠는가? 비록 이들에게 삶은 근사한 선물이 아닐 수 있겠지만, 모두가 삶을 수용하고 있기 때문에 살아가고 있는 것이다.

인간에게 수용은 나약함의 상징이 아니다. 받아들임의 자세 없이는 그어떤 지속도 있을 수 없다. 지속은 그 자체로 승리다. 지속은 엄청난 용기가 있어야 하는 일이다. 이러한 관점에서 볼 때 수용의 반대말은 거부나 저항이 아니라 〈체념과 포기〉가 될 것이다. 스스로 체념하지 않는 한 패배를 선언할 단계는 아닌 것이다. 그러니 받아들이되, 체념하거나 포기하지는 말자.

현명하게 수용하는 사람의 모습은 아름답고 성숙해 보인다. 참된 인간의 모습에는 단호한 저항의 자세뿐만 아니라, 스스로 겸손한 수용의 자세가 함께 있음을 보게 되고, 지혜로운 인간에게는 저항과 수용의 선택에 미학이 있음을 배우게 된다. 만일 우리에게 신의 도움이 없다면 수용의 자세는 인간이 사는 세상과 수많은 〈나〉들을 구원할 수 있는 훌륭한 길이 될 것이라고 믿는다.

제2부 삶의 느낌

일상의 모습과 경험을 담다.

찹쌀떡 장수 외 52편

찹쌀떡 장수

어젯밤 광화문 사무실 뒷골목에서 '찹쌀~떡!'을 외치는 장사꾼을 봤다. 광화문에서 여전히 이런 장사를 하는 사람이 있다는 게 신기하기도 했고 한편으로는 어린 시절 생각이 나기도 했다.

그리고 문득 떠오르는 생각이 삶을 살아가는 대부분 사람은 살아간다는 사실 그 자체만으로도 존경을 받아야 할 충분한 이유가 있다는 것이었다. 그 찹쌀떡 장수는 젊은 사람이 아니었다. 혼자만의 감상 어린 상상일 수도 있겠으나 그 사람도 누군가를(최소한 자기를) 책임지고 있는 사람이고 열심히 인생을 살아가는 사람일 것이다. 그런 의미에서 본다면 찹쌀떡 장수의 직업도 신성한 것이다.

— 2007년 1월

애끓는 경험

　오후에 S 부장님이 내 방으로 오시더니 '애 끓는 경험'이 있느냐고 물어보셨다. 무슨 일이 생긴 것 같아 여쭤보니 인천공항 입찰 건과 관련하여 감사원에서 문제를 삼는 모양이다. 작년에 인천공항 입찰에 참여했다가 제3사업자로 선정되는 통에 행장님께 시달리고 수익성도 못 맞추고 진퇴양난의 길에서 애끓는 상황이 있었는데, 이번에는 또 무리한 입찰이란 이유로 감사가 있을 모양이니 참으로 난처하게 되신 것 같다.

　돌이켜 보면 나에게도 애끓는 경험이 몇 번은 있었지 않았나 싶다. 조금 더 큰 눈으로 보면 모든 상황은 어떤 식으로든 해결되기 마련이고 경우에 따라서는 시간이 문제를 해결해 준다는 사실도 그런 경험을 통해서 배운 것이다.

— 2008년 11월

단감 한 줄

얼마 전부터 내 사무실 냉장고 안에 단감 한 줄이 들어 있었는데 나는
그냥 직원 누군가가 보관하기 위해 갖다 놓은 것인 줄 알고 손을 대지 않
았다. 그런데 지난주 어느 날인가 청소하시는 아주머니(사실은 할머니)께서
본인이 나 먹으라고 갖다 놓은 감인데 왜 먹지 않느냐 물으시는 것이었
다. 내가 그동안 그분이 오실 때마다 케익이나 떡을 좀 드렸더니 답례를
해주신 것이었다.

나는 무심히 버리기 아까워 드린 것뿐인데 이렇게 마음을 써주시니 송
구스럽기도 하고 마음속으로 깨닫는 바가 생겼다. 그 아주머니처럼 누군
가의 인심이나 배려를 받으면 절대 잊지 않고 보답해야 한다는 것과 항
상 다른 사람을 먼저 배려하고 베풀어야 한다는 것이다.

— 2010년 1월

미련

    사람의 마음에는 아무리 하지 않으려 해도 욕심과 미련이 생기게 마련이다. 지난 한 달 남짓 동안 참 바쁜 시간을 보내면서 나도 모르게 일종의 보상심리 같은 욕심이 생긴 게 아닌지 모르겠다. 지금 나에게 주어진 직위쯤은 먼지와 같이 날려버릴 수 있어야 한다. 미련을 가질 만한 것이 아니라는 얘기다.

    간혹 내 눈에는 이룰 것 다 이루고 누릴 것 다 누린 듯한 높은 분들이 자리 욕심을 부리는 모습이 참 한심하고 무의미하게 보일 때가 있는데 과연 나는 어떤 욕심에 눈먼 짓을 하는 것인지 항상 스스로 경각심을 잃지 않고 경계해야 할 것이다. 그렇게만 한다면 쓸데없는 것에 내 마음을 빼앗기지는 않으리라.

— 2010년 2월

아내의 성격

세상에 내 아내만큼 무색무취인 사람도 드물 것이다. 실제로 향수를 쓰는 법도 거의 없다. 반지야 종종 착용하지만, 귀걸이 같은 장신구를 하는 법도 없다. 화려한 옷도 입지 않는다. 마음 씀씀이도 마찬가지라서 애교를 부리지도 않는다. 아니 못한다. 애교 따위는 아내의 삶의 방식 목록에서 처음부터 제외되어 있었다. 아내는 그것을 여자의 가치를 올리는 수단으로 생각하지 않는다. 간혹 아내도 다른 여자들처럼 꾸미기도 하고 애교도 좀 있으면 좋겠다는 생각이 들기도 하지만 곰곰이 생각해보면 그게 바로 내 아내의 깊은 매력이다. 변하지 않는 한결같은 마음과 쉽게 버리지 않는 마음을 가졌다. 여자의 마음을 흔들리는 갈대라 하지만 아내의 마음은 늘 차분하며, 좋고 싫음에 대한 반응이 진중하다.

21년 전 내 돈 오백만 원에 융자를 더해 낡은 집을 얻어 신혼을 시작했고 지금은 번듯한 아파트에 살고 있지만, 아내의 얼굴은 그때나 지금이나 한결같다. 아내의 이런 진중함은 의도하지 않는 와중에 나타나는 본래적이며 타고난 성격이다. 아마도 그런 성격 때문에 세상에서 가장 변덕스러운 마음을 가진 나를 잘 수용하고 있는 것인지도 모르겠다. 그러니 공연히 변덕스러운 마음을 부려서 아내의 진중함을 탓하는 일은 절대로 하지 말자. 세상의 가장 큰 편안함이 바로 아내의 마음으로부터 나오고 있다.

— 2010년 6월

구두 닦는 아가씨

분명히 구두닦이 〈아가씨〉다. 명동 입구 우체국빌딩 바로 옆에서 구두 닦이 부스를 운영하는 부녀(父女)가 있다. 젊은 아가씨가 아버지를 도와 때 묻은 남자 구두를 닦는 모습이라니!

지금까지 여성 택시 기사나 중장비 기사를 본 적은 있지만, 여성 구두 닦이를 본 적은 없다. 남들이 쉽게 받아들이지 않는 직업을 갖고도 당당 하게 일하는 그 아가씨 모습을 보면 내 기분도 좋아지고 어떤 교훈적인 생각을 하게 된다.

남자들의 억센 발을 담아내는 자기 팔뚝 크기만 한 구두를 닦으며 그 아가씨는 무슨 생각을 하고 있을지?

— 2010년 8월

인생의 주제어

내 인생에는 주제어가 없다. 나를 표현하기에 적절하거나 스스로 마음속에 좌우명으로 삼을 수 있다거나, 내가 추구하는 삶의 이상적 모습을 표현할 수 있는 철학적 의미가 담긴 주제어 하나가 있다면 얼마나 좋을까? 마치 스님들이 화두 하나씩을 마음속에 담고 살아가는 것처럼 말이다. 오늘같이 처음으로 블로그를 개설한 날, 나에게 멋진 주제어 하나가 있었다면 그것으로 아이디(ID)를 정할 수도 있었을 텐데 한참을 망설인 후에야 마음에 썩 들지도 않는 아이디 하나를 내걸고야 말았다.

아직 그런 주제어가 없다는 것은 결국 내 인생의 방향성이 없음을 뜻하는 것이리라. 석가는 법(法)에 의존해 살라 했는데, 나의 법과 진리는 어디에 있단 말인가? 어쩌면 그 주제어를 발견하고자 노력하는 과정에 삶의 의미가 숨어 있을지도 모르겠다. 여행을 계속하다 보면 의미 있는 답을 구할 수도 있을 것이다.

— 2010년 8월

700가지의 고통

행복 전도사 최윤희 선생은 방송으로 잘 알려진 사람이다. 며칠 전 그
녀가 남편과 동반 자살했다는 뉴스가 나왔다. 평소 행복 전도사로 불렸
고 방송과 저서를 통해 많은 사람에게 희망의 메시지를 전파해왔던 탓
에 그녀의 자살은 세상의 특별한 관심을 끌만했다.

그의 유서에는 700가지의 고통을 겪어본 사람은 자기의 자살을 이해할
것이라는 유언을 남겼다고 한다. 삶의 시련에 맞서는 용기와 희망을 설파
하던 사람이 오장에 가차 없이 가해지는 고통에 무릎을 꿇은 것이다.

그녀의 남편은 자살을 도운 후 화장실에서 스스로 죽음을 선택했던
것 같다고 한다. 그녀의 유서에는 자기로 인해 같이 세상을 떠나게 될 남
편에 대한 미안함이 적혀있다. 배우자의 고통을 지켜보며 남편 역시 극심
한 아픔을 겪었을 것이다.

어제 퇴근길 라디오에서 이에 관해 설명하던 모 교수의 말에 의하면 어
떤 사람들은 생과 사의 구별을 초월해 결정적인 순간에 스스로 죽음을
선택할 수 있다고 했다. 어렴풋이 이해가 되는 말이다. 이 세상 그 어떤
물건에도 미련이 없고 그 어떤 사람으로부터도 자유로울 수 있는 마음의
경지가 있을 것이다.

최윤희 선생의 죽음은 고통에 나약한 인간의 모습을 보여준 사건이다.

고통에서 벗어나기 위해 죽음을 선택했다는 이유로 누가 그 연약한 존재를 비난할 수 있을 것인가? 700가지의 고통은커녕 발톱 하나에 가해지는 아주 작은 아픔조차 참지 못하는 우리가 아닌가? 사회병리학적 문제 등을 운운하며 그녀의 자살에 정당성을 부여하지 않으려고 하는 고집 이전에 인간에게 고통은 무엇인지 또 진정 의미 있고 행복한 삶이란 어떤 것인지에 대한 깊은 생각이 선행되어야 한다고 본다.

지금 삶의 고통을 받고 계시는 분이 한 분 더 계시다. 방배동 고모님께서 삼성병원에 입원하시고 많은 시간이 흘렀다. 지금은 의식조차 없이 산소호흡기에 의존해 계시다고 한다. 그분의 오장육부는 기능을 상실한 지 오래다. 작년에 병원에서 바싹 마른 모습을 뵈었을 때 마음이 아팠다. 가족들도 많은 고통을 겪고 있다고 한다. 내일은 사촌들에게 전화라도 한 통씩 해봐야겠다.

— 2010년 10월

트위터와 헌혈

오늘 트위터 덕분에 헌혈했다. 어젯밤 트위터에 교통사고 환자가 RH-O형 혈액을 급히 구한다는 메시지가 올라와서 저녁을 먹으면서도 마음이 좋지 않았는데, 결국은 마음이 흔들려서 오전에 명동에 있는 헌혈의 집을 찾았다. 혈액이 필요한 사람은 대구에 있다고 했다. 그의 보호자와 통화도 했다.

그런데 헌혈의 집에서 다소 황당한 일이 생겨서 결국 그 환자에게 지정헌혈을 하지 못하고 일반헌혈을 하고 말았다. 대한적십자 전산시스템에는 내 혈액형이 여전히 RH+ 형으로 기록되어 있었다. 1993년 5월의 기록이 남아있었다. 회사 동기의 부인을 위해 헌혈을 했다가 내 혈액형이 RH- 형으로 판명된 게 그쯤이었던 것으로 기억하는데 대한적십자에는 반영되어 있지 않았다.

SNS의 위력을 실감하게 된 일도 있었다. 트위터의 그 메시지는 여러 사람의 리트윗을 거쳐 내게로 온 것이었는데 내가 오전의 일을 발송자들에게 알려줬더니 오후 늦게 개그맨 정종철 씨로부터 메시지가 왔다. 아마도 그 사람이 혈액이 필요하다는 정보를 처음으로 트위터에 올린 것 같았다. 오후에는 체력이 달려 매우 힘들었다.

— 2010년 10월

지리산 둘레길

첫째 날, 10월 11일(화) 맑음

지리산 둘레길 여행 첫날. 아침 7시 5분 무궁화호를 타고 안개가 내려앉은 대기를 가로질러 남원으로 왔다. 주천−운봉 15Km 구간을 지나며 생애 가장 행복한 시간 일부였을 한 때를 보냈다.

내가 자연이고 자연이 마치 나인 것처럼 느껴지는…. 나는 들판 일부가 되었다. 아직 추수가 끝나지 않은 들판은 황금빛으로 가득했고 다른 한쪽 들판은 자신의 젖으로 키워낸 벼 이삭을 농부에게 수확으로 내어준 뒤 가을볕을 맞으며 한여름의 수고에서 벗어나 휴식을 취하고 있는 것 같았다. 논두렁, 밭두렁, 하천길, 국도, 가로수길을 걸어오는 내내 오른쪽 어깨너머에는 지리산의 거대한 능선이 마치 장대한 위엄을 갖춘 사람의 자태처럼 꼿꼿한 모습으로 하늘 아래 공간을 메우고 있었다.

남원사람들의 인심은 참 남다른 것 같다. 어떤 깊은 맛이 느껴지는 마음을 갖고 있다. 그것은 분명 지난여름 남해안의 어느 도시에서 느꼈던 날카로운 마음과는 달랐다. 뒷문으로 타서 앞문으로 내리는 시내버스의 요금은 내릴 때 낸다. 누구나 편안하고 친절하다. 먼저 길을 알려준다. 남원이라는 고장이 무척 마음에 든다.

둘레길 출발지로 향하는 시내버스를 기다리고 있을 때 분명 동남아시아 어디선가 시집 온 것으로 보이는 젊은 여인이 길가 리어커에서 과일을 사는 모습이 보였다. 그녀에게 이곳은 '새로운 곳'이리라. 나도 며칠 후면 '새로운 곳'에서 새로운 생활을 시작해야 한다.

아침에 기차 안에서 소라에게 문자를 보냈다. 마음에 용기를 가득 담아오겠다고… 이 여행은 나에게 무척이나 소중하고 값진 경험이 될 것 같다.

둘째 날, 10월 12일(수) 흐림

중황마을이라는 곳에서 민박집을 구했다. 오늘 하루 운봉-인월 2구간을 넘어 인월-금계 3구간의 약 7할을 걸었다. 인월마을을 출발해서 강과 논밭 사이로 펼쳐진 뚝방길을 한참 걸었다. 소들이 강가에 누워 있거나 한가로이 풀을 뜯고 있었다. 평탄한 2구간과 달리 3구간은 곧이어 산악지형으로 이어지고 숲 속을 걸어야 했다. 숲으로 들어가기 전, 산 아래 놓여있는 중군마을에는 집집마다 담장에 예쁜 그림을 그려놓았다. 인월에 들어올 때 만났던 마을도 그랬다. 지리산 둘레길에는 이렇게 예쁜 그림을 그려놓은 집들이 많다.

중군마을을 지나 기나긴 언덕길을 오르다가 밭에서 깨를 수확하고 있는 할아버지 할머니를 보았다. 이제는 더 이상 늙을 수도 없을 것만 같은 초라하고 누추한 몸을 잔뜩 쭈그리고 앉아서 바닥에 시선을 떨구고 깨를 다듬는 그분들을 보니 마음이 아려옴을 느낄 수 있었다. 늙는다는 것은 무엇일까?

3구간을 걷다 산에서 길을 잃어 다다른 곳이 바로 지금 머물고 있는 이 집이다. 날이 어두워져서 걱정했는데 차라리 길을 잃은 게 잘 됐다.

아저씨 아주머니 두 분께서만 사시는 아주 깔끔한 집이다. 아주머니께서 열심히 음식을 하고 계신다.

여기까지 오는 중간마다 아주머니들, 아저씨, 젊은 청년, 아가씨 등 많은 사람을 만났다. 어제 직장을 그만두고 오늘 길을 나섰다는 아가씨는 마음의 위안과 용기를 얻어가길 바란다. 가는 길이 바쁘다는 이유로 그 아가씨와 충분히 얘기하지 못한 것이 내내 후회됐다. 다시 생각해 보니 바삐 가서는 절대 안 되는 길이었는데 꼭 어디까지 가야지 하는 고약한 마음을 이런 데까지 와서도 버리지 못하니 그것이 나의 한계다.

정말 아름다운 길. 많은 사연을 가진 사람들이 오는 길. 다시 한 번 내 생애 가장 행복한 시간 일부를 보내고 있다는 생각이 든다.

셋째 날, 10월 13일(목) 맑음

아무리 높고 아득해 보여도 길을 걷다 보면 어느새 다다르게 된다. 발바닥이 아파 걷기가 무척 힘들다. 다시 오래 걸으니 통증이 사라졌으나 잠시 휴식을 취하고 출발할 때는 여지없이 통증이 찾아온다.

사람을 만나기가 참 힘들었다. 중황마을에서 등구재로 올라가는 언덕길 옆으로 계단식 논이 펼쳐져 있었다. 등구재는 전라도 남원과 경상도 함양의 경계다. 등구재를 넘으니 작은 마을에 들어앉은 어느 집 굴뚝에서 연기가 피어오르는 것이 보였다. 민박집을 나설 때 아주머니께서 싸주신 사과를 먹었다. 등구재 너머 쉼터 아저씨 말씀이 작년 KBS 〈1박 2일〉에 지리산 둘레길이 방송된 직후에는 사람들이 광풍과도 같이 몰려

들어 그 집 변기까지 깨졌었다고 한다. 지금은 한산하다. 그 쉼터에서는 지리산 전체가 한눈에 들어왔다. 사방에 들어서는 펜션과 민박집이 걱정된다.

쉼터를 내려와 잠깐 버스를 타고 이동해서 아름다운 동강을 따라 길을 걸었다. 중간에 할머니 한 분이 운영하시는 감나무집이란 쉼터에서 막걸리와 두부를 시켜 먹었다. 가수 엠씨몽이 할머니와 함께 찍은 사진이 걸려있었다. 동강을 따라 걷는 그 아스팔트 길은 내 생애 본 포장길 중에서는 가장 아름다운 길이다. 이렇게 차가 없는 아스팔트 길도 처음이었다. 동강을 지나 어떤 마을에 도착해 보니 여기저기 추수하는 손길이 바쁘다. 이 마을을 가로질러 계속 길을 걸었다. 이내 산청 함양사건 추모로가 나온다. 한국전쟁 때 국군에 의해 학살된 양민들을 기리는 추모공원이 보인다. 학살된 이들에게 역사란 무엇인가?

드디어 방곡이라는 마을에 이르렀다. 펜션에 도착했을 때에는 온몸이 마비상태가 되었다. 겨우 계곡에 가서 얼음같이 차가운 물에 발을 담갔다. 몸살 기운까지 동반해서 아스피린을 복용했다.

넷째 날, 10월 14일(금) 비

어제 계곡 물에 몸을 담가서 그랬는지 모르겠지만 눕기도 힘들었던 몸이 다소 회복되었다. 특히 근육 상태가 좋아졌다.

아침에 깨어나 보니 긴 가을 가뭄 끝에 비가 내리고 있었다. 축축한 구름이 산과 계곡을 뒤덮고 있었다. 나는 이런 날씨가 좋다. 왠지 차분해지는 느낌이 들기 때문이다. 근육 상태가 좋아졌다고는 하지만 더 이상 무리를 해서는 안 될 것 같았는데 비까지 내리니 산청으로 가는 길을 포기하기에 좋은 핑곗거리가 생겼다.

방곡에서 유림이라는 마을까지 할아버지 할머니들만 잔뜩 타신 버스를 타고 가서 함양으로 돌아가는 택시를 잡았다. 택시는 나를 곧장 함양으로 데려다 주지 않고 중간에 마을 사람의 심부름을 위해 다른 곳을 들렀다. 택시 기사님의 소개로 신라시대 최치원이 조성했다는 천 년 숲을 걸었다. 나무들 크기가 참 대단한 숲이다. 비 오는 숲 속을 걷는 사람은 나 혼자였다. 우비를 꺼내 입었다.

함양 읍내를 가로질러 남원으로 가는 버스를 타기 위해 시외버스정류장으로 걸어갔다. 등구재를 넘다가 만났던 젊은이 두 명을 그 근처에서 다시 만났다. 무궁화호를 타고 집에 도착했다. 영원한 안식처인 아내가 나를 반갑게 맞이해 주었다. 아! 정말 꿈을 꾼 것 같다. 정말 꿈이었을 지도 모른다.

— 2011년 10월

악의 평범성

희상 형 그리고 현 아우님, 오늘은 '알고 하는 열정과 모르고 하는 열정의 차이는 무엇인가?'라는 주제에 대해 한번 생각해 보겠습니다. 이 주제를 생각하고 나니 문득 떠오르는 철학자 한명이 있네요.

나치 독일 시절 유대인 학살의 총책임자였던 '아돌프 아이히만'은 1961년 이스라엘 비밀경찰 모사드에 의해 체포되어 전범 재판에 회부되었다고 합니다. 이때 〈뉴요커〉지의 女기자이자 유대인이기도 했던 '한나 아렌트'는 재판의 모든 과정에 참관하여 유대인들을 그토록 참혹하게 학살했던 아이히만의 악마성이 어디로부터 기원한 것인지를 철학적으로 해부하고자 했습니다.

그녀의 생각은 '악의 평범성에 대한 보고서'라는 부제가 달린 '예루살렘의 아이히만'이라는 책으로 출간되었는데 당시 그 책은 같은 유대인들로부터 심한 거부감을 불러일으켰다고 합니다. 왜냐하면, 그녀가 통찰한 바에 의하면 아이히만은 악마성으로 가득 찬 인간이기는 커녕 자기에게 주어진 소임에 너무나 성실하였고 근면했을 뿐만 아니라 준법적이었고 임무를 실천하기 위해 최선을 다했던 사람이었다는 사실 때문이었습니다. 만일 히틀러가 아닌 선한 인격자가 최고 통치자였다면 아이히만은 결코 법정에 설 사람이 아니었다는 것이었죠.

그렇다고 해서 아이히만이 무죄가 될 수는 없는 일이겠지요. 아이히만은 본인이 수행할 임무가 추악한 것이었음과 그것이 다른 사람에게 어떤 불행을 초래할 것인지를 사유하고 더욱 적절하게(?) 행동해야 했을 것입니다. 아렌트는 타인과 더불어 살아가는 인간에게 사유하고 이해한다는 것은 하거나 말거나 선택할 수 있는 권리가 아니라 반드시 해야 하는 의무라는 철학적 명제를 제시하였습니다.

아렌트가 우리에게 묻고 있는 것은 '지금 당신은 근면과 성실이라는 미명 아래 사유의 의무를 방기하고 있는 것은 아닌가? 지금 당신은 생각해야 할 것을 생각하고 있는가?'로 귀결될 수 있다 하겠습니다.

인간의 악마성조차 평범함으로부터 발원한다 할 수 있겠는데 하물며 사유하지 않는 열정으로 우리가 일상에서 얼마나 많은 실수를 저지르고 타인의 행복을 침해할 수 있는지 항상 두려워하고 경계할 일이라 하겠습니다. 늘 건강하시고 행복하시길 기원합니다.

— 2012년 5월

폐사지

유홍준 교수님과 고객들을 모시고 여주지역 폐사지 답사 여행을 다녀왔다. 가을비를 맞으며 바라본 거돈사터의 모습에는 가슴이 뭉클해지는 감동이 있었다. 법천사터와 고달사터를 답사했다. 지금은 쓸쓸히 황야가 된 저 터전에 무슨 역사가 숨어 있을지 상상해 보았다. 한때는 부처님을 모신 절간들과 수행하는 스님들이 그 포근한 야산의 품에 안겨 세상의 구원을 꿈꾸었을 텐데 지금은 모두의 기억 속에서 잊혀진 그래서 더욱 애틋한 정서의 꿈틀거림이 느껴지는 고즈넉한 공간이 되어버렸다.

역사는 이렇게 왔다가 이렇듯 잊혀지는 것인가? 비단 저 절터만 그렇더냐? 이 우주의 어떤 존재인들 자기의 형상을 잃지 않도록 운명된 것이 있던가! 세상의 모든 것은 본래의 모습에서 소멸된다.

그렇지만 저 절터는 그냥 그렇게 무의미하게 소멸된 것이 아니다. 이따금 찾는 이들에게 낯선 감정과 정서를 불러일으킴으로써 더욱 진지하고 깊이 있게 삶과 인생을 생각해 보도록 하는 것이다.

— 2012년 10월

직업

얼마 전 새집으로 이사할 때 아내가 옛 아파트 화단에 있던 나무 한 그루를 힘들여서 화분으로 옮겨 심었는데 이 크기가 작아서 큰 화분을 사기 위해 꽃집에 들린 적이 있었다. 주인장께서 지금은 그 나무가 성장을 멈추고 심한 몸살을 앓고 있으니, 일단 그대로 지켜보고 있다가 봄이 오면 큰 화분으로 바꾸는 것이 좋겠다고 했다.

그래서 내가 무심코 잘 생긴 나무도 아닌데 뭐 그리 신경 쓰느냐며 나무 비하 발언을 했더니 '원래 잘 생긴 나무는 없다. 자식 키우듯 어떻게 키우느냐의 문제다'라는 말이 돌아왔다. 화분 대신 흙 한 봉지 달랑 사서 집으로 돌아오는 길에 마음이 훈훈해지며 참 좋은 말을 들었구나 하는 생각이 들었다.

이렇게 무슨 직업이든지 오랜 세월 열심히 종사하다 보면 뭔가 깨달음을 얻을 수 있는 것 같다. 아니 직업을 통해 그런 깨달음을 얻기 위해 노력해야 하는 것 같다. 평생 직업에 종사하면서도 삶의 지혜나 작은 철학이라고 할만한 깨달음을 얻지 못하고 단순한 밥벌이 활동만이 남는다면 그보다 더 허탈하고 무의미한 것이 있을까? 이제 23년째 금융회사에서 월급쟁이로 사는 삶을 꾸려오면서 나는 이 직업을 통해 무엇을 배워 왔는지 무엇을 공부하고 있는 것인지를 스스로 묻지 않을 수 없다.

세상이 각박해지면서 덩달아 직장생활도 고달파지는 게 요즘의 추세다. 당연히 경쟁도 심해지고 무슨 직업에 종사하고 있든지 살아남는 일 자체가 큰 관심사일 수밖에 없는 게 현실이다. 그러나 살아남는 일에만 몰두해서는 의미 있는 삶을 이끌어낼 수 없을 것이다. 세상이 힘들어질 수록 스스로 짊어져야 할 책임도 커진다는 점을 자각해야 한다. 그 책임 이란 자기 직업의 기능적 측면을 훌륭히 수행하는 것은 물론이고 그 일 에서 어떤 소중한 의미를 찾아내는 일이다. 그래야만 어려움과 시련이 찾 아와도 흔들리지 않고 중심을 잡으며 갈 수 있고 보람도 느낄 수 있을 것 이다. 직업은 그것이 자기가 좋아하는 일이든 어쩔 수 없이 하는 일이든 간에 한 사람의 정체성과 관련된 것이다.

꽃집 주인은 나무의 생김새가 아니라 가꾸고 키우는 일의 중요성을 깨 달았다. 내가 하는 일도 그것이 어떤 일이든 간에 가꾸고 키우는 일이 중 요하다는 생각을 가져야 한다. 가꾸고 키운다고 모든 나무가 다 잘 자라 는 것은 아니겠지만 그렇다고 쉽게 포기할 수는 없다.

내가 하는 일에서 의미성과 가치를 찾아내는 일은 자기 삶을 보다 아 름답게 가꾸는 일과 같다. 무엇보다도 자기 인생을 스스로 주도해 가는 데 꼭 필요한 일이다.

— 2013년 2월

개인의 자발성

오늘 지난 번 인사 때 타부서에서 전입을 온 어느 계장이 쓴 리포트를 받아보고는 정말 오랜만에 기쁨을 느꼈다. 은행에서 전적하여 이제 겨우 새로운 업무를 2년째 접하고 있다고 하는데, 공부하고 노력한 흔적이 너무나 선명했기 때문이다. 품질을 떠나 자발성과 의욕을 가진 사람만이 만들어낼 수 있는 리포트였다.

이렇게 모두가 스스로 자발성과 의욕을 발휘하면 좋을 텐데, 그렇지 못한 것이 현실이다. 하지만 그것을 나쁘게 보는 것은 더욱 나쁜 태도인 것 같다. 훌륭한 경영자나 관리자라면 개인의 자발성과 의욕이라는 것이 결국은 사회적 관계 속에서 생성되는 산물임을 먼저 인식해야 한다. 하이데거의 표현을 빌리자면 결국 인간은 〈세계-속-존재〉일 테니까 말이다.

이는 개인이 자발성과 의욕을 발휘할 수 있는 환경을 조성하는 것이 관리자의 중요한 역할이라는 점을 시사하는 것이다. 그리고 개인마다 자발성의 정도에 차이가 있음을 인정하는 것도 관리자의 중요한 현실 인식이 될 것이다. 어쨌든 오늘은 내가 훌륭한 직원을 한 명 만난 것 같다.

— 2013년 2월

민원

　금융회사에 다니다 보니 고객의 민원 때문에 골치 아플 때가 많다. 얼마 전에는 분당에 거주하는 어느 여성 고객의 악성 민원을 해결하기 위해 케이크 하나 사 들고 자택을 찾아간 적까지 있었다. 그렇게 하고도 그 민원은 결국, 해결되지 않았다.

　우리 사회의 민원은 왜 이렇게 격렬한 것일까? 얼마 전 동네에 있는 대형할인점에 갔다가 어떤 모녀가 나누던 대화를 우연히 듣게 되었는데, 친구와의 갈등을 고민하고 있는 딸에게 그 어머니가 해준 말은 '너도 똑같이 계산적으로 대해라'였다. 친구와 마음을 터놓고 대화를 하다 보면 해결할 방법도 찾을 수 있고, 대단한 게 아니라면 양보할 수도 있을 텐데 그 어머니의 가르침은 '똑같이 계산적으로'였다. 그 어머니는 왜 그렇게 교육을 했을까? 혹시 딸이 친구와 이성적 대화를 시도하거나 양보하는 모습을 보일 때 오히려 불이익을 받을 수 있다고 생각한 것은 아닌지 모르겠다. 그리고 그런 생각이 그분의 삶 속에서 경험적으로 체득된 것은 아닐까? 이런 문화 속에서 사람들 간에 신뢰가 쌓이기는 어려울 것이다. 사실 악성 민원들의 특징도 '내가 더 계산적으로 대하는 태도, 내 이익을 더 챙기는 태도'라고 할 수 있다.

　예전에 잠깐 여유로운 시간이 났을 때 가족들과 유럽으로 여행을 떠난

적이 있었다. 귀국길에 암스테르담공항에서 비행기가 정비 문제로 출발이 좀 지연되었다. 그런데 갑자기 우리나라 승객들이 공항이 떠나가도록 소리를 지르며 항의를 하기 시작했고 심지어는 항공사에서 제공하는 식사쿠폰까지 거부하기에 잠자코 있던 내가 밥은 먹어야 한다며 선동 아닌 선동을 해서 맛있게 저녁을 먹었던 기억이 난다. 아내와 딸이 아직도 재미있게 기억하는 에피소드다.

당시 우리나라 승객들의 격렬한 항의는 정당한 것이었을까? 그때 항의의 선봉에서 식사쿠폰을 바닥에 팽개치며 다른 승객들에게도 받지 말 것을 주장한 사람들은 항공사가 그깟 쿠폰으로 사건을 무마하려 한다며 불만을 감추지 않았다. 식사쿠폰 때문에 더 큰 보상을 받지 못할 것이라는 생각을 했다.

일본에서 오래 근무한 분들의 말을 들어보면 일본 사람들은 민원을 제기하는 경우가 많지 않고 설령 제기하더라도 그 표현의 방식이 매우 공손하다고 한다. 물론 그런 방식이 꼭 좋다는 것은 아니지만, 불만의 사회적 표출 방식이 우리와는 많이 다르다는 것을 알 수 있고 그런 방식에도 긍정적으로 받아들여야 할 요소가 있다고 볼 수 있겠다.

우리나라 사람들의 격렬한 민원은 결국, 사회 구성원들이 서로 연대하고 협조하며 어울리면서 살아가기보다는 서로가 견제와 대립의 대상으로 상대를 보는 문화에 젖어 있기 때문은 아닌지 돌이켜 봐야 할 것이다. 타인으로부터 도움을 받기보다는 빼앗기고 피해를 받을 가능성이 크다는 의식이 우리 내면에 광범위하게 잠재해 있는 것은 아닌지….

— 2013년 3월

결과가 원인을 만든다

'결과가 원인에 앞선다.' 최근 우주물리학에서는 이러한 이론과 가설에 관심을 갖고 연구를 진행하고 있다고 한다. 시인 고은의 대담집 '두 세기의 달빛'에서 처음 이 글을 접했을 때에는 도대체 무슨 말인지 전혀 이해하지를 못했다. 원인과 결과는 어떤 사건의 계열 속에서 선후의 관계에 있는 것일 텐데 어떻게 시간과 공간의 흐름에 역전현상이 발생할 수 있다는 것인지 의아하기만 했다. 그런데 차츰 어렴풋하게나마 그 말뜻을 이해할 수 있을 것 같다. 내 생각이 우주적 현상에까지 미치지는 못하지만, 최소한 이 행성 안에서는 결과가 원인을 만드는 일이 비일비재한 것 같다.

결과만 좋으면 원인의 성격은 무시될 수 있는 게 세상의 일이다. 결과를 독점한 사람의 의도에 맞게 원인이 각색되는 경우는 흔해빠졌다. 하긴 역사 자체가 그런 게 아닌가? 승자가 그 성격을 규정하는 게 역사다.

결과가 원인을 앞서는 일이 발생하기 때문에 삶은 늘 모순과 부조리를 향한 투쟁의 양상 속에서 허우적거리게 되는 것 같다. 만일 결과가 늘 원인을 앞선다면 이것은 인과론의 종말을 의미하는 것으로 기존의 모든 윤리학적 가치 체계는 무너져 내릴 것이다.

— 2013년 4월

진도 소포리

고객 행사를 위해 오정해 선생님과 함께 찾은 진도 소포리 마을은 온 마을 사람들이 소리를 하는 특별한 곳이다.

논과 밭에서 일하시다가 공연을 위해 마을회관으로 뛰어오신 동네 어르신들. 그중에는 바로 당일이 할아버지의 두 번째 기일이었던 81세의 한남례 할머니와 카리스마 넘치시는 동갑 나이 북 치는 할아버지께서 계셨다. 그분들이 춤추고 노래를 부를 때 내 눈에서는 자꾸 눈물이 나려고 했다. 다른 고객들도 마찬가지였다.

그 노래들은 고된 노동이나 시집살이 같은 생활 자체로부터 나온 것들이다. 이렇듯 예술이 삶과 하나가 되어 있는 것을 본 적이 없다. 그곳에서 받은 감동은 숙연함과 숭고함의 느낌과 같은 것이었다. 세상으로부터 그동안 몰랐던 무엇인가를 하나 더 배운 느낌이다. 남도를 두고 왜 예술의 향기가 나는 고장이라고 하는지 이제야 알겠다.

— 2013년 5월

살기 위해 먹는가?

  사람은 살기 위해 먹는가, 먹기 위해 사는가? 이 세상에 진실로 살기 위해 먹는 사람이 몇이나 될까?

  사람들 대부분이 살기 위해 먹는다고 생각하면서 이 세상 위에 기거하고 있겠지만 인간다운 삶을 살기 위한 목적에서 벗어난 욕심과 탐욕의 과정에 있는 모든 삶은 결국 먹기 위해 사는 것과 다르지 않은 것이다. 나는 지금 살기 위해 먹고 있는가, 아니면 먹기 위해 살고 있는가?

— 2013년 5월

관념으로 이해하는 세상

내가 갖고 있는 세상에 대한 대부분의 이해는 경험을 통하지 않고 관념적 사고를 통해 얻어진 것이다. 그렇다면 나는 세상의 진실된 모습을 어떻게 확인할 수 있을까? 체험하지도 않았고 나와 밀착되어 있지도 않은 현상의 옳고 그름을 어떻게 판단할 수 있단 말인가?

지금까지 한 번도 내 인생은 억센 근육의 힘을 필요치 않았고 삶의 어느 한구석에도 고된 노동의 흔적은 남아 있지 않다. 그런 측면에서 보면 내 인생의 정체성이란 결국, 관념적 사고의 허울을 쓰고 삶의 광야 한 모퉁이에 머물러 있는 것이다.

내 영역을 조금만 벗어나 보면 노동은 삶의 도처에 있다. 어린 시절 지게를 메고 밭일을 나서시던 아랫집 할아버지부터 얼마 전 소리 기행을 위해 방문했던 진도 소포리 마을의 노인들까지 노동 위에 삶의 집을 짓고 있다. 그뿐이겠는가? 다만 내 시선이 이 세상 구석구석을 보지 못할 뿐이다. 나의 근육 줄기는 가늘기만 하다.

— 2013년 5월

4대강

흐르는 것이 물뿐이랴
우리가 물과 같아서
강변에 나가 삽을 씻으며
거기 슬픔도 퍼다 버린다
(중략)
삽자루에 맡긴 한 생애가
이렇게 저물고 저물어서
샛강 바닥 썩은 물에
달이 뜨는구나!

(정희성의 시 '저문 강에 삽을 씻고')

흐르는 강물이 세대에서 세대로 전해주던 정서적 공감은 물의 흐름과 함께 막혀버리고 말았다. 공간이 바뀌었으니 이제 우리의 정서도 바뀔 것이다. 헤르만 헤세는 '뻐꾸기 소리는 영원하다.'라고 했단다. 뻐꾸기 소리를 타고 아들의 몸속으로 흘러가던 아버지의 영혼은 이제 허공으로 흩어지겠구나. 한반도 남쪽 땅에서는 뻐꾸기 소리가 죽어버렸다.

이제 강물이 멈춰 섰으니 그 어느 강변 뜨겁게 달구어진 모래밭에 발을 묻고 휴식을 취할 수 있을 것인가?

— 2013년 5월

5월

    초여름이라 불러도 좋을 5월의 화창한 봄날. 만개한 꽃들과 눈부신 신록 따스한 햇볕이 내 오감에 비현실적인 느낌으로 다가온다. 5월이 오니 유별나게 추웠던 지난 긴 겨울은 다시는 돌아오지 않을 나그네처럼 먼 길을 떠난 것처럼 보인다. 사람은 이렇게 여름이 오면 겨울을 망각하고 겨울이 오면 여름을 잊는다. 하긴 그래야 지난 상처도 잊을 수 있는 법이다.

    아파트 공부방에서 내려다보니 빨간색 반팔 티셔츠를 입은 한 소년이 뛰어간다. 발랄하다. 그래 정말 발산의 계절이 왔다. 보라, 창가의 저 나뭇잎들도 하늘을 향해 주체할 수 없이 뻗어 가고 있지 않은가. 나 역시 저 나무들의 행위에 동참하리라!

— 2013년 5월

행복

    부조리의 그림자를 거느리지 않은 순수한 행복이란 없다. 사람이 느끼는 모든 행복에는 부조리의 찌꺼기라도 묻어 있는 법이다. 순수한 행복을 추구하는 삶은 공허하고 무의미하다. 왜냐하면, 그 삶은 없는 것을 추구하는 것이기 때문이다. 순수한 행복 그것은 오로지 환각과 환영의 상태에서만 가능한 것이다.

    그러나 이것이 진정한 행복까지 존재하지 않음을 뜻하는 것은 아니다. 하얀 솜털 같은 순수한 행복이 없다 해도 어떤 묵직한 맛이 나는 진정한 행복은 존재할 수 있는 법이다. 진정한 행복이란 구정물같이 오탁(汚濁)된 삶 속에서 솟아오르는 자발성이나 의지 같은 것들이다.

    삶의 내면에는 많은 모순과 부조리가 존재한다. 그것들이 현실의 구체성을 구성한다. 진정한 행복은 현실과의 접점에 존재하는 것이다. 진정한 행복이란 현실의 세계에서 모순과 부조리를 딛고 일어서는 것이며 그것을 증오하는 동시에 사랑하는 것이다.

― 2013년 10월

죽음에 대한 몇 가지 가설

1.

삶은 죽음으로 갚아야 할 부채이자 죽음의 자산이다.

2.

삶은 자기의 존재를 시간을 통해서만 소유할 수 있다.

3.

가장 차원 높은 죽음은 아마도 삶의 무의미성과 공허함을 깨닫고 난 뒤에 찾아오는 것이리라. 이러한 죽음은 삶의 본질을 충분히 생각한 사람만이 가질 수 있는 특권 같은 것이다. 삶을 영위하고 있는 인간은 자기 삶의 완결성을 높이기 위해 삶의 무의미성과 공허함을 깨달아야 한다. 그래야 죽음 앞에서 욕망의 포기가 가능하기 때문이다. 가장 가치 있는 것, 가장 완결된 것은 어떤 특정한 의미성 안에 갇혀 있는 것이 아님을 알아야 한다.

4.

죽음은 궁극의 평등성이다. 이것은 불평등과 부조리가 넘치는 세상에서 죽음이 곧 궁극의 위로가 될 수 있음을 뜻하는 것이리라. 죽는다는 사실은 모든 가난하고 핍박받는 자들이 의지하는 최후의 정신적 보루다. 피안의 세계 앞에서 현세의 고난은 극복될 수 있다. 과학의 발전으로 인간이 영생할 수 있는 시대가 올지 모른다는 예측이 있다. 과학이 자연을 대체하게 된다면 불평등은 심화되고 인간의 마지막 정신적 보루는 무너지게 될 것이다. 죽음이 사라진다면 역설적으로 인간은 어디에서도 위로받을 수 없을 것이다.

5.

죽음 보다 강력한 삶의 이유는 없다. 죽음이 있기에 삶은 더욱 빛난다. 만일 죽음이 없다면 삶도 그 빛을 잃게 될 것이다.

6.

죽음이란 결국, 원소의 세계로 회귀하는 것이다. 나의 육신이 먼지가 되어 바람에 흩날리게 되더라도 나는 원소의 단위로 어딘가에 존재하게 될 것이고 다시 그 원소를 흡수한 어떤 생명체의 몸으로 환생하게 될 것이다. 이것이 윤회인가?

7.

삶이 영문도 모르게 개시된 것처럼 죽음 역시 영문 없이 찾아오는 것이다. 영문 없이 왔다가 영문 없이 가는 것… 거기에 무슨 필연이 있겠는가?

8.

죽음은 절벽이다. 죽음은 '존재의 나'로부터 '부재의 나'로 이동하는 절연의 절벽이다.

— 2013년 10월

도그마 Dogma

　하나의 도그마는 곧 하나의 세상이며 하나의 경계다. 그것은 한계를 의미한다. 모든 도그마는 그것을 넘어서는 원칙과 신념을 허용하지 않는다. 따라서 그것은 확장을 가로막는 지독한 폐쇄성이며 울타리이다. 도그마가 많다는 것은 한계가 많다는 것이며 억압이 증대됨을 뜻한다. 그것은 새로운 가능성을 닫아버리는 것이다.

　모든 도그마는 결함의 개연성을 내포하고 있다. 왜냐하면, 결함이 없는 도그마가 존재한다는 것은 이 세상에 모순이 없는 순수한 질서가 실현될 가능성이 존재함을 의미하는 것인데 그것은 신의 영역에서나 가능한 일이기 때문이다. 나는 인간 그 자체가 내적 모순을 가지고 있는 한 이 세상에 순수한 질서가 실현될 가능성은 없다고 믿는다. 그러므로 세상의 모든 도그마, 원칙, 신념에는 경계의 시선을 보내야 한다. 도그마에 빠졌다는 것은 하나의 세상 속으로 자기를 밀어 넣는 것이며 하나의 창문으로 세상을 보는 입장이 되는 것이다. 이런 상태에서는 세상의 진리를 이해할 수 없게 되며 곧 아집과 독선의 얼굴을 갖게 되기 쉬울 것이다.

　지금 우리 사회에는 과거의 낡은 도그마가 부활을 꿈꾸고 있다. 도그마가 지배하는 사회는 더 큰 사회로 확장될 수 없다. 지금 우리 사회에는 열림이 필요하다.

― 2013년 10월

무서운 사회가 도래하였다. 사회가 증오심으로 가득 차 있어 보인다. 장성택의 숙청에 달린 댓글이 "종북좌파 너희도 곧 기관총으로 죽을 운명에 처할 것이다."라니…

이념과 사상, 낮은 수준의 세계관이 판치는 사회이며 하나의 기준에 모든 것을 통일시키려는 전체주의적 사고가 팽배한 사회이며 이를 위해 전술적으로는 분열을 획책하는 사회가 되었다. 국가와 집단 단위의 사고가 개인의 자유로운 사고를 막아버리는 사회가 되었다. 정교한 억압이 사회를 짓누르고 있다. 이 억압은 누가 행사하는 것인가?

자신의 다양성조차 포용하지 못하는 사회가 앞으로 저 못난 북한을 어떻게 감당할 것인가! 남과 북이 모두 성숙함을 갖추지 못하였으니 이 땅의 미래를 어떻게 상상해야 하나.

관용과 열림의 미학이 깃든 성숙한 사회, 공존과 공영이 있는 평화의 세상을 만들지 못하는 이유는 무엇인가? 자폐증 환자처럼 자기만의 세상에 스스로를 가두고 넓은 지평선 너머에 새로운 가능성과 희망이 있음을 애써 외면한다. 보다 높은 가치가 있음을 인정하지 않는다. 척박한 생존 환경에서 살아남기 위해 아등바등하고, 이를 통해 얻은 작은 전리품들을 자랑할 줄만 알았지 더 높은 세상으로 향하기 위해 노력하지 않는다. 정말 우리는 배우고 깨닫지 않는다. 아직도 개화의 과정은 끝나지 않았다. 물질적 개화는 이루어졌지만, 정신의 개화는 오지 않았다.

정신의 개화란 무엇인가? 그것은 개인의 생각과 인격을 인정하는 것이다. 작은 존재가 큰 존재를 위해 사상적으로 봉사하기를 강요해서는 안 된다. 자기의 선과 정의를 타인에게 강요하는 것은 옳은 일이 아니다. 만일 우리 사회에 이렇듯 강요의 힘이 판친다면 그 앞날은 암울할 수밖에 없다. 많은 사람이 지금보다 더 크고 열린 마음을 가지게 될 때 보다 행복하고 따뜻한 세상이 만들어질 것이다. 그러기 위해서는 스스로 깨어나 세상을 바로 보기 위해 노력해야 한다. 그러나 희망적인 전망을 하다가도 편협한 세계관에 안주하는 개인들을 볼 때마다 안타깝고 암울한 마음이 든다.

— 2013년 12월

인간은 권력 없이 살 수 있는가?

인간은 완전히 혼자 고립되어 있을 때에도 권력이 필요할까? 고립된 인간에게는 자연에 대한 투쟁이 있을 뿐 권력이 필요하지 않을 것이다.

권력은 사회적인 개념이다. 인간은 사회의 테두리 안에서 존재하기를 희망하는 한 권력을 추구하는 존재가 될 수밖에 없다. 강자는 권력을 쟁취하고 세습하지만 약자는 더 큰 권력에 의지함으로써 그것의 일부를 획득한다. 큰 권력의 체제와 속성을 잘 이해하고 그것을 수호하는데 능력을 발휘하는 인간이 더 큰 보상과 보호를 받고 번영하게 된다.

체제 내에 편입된 주체는 상위 주체의 인정을 받지 못하면 존재할 수 없다. 즉, 존재하기 위해서는 권력이 필요하다.

사마천의 사기(史記) 화식열전(貨殖列傳)에는 '사람들은 자기보다 재산이 열 배 많은 사람은 시기하고 질투하여 헐뜯고, 재산이 백 배 많으면 두려워하고, 천 배 많으면 존경하여 그의 종노릇하기를 마다치 않고, 만 배가 많으면 그를 위해 죽는 것도 고마워한다.'고 했다. 인간은 이처럼 상위 주체의 인정을 받기 위해 노력하며 권력의 시중이 되기를 마다치 않는다.

권력을 만들어 내고 분배하는 방식이 곧 인간 사회의 구성 원리를 규정한다. 지금 이 시대에서 행해지는 것처럼 저급한 방식으로 권력을 생성하거나 강화하는 사회는 하급사회이다. 권력이 한 곳으로 집중된 사회에서는 인간이 주체로 서 있기 힘들고 소외된 그림자로 전락할 뿐이다. 권력의 이동이 막힌 사회에서는 인간의 의욕과 노력이 발휘될 수 없다. 인간의 자발성과 적극성은 권력이라는 보상을 전제로 하는 사회적 활동에 불과하다. 따라서 권력의 이동이 활발하고 자유로운 사회가 좋은 세상이다. 정당하고 공정한 방식으로 권력이 분배되는 사회가 보다 진보되고 행복한 사회이며, 이러한 권력을 겸허히 수용하고 바르게 행사할 수 있는 인간만이 훌륭하다.

인간은 생존의 위협이 증대될수록 더 큰 권력을 획득하거나 그 그림자 밑에 있기를 희망하게 된다. 지금 우리 사회의 강한 권력 추구 성향과 보수적 경향성은 사람의 생존을 위협하는 무엇인가가 일상적으로 우리를 강하게 압박하고 있음을 증명하는 것일지도 모른다.

인간은 권력을 떠나 살 수 없다. 그러나 권력에 봉사하는 것 자체를 존재의 목적으로 삼아서는 안 된다. 모든 주체가 이 점을 자각하여 스스로 행위에 적용하려고 노력할 때 인간 사회는 더 큰 문명으로 진보할 수 있을 것이다.

— 2013년 12월

껍데기 인간

내가 젊었을 때에는 매사에 논리는 적고 행위는 많았는데, 이제 어느 정도 나이가 드니 행위는 작아지고 논리만 커지고 있다. 어느 순간 감정과 감성은 떠나고 완고한 논리만 남은 껍데기가 될까 두렵다.

사람이 살면서 경험과 학습을 통해 자기만의 철학적 세계를 구축한다는 것은 대개 특정한 형식의 편견과 아집을 동반하는 작은 도그마를 갖는 일과 같다. 세상을 어떤 카테고리에 넣어 도식화시키고 그런 프레임에 들어오지 않는 것들은 잘 인정하지 않으려는 태도로 빠져드는 것이며, 형식으로 내용을 지배하려 하는 것이다.

그러나 인생의 모든 철학과 사상은 우리가 인간의 본성을 완벽히 이해할 수 없는 한 세상의 원리와 현상을 파악하는 단계에서 편견을 갖지 않을 수 없게 마련이며, 당연히 아집적 실행의 오류 역시 피할 수 없게 된다. 인간의 모든 현실에는 보편성만이 아니라 우리가 인지할 수 없는 개별성이 담겨 있다. 논리가 그 모든 개별성을 담을 수는 없을 것이다. 논리만 남은 껍데기라는 것은 결국, 개별성 안에 내포된 타인의 절박함을 망각한 자 또는 이에 무지한 자를 뜻하는 것이리라.

몸에 논리만 남은 사람의 모습은 추하다. 그런 사람은 세상을 자기의 경험적 논리의 틀 안으로 포섭하여 소유하려고 하는 자다.

이제 나이 오십을 바라보며 걷고 있는 사람으로서 인생에 대한 소신과 철학이 없다면 그것만큼 허무하고 부끄러운 일도 없을 것이다. 하지만 이 것은 필연적으로 편견과 아집을 부르는 도그마를 갖는 일이라는 점에서 소신과 철학을 갖는 일에 부담을 느낄 수밖에 없음을 실토하게 된다.

— 2014년 1월

젊은이들에게 미안하다

2016년부터 정년이 60세로 연장되는 법이 시행된다고 한다. 회사에서 받는 월급에 기대어 살아가고 있는 나에게는 희소식이 아닐 수 없다. 이미 몇 차례 위기에 빠져본 경험이 있기 때문에 나는 월급의 소중함을 누구보다 잘 알고 있다. 노후가 불안한 많은 가장에게도 이 소식은 매우 반갑게 들릴 것이다.

그러나 이 희소식이 90년 이후에 태어난 세대들에게는 비극적 소식이 될 것이라는 전망이다. 특히 정년 연장의 혜택을 누린 세대들이 은퇴하기 이전에 사회 진출을 시도해야 하는 90~95년생 세대들에게는 치열한 경쟁과 싸움이 기다리고 있을 것이란 분석이다. 그러고 보니 이것은 바로 95년생인 내 딸의 문제가 된다.

과연 기성세대의 정년 연장은 바람직한 것인가? 이 문제는 쉽게 답할 수 있는 질문이 아니다. 이 질문 안에는 정말 많은 것들이 담겨 있을 수밖에 없다. 삶의 애환과 고난이나 반대로 이기심 따위의 것들이 각기 다른 사람들의 사정 속에 깃들어 있을 것이다.

그러나 이 문제와 관련해 분명해 보이는 한 가지는 이제 막 본격화되기 시작한 세대 간의 갈등이 이 문제로 인해 더욱 확대될 가능성이 있다는 점이다. 기성세대, 특히 나보다 먼저 태어나 산업사회를 건설하는 데 크게 이바지했으나 아직 경제적 기반을 구축하지 못한 계층의 입장에서는 그동안의 헌신에 대한 보상과 늘어난 기대수명을 뒷받침할 수 있는 노후 준비를 위해 정년 연장이 꼭 필요할 것이다.

그러나 우리 경제가 이미 장기 저성장 궤도에 들어선 상황에서 기성세대의 권리 확대는 어린 세대의 희생을 초래할 수 있다는 점이 문제의 핵심이 된다. 경우에 따라서는 제로섬 게임이 아니라 마이너스 게임이 될 수도 있을 것이다.

조금 분석적으로 생각해 보자. 정년 연장은 경제적, 사회적, 윤리적 관점에서 사회 전체의 행복증진에 부합되지 않을 가능성이 크다. 물론 내가 공리주의자는 아니지만, 공동체 전체의 관점에서 행복을 생각해 보는 것도 의미가 있을 것이다.

우선 경제적 관점에서 정년 연장은 경제적 부의 창출에 불리하게 작용할 공산이 크다. 기성세대의 노하우를 활용할 수 있다는 측면이 부각될 수 있겠지만, 전반적으로는 연장자들의 생산성이 젊은 세대의 60% 수준이라고 하니 경제적 생산성이 개선될 리 없다. 나이 든 사람에게는 동기 부여를 하기도 어렵다. 따라서 조직도 같이 늙어가는 모습을 볼 수 있는데 사회 전체적으로 이런 현상이 확산할 경우 국민경제의 생산성이 떨어질 것은 자명한 일이다. 결국, 정년 연장은 경쟁력 좋아하는 사람들에게 도움이 되지 않을 가능성이 크다.

사회적 관점에서는 세대 간의 자연스러운 순환이 가로막혀 활력이 저하되고 생기를 잃는 상황을 생각해 볼 수 있다. 젊은이들의 어깨가 축 늘어지고 얼굴은 잿빛으로 변했는데 사회가 무슨 희망을 볼 수 있을 것이며 그런 젊은이를 품고 있는 가정에 무슨 활기가 깃들 수 있겠는가? 좁은 문을 뚫고 들어갈 수 있는 사람들과 그렇지 못한 사람들이 구분되어 계층 분화가 심화될 것이다. 소외되고 밀려나는 젊은이들이 많아질 것이다. 젊은 세대와 기성세대 간의 다툼이 아니라 사회 전반적으로 신뢰가 무너지고 서로 투쟁하는 양상이 전개될 수도 있다. 이런 사회는 불행하다.

윤리적 관점에서 보더라도 누군가의 이익을 위해 뻔히 알면서도 다른 누군가의 기회를 빼앗는 것이라면 그 이익은 정당성을 상실하는 것이다. 정년 연장은 나이 든 사람들의 생계를 위해 젊은이들로부터 기회를 빼앗는 것과 다를 것이 없다.

노력하면 잘 살 수 있는 것이 정의이고 아무리 노력해도 살기 어려운 것은 부조리이다. 이런 관점에서 젊은이들의 입장에서는 정년연장이 부조리로 보일 수도 있다. 따라서 정년 연장은 우리 경제가 그것을 누군가의 희생 없이도 수용할 수 있는 상황이 펼쳐지지 않는다면 윤리적으로 정당하지도 않고 부조리를 키우는 결과를 초래할 수도 있다.

지금 많은 젊은이가 학비와 주거비로 허덕이고 사회 진출에도 큰 어려움을 겪고 있다는 것은 모두가 아는 사실이다. 사회의 인구구조가 바뀌면서 수적으로 열세가 된 젊은 세대들은 선거를 통해 자신의 미래를 스스로 결정할 수 있는 권리조차도 제한받고 있다. MB정권 이후 선거의 결과는 기성세대가 젊은 세대의 정치적 미래를 결정짓는 구조로 고착화되었다. 젊은 세대가 자신의 미래에 영향을 미치는 사회구조의 변혁에 관여하지 못하는 상황이 전개되고 있다. 엄밀히 말해 이것은 부당한 처사이며 젊은 세대들의 입장에서는 민주주의가 아니다.

기성세대는 복지 혜택의 확대와 더불어 정년 연장까지 이루어짐으로써 사회적 부의 재분배에서 유리한 위치를 차지하게 되었다. 이것은 언젠가 우리 사회에 큰 파열음을 내는 분열 또는 정반대로 소리 없는 쇠락을 초래할 가능성을 키우는 사태이다.

　그럼에도 불구하고 기성세대 모두가 기득권층도 아니고 정년 연장의 혜택이 꼭 필요한 사람들은 오히려 취약한 계층일 터이니 이렇게 말하는 것이 그들에게 누가 될 수 있어 마음이 무겁다. 또 젊은이들에는 미안하고 그들이 안쓰럽다.

　이미 정년 연장의 시행이 확정된 상황에서 내 모든 말들은 공허하게 되었지만, 사회가 젊은이들에게 새로운 기회를 제공할 수 있도록 노력하고 그 열정을 뒷받침할 수 있도록 많은 지혜를 모으면 좋겠다.

— 2014년 2월

책 읽는 여인들

　광화문 세종문화회관 뒤편 소공원 벤치에 앉아 책을 읽고 있는 여인의 동상이 있다. 그녀의 등 뒤에서 어깨너머로 손에 잡힌 책을 보니 서정주의 '서시'다. 내가 좋아하는 시는 아니지만, 시를 읽는 그녀의 아담한 어깨선이 마음에 들었다.

　세종문화회관 근처에는 책을 읽는 또 한 명의 여인이 있다. 바로 그 소공원 앞에 위치한 튀김집 아주머니다. 사람들이 오가는 분주한 길거리에 간이 의자를 놓고 앉아 앞치마를 두르고 책을 읽는 모습을 여러 번 보았다. 그 모습에서는 길거리의 분주함에 동요되지 않는 차분함과 바쁜 일상 속에서도 자신의 내면을 보살피려고 하는 사람의 신실함 같은 것이 느껴지는 것이다.

— 2014년 2월

능동과 피동

우리나라 사람들은 왜 덜 행복한 것일까? 행복을 수치로 측정할 수는 없겠지만, OECD 국가 34개 중에 행복지수가 늘 꼴찌에 가깝고 자살률은 1위, 부패지수는 27위라는 통계를 쉽게 무시하기도 어렵다.

이에 대해서는 다양한 진단과 해석을 내릴 수 있겠지만, 우리 사회의 수직적 인간관계와 이에 기인하는 피동성에 주목해야 한다고 생각한다.

수직적 사회에서는 자율적인 삶을 살기 어렵다. 수직적 사회는 필연적으로 강한 집단적 규범을 필요로 하고, 김우창 선생의 말처럼 집단적 규범이 강화될수록 거기에 의존하면 되므로 개인의 자율적 규범은 약화될 수밖에 없을 것이다. 외적인 규범으로 인해 내적인 규율이 설 자리를 잃게 되는 것이다.

그런데 사람의 행복이란 자율적 규범에 따라 사고하고 행동할 때 생기는 것이지 외부의 규범에 속박되어 피동적으로 살아갈 때 발현되는 것이 아니다. 행복은 자기 주도성과 능동성 속에서 태어나는 것이다. 그런 관점에서 우리는 지나치게 수직화된 사회에서 집단적 규범에 따라 살아가기를 강요받기 때문에 덜 행복한 것인지도 모른다.

우리가 이런 집단적 규범에 얼마나 피동적으로 속박되어 있는지 일일이 사례를 열거할 필요는 없을 것이다. 가정, 학교, 군대, 직장에서 도덕의 이름으로 때로는 정신까지 지배하려는 가부장적 폭력의 형태로 행사되는 통제와 속박이 만연해 있기 때문이다.

사회가 혼란스러워지거나 어떤 사건이 발생할 때마다 정부에서 가장 먼저 하는 일은 '기강 확립'이다. 공권력을 동원한 비리 색출과 공공질서 확립 그리고 일벌백계 따위의 조치들이 취해진다. 문제의 본질에 대해 심도 있는 이해를 터득하고 이것을 사회의 운영 원리에 반영하는 노력은 언제나 후순위적이다. 그래서 무슨 진상위원회의 활동은 교묘하게 방해되거나 지연되기에 일쑤고 그 활동 결과는 사회의 기존 질서와 관계 구조가 훼손되지 않도록 언제나 피상적으로 도출된다.

수직적 관계 구조가 사회의 필연적 형태임을 인정하더라도 사람들에게 피동성을 유발하는 우리 사회의 그것은 조금 유별난 측면이 있다. 사람은 참여한 만큼 주인이 될 수 있고 더 큰 주인이 될수록 자율적 삶을 누릴 수 있기 마련이다. 피동적 삶을 살아가는 사람들은 결코 행복해질 수 없다. 능동은 힘들고 치열하다. 우리가 까칠한 능동성에 익숙해지지 않은 한 결코 진정한 행복을 느껴지는 못할 것이다.

— 2014년 2월

딸의 졸업식

오늘은 소라의 졸업식 날이었다. 장모님뿐만 아니라 처형 식구까지 모두 와서 소라의 졸업을 축하해 주셨다.

3학년 1반 교실에서 담임 선생님의 따뜻한 격려 말씀이 끝나고 반 친구들과 함께 마지막 단체 사진을 찍기 위해 단상으로 모일 때부터 우리 딸은 왜 그리 울던지… 다들 즐거운 얼굴로 떠들고 있는데 혼자서 눈물을 뚝뚝 흘리는 것이었다. 학교를 떠나는 것이 섭섭했는지 아니면 아직 이루지 못한 일이 남았는데 졸업을 하게 된 것이 마음에 걸렸는지 그 이유는 잘 모르겠다. 어쨌든 소라는 오늘 마지막으로 교복을 입었고 또 다른 삶의 모습들을 만들어가기 위해 새로운 길에 서게 되었다.

소라는 영민하기보다는 바르고 순박한 성품을 갖고 있어서 모든 것을 하나하나 직접 몸으로 겪고 나서야 깨닫는 아이다. 그만큼 속도는 늦을 수 있겠지만 순수하고 진실한 마음을 가지고 있기 때문에 훌륭한 삶을 살아갈 수 있다고 믿는다.

소라의 미래와 관련해서는 이제 내가 나설 일이 별로 없을 것 같고, 또 당연히 나서는 일이 없도록 해야 할 것 같다. 내 눈에만 어릴 뿐이지 이제 혼자 모든 것을 생각하고 처리할 수 있는 어엿한 성인이 되었다. 아버지의 자격으로 간섭해 봤자 딸의 인생에 도움이 되지 못할 것이다. 조언의 역할은 계속 해야 하겠지만, 조언과 간섭의 차이가 애매하기 때문에 그것마저 신중해야 할 것 같다. 돌이켜 보면 나도 소라 나이 때부터 서울에서 혼자 살았다. 소라가 나보다 못할 이유가 전혀 없다.

사랑스러운 나의 딸 소라의 앞날에 인생의 큰 발전과 행복이 함께하기를 기원해 본다.

담임 선생님의 마지막 격려 말씀이 너무나 감동적이었다. 오랜만에 학교에 가서 좋은 수업을 듣고 왔다.

— 2014년 2월

배고픔

대한민국은 북한에 대한 식량 제공을 거부하고 있다. 물론 정부의 입장도 이해하지 못할 바는 아니지만, 대한민국이 진정으로 통일을 추구하고 있다면 전략적 관점에서 재고가 필요한 조치라고 생각한다.

몇 년 전 당시 통일부 차관의 아침 강연에서 북한 주민들이 기근으로 인해 발육부진과 지능지수 저하 현상을 겪고 있고, 더욱 심각한 것은 이로 인해 인종적 분화 현상까지 발생하고 있다는 말을 들은 적이 있다. 발육기에 충분한 영양을 공급받지 못해 남한 사람들에 비해 IQ가 떨어진다는 것이며, 한민족이 아닌 외국인들이 볼 때 남한 사람들과 북한 사람들을 다른 인종으로 생각할 정도라는 것이다.

하긴 내가 거의 30년 전에 판문점 JSA에서 군대 생활을 보낼 당시에도 이미 북한 군인들은 체격이 왜소했던 기억이 난다. 그때도 그들은 말라 있었으며 까무잡잡하게 보였고 우리에게 덩치를 크게 보이기 위해 한여름에도 긴 팔 군복 안에 운동복을 입었다. (그들 중에는, 분명히 가명이었을 테지만, '김철수'라는 이름을 가진 북한 군인이 있었는데 그는 경직되어 있는 다른 북한 군인과는 다르게 행동이 매우 자유로웠다. 틀림없이 북한 정보부 소속이었을 것이다. 나를 회유하기 위한 목적이었겠지만 통일이 되면 처남 매부 삼자고 하던 사람인데 그 사람 얼굴이 지금도 생각난다. 지금은 무엇을 하고 있을지… 살아 있는지 모르겠다.)

어쨌든 상황이 이런데도 북한에 식량을 주면 군인들이 먹고 우리를 칠 것이라는 논리에만 집착하는 것이 합당한지 모르겠다. 우리의 식량 지원이 북한의 호전성을 어떻게 증대시키는지에 대한 합리적인 연구와 설명 없이 단순히 그렇다는 것은 북한이 겪고 있는 현 상황의 심각성에 비추어 볼 때 설득력이 떨어진다고 말할 수 있다.

상대를 압력으로 굴복시키고자 하는 힘의 전략 자체를 무조건 잘못됐다고 할 수는 없겠지만, 상대의 배고픔을 약점 삼아 하는 전략은 증오와 분노를 키우기 쉽다. 이러한 증오와 분노는 비이성적인 극단주의와 원리주의를 낳는 원인이 되기도 한다.

식량 지원에 반대하는 사람들은 한편으로 북한 정권의 심각한 인권 유린 문제가 해결되기 전에는 식량을 지원할 수 없다고 주장하는데, 이것 역시 논리적으로만 보면 모순되는 면이 있다. 북한 내 인권은 식량 부족으로 더욱 악화되고 있는 측면이 강하기 때문이다. 지금 북한은 배고픈 주민들의 반발을 통제하기 위해 무력과 공포 통치에 더욱 의존하고 있고 이는 결과적으로 인권 문제의 악화를 초래할 가능성이 클 것이라는 생각을 해 볼 수도 있다. 이런 측면에서 보면 식량 지원은 역설적으로 북한 내 인권 문제를 개선시키는 데에도 도움이 될 수 있을 것이다.

그동안 남과 북은 충분히 폭력을 경험해왔다. 이제 대립을 해소시키기 위해서는 폭력이 아닌 다른 방식을 모색하는 것이 타당하다고 생각한다. 우리는 충분한 시간 동안 굳건한 자세로 포용적인 대북 전략을 지속해 본 적이 없지 않은가? 신뢰에는 시간과 인내가 필요한 법이다.

며칠 전 보도된 한 연구기관의 발표에 따르면 심각한 기근으로 인해 북한 노동인구의 약 25%가량이 신체적 지능적 결함을 갖고 있고, 이로 인해 통일이 된 후에도 노동력으로 활용되기 보다는 오히려 복지재정에 부담을 줄 가능성이 있다고 한다. 북한에 대한 식량 지원의 명분까지도 사람에 대한 보편적 가치가 아니라 기껏 경제적 가치의 관점에서 판단하는 것이 못마땅하기는 하지만, 그나마 '경제적' 관점에서 보더라도 이것이 얼마나 전략적이지 못한 정책인지를 밝히는 기회가 된 것 같아 차라리 이러한 보도가 다행으로 느껴진다.

특히 지금의 상황이 계속된다면 자칫 통일의 주체들이 바람직한 통일의 형태를 정립하기도 전에 또 통일을 감당할 수 있는 내부 역량이 축적되기도 전에 불현듯 원치 않는 사태가 발생할 수도 있겠다는 생각이 든다. 북한에 대한 식량 지원은 과거의 도발에 대한 응징적 차원이 아니라 통일을 향한 장기적 여정의 관점에서 검토되어야 하며 무엇보다 상호 간의 신뢰 확보를 위한 관점에서 포용적으로 고려되어야 한다고 본다.

북한 문제는 우리 자신과 후손들의 미래에 절대적 영향력을 행사하게 될 운명적 의제임에도 불구하고 여전히 많은 사람들이 북한을 감정적으로만 대하는 것 같아 안타까운 생각이 든다.

— 2014년 2월

보편에 이르는 길

　다양한 개인들이 자율의 힘에 의지해 홀로 서 있으면서도 서로 분열되지 않고 사회라는 틀 안에서 통합할 수 있는 유일한 길은 어느 한 편에 치우쳐 있는 편파적 생각이 아닌 보편적 철학을 중심 가치로 공유하는 것뿐이다.

　그런데 여기서 중요한 말은 〈철학〉이 아니라 〈보편〉이다. 왜냐하면, 보편이 없는 사회는 분열될 뿐만 아니라 타락이 개시되기 쉽기 때문이다. 문제는 무엇이 보편인가를 정하는 일이 매우 어렵다는 점이다. 특히나 지금 우리 사회가 그렇지 않은가 싶다. 물론 합의와 동의는 예전처럼 강제를 통해서도 이루어낼 수 있겠지만, 그렇게 정한 보편의 지속 가능성과 후유증을 생각한다면 지금과 같은 민주사회에서는 절대 선택하지 말아야 할 방법일 것이다.

　그럼 우리 사회에서는 보편을 도출하는 일이 왜 이렇게 어려운 것일까? 얼핏 우리 사회는 입장이나 이해관계가 다른 두 집단이 타협과 양보를 통해 어떤 합의에 이르는 것을 선(善)으로 여기는 것 같지만 실제로 일이 그렇게 되는 경우는 많지 않다.

　그 이유에 대해서는 민주적 사회 운영에 대한 역사적 경험 부족 등 다양한 해석을 내릴 수 있겠지만, 무엇보다도 우리 사회 일부 지배 계층의 도덕성 결여와 계약 위반에서 그 원인을 찾아야 한다고 생각한다. 강자가 도덕성이 결여된 힘과 얄팍한 술책으로 사회를 운영하려 할 때 약자는 투쟁이나 억지가 쟁취의 효과적 방법이라는 것을 터득한다. 사회 계층 간의 합의는 상대에 대한 신뢰를 기초로 하는 것인데, 상대의 도덕적 결함에 의구심을 갖게 되는 경우 신뢰 자체가 형성될 수 없으므로 결국 사회적 동의가 생기기 어려울 것이다. 따라서 도덕성은 보편에 이르기 위해 필요한 합의와 동의의 전제조건이 될 수밖에 없으며, 특히 힘을 가진 세력의 도덕성은 약자에게 타협과 양보를 요구할 수 있는 정당성의 근거가 된다. 그런데 지금 우리 사회의 일부 지배 세력은 이러한 도덕성을 심대히 훼손하고 있는 상황이므로 당분간 합의와 동의를 통해 보편을 얻는 것이 매우 어려운 이유가 되는 것이다.

이러한 상황이 지속된다면 사회의 분열은 커지고 많은 사람이 불행해질 뿐이다. 따라서 우리 사회가 통합되기 위해서는 보편적 가치가 필요하고 그 전제 조건으로 도덕성의 회복이 요구된다고 해야겠지만, 현실은 교묘하게 도덕의 기준을 무너뜨리고 약자의 작은 과오를 자기의 큰 흠결을 덮는 데 이용하는 술책과 뻔뻔함이 판치며 또 그렇게 행동하는 사람이 이익을 보는 세상이니 말문이 막힐 수밖에 없다.

상황이 이러니 사회 모든 계층으로 도덕 불감증이 널리 퍼지고 있고 서로 신뢰하지 못하는 것이다. 누군가가 도덕이란 실체가 불완전할 수밖에 없음을 이유로 들이대면서 비도덕적인 것에 대한 적당한 용인이 경제를 발전시키고 사회의 효율성을 증진시키는 것이라고 주장한다면 나는 그 사람을 인간 정신의 진화를 퇴행시키려 하는 사람으로 보지 않을 수 없을 것이다.

— 2014년 2월

결핍의 도덕률

만일 세상에 자원과 부가 무한해서 인간의 모든 욕망과 욕구를 충족시키고도 남는다면 인간이 지금까지 채택해온 모든 도덕률과 선(善)들, 예를 들어 근검, 근면, 절제, 양보, 탐욕의 지양 등과 같은 덕목들은 근본적으로 그 존재의 토대를 상실하게 될 것이다. 결국, 지금 우리가 도덕률과 선으로 채택하고 많은 전통은 〈결핍〉으로부터 나온 것이다.

기독교, 유교와 같이 각 문화권에서 지금까지 2,000년 넘게 수십 세대를 걸쳐 내려오던 도덕률은 앞으로 자본주의의 물질적 풍요를 만끽한 세대에 이르러 상당한 저항에 직면하게 되지 않을까? 또한, 형식 논리로서의 도덕률과 사람 내면의 욕망이 큰 괴리를 보일수록 사회의 중심축으로서 역할을 해오던 기존의 가치관은 크게 흔들리게 될 것이다. 이미 신세대들은 과거의 도덕률을 현실에 맞지 않는 고리타분한 것으로 생각하고 있다.

과거에는 종교인과 유학자들이 도덕의 기준을 제시해 왔지만, 앞으로는 누가 이 역할을 담당해야 할지도 큰 숙제다. 그리스 시대처럼 철학자들의 역할이 커질 수 있겠지만 어떤 하나의 거대 철학 담론이 세상을 통째로 담당하기엔 이 세상은 너무나 크고 다양한 요소들로 구성되어 있다.

지금까지의 도덕률이 신(神), 공자와 같은 절대적 존재의 권위에 의존한 것이었다면 앞으로는 기술의 발달로 사람들 사이의 소통이 원활해진 점을 이용해 서로 합의하고 동의하는 방식으로 도덕률을 얻어낼 수도 있을 것이다. 다시 말해 스스로 적용할 도덕의 준거를 외부의 절대 권위가 아니라, 상호 간의 합의로 도출한 가치관에서 찾게 될 수도 있으리라 상상해 본다.

이것은 어떤 큰 혼란을 예고하는 것일 수도 있겠지만, 만일 언젠가 그런 시대가 온다면 이것은 인간의 자율성이 크게 확대되는 정신적 진화의 발생을 의미하거나, 루소가 존중했던 종교와 터부 이전의 원시적 인간 삶의 원형이 미래 삶의 새로운 준거로 부활하는 것이 될 것이다.

— 2014년 3월

DNA 언어

얼마 전 어디에선가 읽은 바로는 지구의 모든 생명체의 DNA는 각기 다른 모든 생명이 공통적으로 읽을 수 있는 언어로 기록되어 있다고 한다. DNA 언어는 모든 생명체의 공용어라는 얘기다. 그 증거로 나무와 인간은 에너지를 만드는 당 물질대사 방식이 똑같다고 한다. 나무의 DNA나 사람의 DNA나 당 대사를 위해 적힌 명령어는 똑같다는 말이다.

그동안 '지구 상의 모든 생명은 하나'라는 개념은 종교나 철학의 명제에 불과했지만, 이제는 과학이 밝혀낸 명백한 사실이 되었다. 인간이 원숭이나 침팬지만큼은 아니더라도 나무와도 먼 친척뻘이 된 것이다. 사람이 다른 모든 생명을 사랑해야 할 이유는 이런 것에서도 연유될 수 있겠다. 어차피 태고의 출발점에서는 같은 형상과 속성을 공유하고 있었으니 말이다.

그런데 만일 정말 외계인이 있다면 그들의 DNA 원리도 지구 생명체의 그것과 똑같을지 궁금하다. 왜냐하면, 우주의 모든 원소 종류는 불과 110여 가지에 불과하다고 알려진 만큼 어쩌면 외계 생명체와 지구 생명체의 탄생 원리가 똑같을 수 있기 때문이다.

우주적 관점에서 볼 때 이 세상의 모든 존재는 생명을 갖고 있고 없고의 차이를 떠나 결국 빅뱅(Big Bang)의 후손일 것이란 생각이 든다. 엉뚱한 상상을 해봤다. 그런데 〈우파니샤드〉같은 베다 경전에서 개체에 해당하는 '아트만'의 모태로 '브라흐만'을 상정하는 것도 이와 같은 상상의 결과가 아닐까 하는 생각이 든다.

— 2014년 3월

관계에 대하여

인간은 자기 자신을 정의하기 위해 다른 인간을 필요로 한다. 스스로 정의될 수 있는 인간은 없다. 한 동전의 양면은 결코 서로를 대면할 수 없지만 다른 동전과의 만남이 이루어질 때 비로소 자기의 이면을 바라볼 수 있게 된다. 인간 역시 타인과 함께 존재할 때 자신의 내면을 의식할 수 있다. 인간으로서의 의식 자체가 자신이 아닌 타인에게서 나오는 것이다. 원숭이 사회에서 고립되어 살아간다면 그 자신을 원숭이로 의식하게 될 것이다.

결국, 한 개체로서의 삶은 특정한 생태계 안에 포함되어 있을 때에만 가능하다. 우리는 어떤 구조 안에 갇혀 있는 것이다. 따라서 그것의 일부 또는 요소로서 함께 존재하고 있는 타자와의 관계는 〈어쩔 수 없음〉이라는 조건이 되며 나아가 그 삶이 의미를 찾기 위해서는 그 어쩔 수 없는 관계가 〈의미 있는 것〉이어야 한다.

의미 있는 관계가 만들어지기 위해서는 환경과 타인에 대한 '나의 이해'와 나에 대한 '타인의 이해'가 동반되어야 한다는 점에서 독립된 개체 간의 상호 이해는 의미 있는 삶을 위한 출발점이 된다.

그럼에도 불구하고 모든 사람을 사랑하되 그들 중 일부만을 믿으라는 어느 트위터리언의 말은 새겨들을 만한 것이다. 진정한 관계를 만들기 위한 노력을 포기하는 대신 마음의 평화를 얻는 편이 나을 때가 있다. 어쩌면 이게 차이를 인정하는 고도의 행위일지도 모른다.

— 2014년 3월

'언어가 말을 한다(하이데거)'

1.

주체가 아닌 언어가 말을 한다'는 명제는 일상에 파묻힌 존재가 자기 고유의 언어를 상실한 채 단지 무언가의 대변인으로서만 활동하는 상태에도 적용될 수 있을 것이다. 이러한 상태의 인간은 단지 집단과 사회의 이데올로기를 전달하는 매개체로 전락했다고 간주해도 좋으리라. 집단의 이데올로기와 도그마에 동화된 인간이 말하는 언어는 자기의 것이 아니며, 자기의 언어를 말하지 못하는 인간은 진정한 주체가 될 수 없기 때문이다.

자신도 모르게 무언가의 꼭두각시 노릇을 하고 있으면서도 그것을 자신의 정체성으로 받아들이는 오류를 범하지 않으려면 사유를 통해 진실의 목소리를 구분할 줄 알아야 하며, 스스로 각성의 상태에 도달하기 위해 노력하는 수밖에 없을 것이다. 현실의 어려움에도 불구하고 각자의 고유 언어를 찾기 위해 고민하고 갈등하는 것이야말로 인간이 실현할 수 있는 최고의 덕목이리라.

2.

우리 사회는 언어 사용에 매우 서툴다 못해 파괴적인 모습을 보일 때가 많다. 시인 고은은 '대화는 인간의 꽃'이라 했다. 참다운 언어는 인간 관계의 차가움을 덮혀내 따뜻함을 만들어내는 것이어야 할 텐데, 우리 사회의 언어 사용은 교류와 교감을 위한 것이 아니라 자기주장의 일방적 강요를 위해 사용될 때가 많아 오히려 사람들 간의 관계를 경직시키는 요인 중 하나가 되고 있다.

이렇게 우리 사회의 언어가 걸핏하면 공격적인 형태를 띠는 이유는 이웃과 공존하려 하는 합리적이고 차분한 태도가 무시되고 상대를 힘으로 굴복시켜 자기의 이익과 권력을 실현하려는 욕심이 사회의 중심가치로 작동하고 있기 때문이다.

3.

언어는 세상과 사람을 이해하는 수단이자 매개체이다. 언어가 잘못되어 있으면 세상을 보는 시각에도 왜곡이 생길 것이다. 언어가 어떤 사건이나 현상의 이해를 돕는 역할을 할 때, 그것은 사실의 정확한 묘사를 통해 수용자가 올바른 판단을 하도록 돕는 것이어야 하겠지만, 투쟁과 권력의 추구가 벌어지고 있는 현실 세계에서 언어는 교묘한 선동과 프로파간다의 수단으로 사용되기 십상이고 이로 인해 우리의 판단은 흐려져 진실을 구별하기 어렵게 된다.

이스라엘이 가자지구를 공격하기 시작한 지도 벌써 한 달이 넘었다. 학살이라고도 표현되는 이번 공격으로 수많은 가자지구 시민들이 목숨을 잃고 있다. 최근 모 인터넷신문에서 이스라엘이 단어의 마술을 이용해 미디어를 속이고 있다는 지적을 했다. 미국 공화당의 여론전략가들이 이스라엘 정부를 위해 만든 보고서에는 팔레스타인을 부정적으로 인식시킬 수 있는 각종 미디어 전략을 제시하고 있다는 것이다. 예를 들어 팔레스타인의 권리를 '요구'라는 말로 표현토록 하고 있는데, 그 이유는 미국인들이 '요구'라는 단어를 싫어하기 때문이라는 것이다.

언어가 실제적 현상을 교묘하게 호도할 때 고통받는 피해자들에 대한 동정심은 약해지고 가해자가 오히려 정당성을 획득하는 사태가 발생할 수도 있다. 언어를 통해 진리와 진실에 가까이 가기가 어려운 세상이다. 사람의 언어는 그 표면만 가지고 신뢰해서는 안 되고 그 이면을 봐야 한다.

4.

언어를 통한 소통은 항상 비대칭적일 수밖에 없다. 그것은 대화 당사자 간의 권력의 크기가 불균형적일 때 더욱 그렇다. 언어는 곧 권력을 행사하는 수단이다. 탄압받는 사람들이 군중이 되는 이유 역시 이것 때문이다. 약자의 언어가 존중받는 사회에는 항거하는 군중이 탄생할 이유도 없을 것이다.

5.

부처가 임종할 때 '나는 그 어떤 설법도 행한 적이 없다.'라고 한 것은 무(無)에 대한 최후의 극적인 설법인 동시에 깨달음이 없는 언어의 한계와 진정한 깨달음의 의미를 담지 못하는 언어의 제한적 지시성을 알고 있었기 때문이리라.

6.

글을 쓰다 보면 내가 언어를 이끄는 것이 아니라 언어가 내 생각을 이끄는 경우가 많다. 하이데거가 언어를 존재의 집이라 한 이유가 바로 여기에 있는 것 같다. 언어는 무의식적으로 나오지만 결국은 그 언어가 내 생각과 행동을 이끄는 것이다. 언어의 운영자로서 신중함을 생각하지 않을 수 없다는 교훈을 얻게 된다.

— 2014년 3월~2015년 1월

(하이데거의 '존재와 시간' 시인 고은의 '두 세기의 달빛' 등에서 영감 받다.)

신념의 사회

　신념이 넘치는 사회. 우리는 지금 신념이라는 가치를 신봉하며 신념이 확고한 자를 따르는 사회에 산다. 누군가의 신념에 자기 생각을 일치시키기 좋아한다. 신념의 수호자들이 넘쳐난다. 반면에 그 신념이 어디로부터 온 것이며 어떤 결과를 초래할 것인지에 대한 고려는 부족하기만 하다.

　세상의 변화를 이끄는 것이 신념이라는 것은 확실하다. 신념은 행동의 원동력이다. 신념이 없는 사회란 있을 수 없다. 따라서 사회가 바른 방향으로 가기 위해서는 신념도 올바른 것이어야 한다. 하지만 그 올바름이 당대의 실존적인 시대 상황에서 구체적으로 어떤 것이어야 하는지를 파악하기란 매우 어려운 일이다. 복잡하고 무궁무진한 인과관계의 사슬 속에서 특정한 신념이 초래할 결과를 이해하기란 사실상 불가능하기 때문이다.

　따라서 현명한 자라면 가장 확고한 신념으로부터 가장 위험한 결정이 나올 수 있음을 알아야 한다. 사람의 신념이란 항상 일정 부분 무지에 기반을 둘 수밖에 없음을 알아야 한다. 이것은 신념이 건강해지기 위해서는 늘 의심과 회의의 도전을 받아야 하는 이유가 될 것이다.
　하지만 정작 신념은 반대 신념의 대적으로 성립할 때가 많고 의심과 회의의 도전을 받을수록 스스로 강고해지는 특징이 있다. 이럴 때 신념은 무비판적 세력의 옹호를 받게 되고, 반대 신념에 대해 강한 배타성을 갖게 된다. 이로 인해 신념의 다양성은 사라지게 된다. 건강한 생태계가 유지되기 위해서는 다양한 종의 생명들이 공존해야 하는 것처럼 사회가 건강한 상태를 유지하기 위해서는 다양한 신념이 병립할 수 있어야 한다.

지금 우리 사회의 지배적 신념들이 자폐적이고 배타적이지는 않은지 혹은 맹목적이며 추종적이지는 않은지 반성해야 할 때라고 본다. 또한, 그것들이 무지의 옹호를 받으며 번창하고 있는 상태는 아닌지 살펴봐야 할 것이다. 개인들이 차분히 성찰하는 문화가 꽃피지 않는 한 우리 사회에 다양한 신념이 함께 숨쉬기는 매우 어려울 것이다.

— 2014년 5월 (김우창 '세 개의 동그라미'에서 영감 받음)

베트남 전쟁

최근 일본의 아베 총리가 〈고노 담화〉의 정신을 훼손하는 행동들을 잇달아 취하고 있고 위안부 문제의 해결에도 미온적인 태도를 보이면서 일본을 바라보는 국내 여론이 크게 악화되고 있다.

이것은 독일이 나치 문제에 대해 사죄하고 과거사를 청산하기 위해 노력한 것과 대조되는 것이며 인류의 보편적인 가치들을 무시하고 있다는 점에서 마땅히 비판받아야 할 태도다. 일본의 이러한 행동은 스스로 높은 도덕성을 갖춤으로써 주변 국가의 존경을 받을 기회를 내다 버리는 것이나 마찬가지이다. (물론 독일의 사과를 그 나라 사람들의 선한 마음 때문이라고 보지는 않는다. 독일에는 전쟁범죄에 대해 참회해야 할 지정학적, 역학적 이유가 있을 것이다. 하지만 여기서 그 점을 논하지는 말기로 하자.)

이런 점을 생각할 때 이제는 우리에게도 과거 이민족을 괴롭힌 경험이 있다는 점을 상기하고 이에 대해 진지한 반성을 해야 할 때가 왔다고 본다. 정의롭지 못했던 전쟁에 미국의 우방 가운데 거의 유일하게 대규모 전투부대를 보내 참전해서 그들 민족에게 고통을 준 점에 대해 깊은 반성을 하고 스스로 책임지는 자세를 가져야 한다.

우리는 지금까지 베트남 전쟁에 참전함으로써 보릿고개를 넘으며 살던 가난한 시절을 극복했다고만 배워왔다. 참전 군인들은 자신들이 전쟁에 참여해 벌어들인 외화가 국가 발전의 초석이 되었다는 점에 대해 대단한 긍지를 갖고 있기까지 하다. 이것이 과거의 궁핍한 경제 상황이나 절박한 안보 상황에서 발생한 불가피하고 어쩔 수 없는 일이었음을 인정한다 하더라도, 이제는 실리적 셈법을 떠나 보편적 기준으로 과거의 행동을 재평가해야 할 것이다.

또한, 우리나라의 참전 의미를 후세들에게 명확히 가르쳐야 한다고 본다. 과연 지금의 우리나라가 이렇게 행동할 수 있는 도덕 수준과 내적 역량을 가졌는지에 대해서는 여전히 회의적이지만, 대한민국이 보다 성숙한 사회로 발전하기 위해서는 꼭 필요한 일이라 할 것이다.

일본이 우리에게 저지른 만행에 대해서는 사과를 요구하면서 우리가 타민족에게 가한 고통을 외면하는 것은 매우 모순적인 태도다.

— 2014년 6월

긍정과 허무

내 생각은 언제나 긍정과 허무 사이에서 균형을 잡기 위해 노력한다. 긍정은 의지의 영역 안에서 양육되고 허무는 그 영역 밖 도처에서 자생한다. 나의 의지는 허무 앞에 무릎 꿇지 않겠다는 긍정이라는 생각의 보호자이지만, 허무는 잡초처럼 그 생각을 뒤덮기 위해 자라난다.

이러한 내 생각의 경향은 어정쩡한 삶의 태도를 만들어내는 원천이다. 하지만 나는 확고한 긍정과 흐느적거리는 허무 그 어느 쪽으로도 귀향하지 않으려 노력한다. 그 둘 사이에 흐르는 팽팽한 긴장, 그것이 곧 내 삶을 떠받치는 힘이라는 것을 알고 있기 때문이다.

— 2014년 7월

복제품

1.

여름밤 퇴근 후 아파트 단지를 산책하다가 웅크리고 있는 고양이 한 마리를 보았다. 고양이의 굽은 등을 보니 옛 민화들이 생각났다. 그림 속의 고양이와 너무나 닮은 저 모습… 지금 내 눈앞에 있는 고양이는 그것들의 복제물이 아닌가! 무엇 하나 다를 바 없는 세대와 세대로 이어지는 복제물. 고양이가 21세기에 태어나 예전과 다른 경험을 했다고 해서 그 고양이를 진보된 고양이라 할 수는 없을 것이다. 순간, 인간들 역시 결국은 복제품에 불과하지 않나 하는 생각이 들었다. 인간이 자신만은 복제물이 아니라고 주장해야 할 근거가 무엇인지 궁금해진다.

2.

인간을 복제품으로 바라보는 견해는 역사의 진행 선상에서 인간 행동과 사회 현상이 동일한 공식과 법칙을 반복한다는 구조주의적 관점에 가까운 것이라 할 수 있을 것이다. 문명이라는 것이 지배 양식의 고도화에 불과하고 부(富)의 창출과 소유의 원리 역시 그 표면적 방법만을 달리할 뿐 근본적으로는 동일하다고 해석할 때 이러한 생각은 충분히 타당하다.

결국, 인간이 자신만은 복제물이 아니라고 주장하기 위해서는 인간의 정신이 합리적 역사 발전을 이끌어내고 있으며 이를 통해 모든 인간의 실질적 삶이 개선되고 있음을 증명해야 할 것이다.

— 2014년 7월

새의 비상

7월 20일 직장 동료들과 운동을 하기로 한 장소로 향하기 위해 중부 고속도로를 달리고 있었다. 속도는 시속 100Km 남짓. 새 한 마리가 도로 위를 낮게 날고 있었다. 얼마나 낮게 날고 있던지 고도가 자동차 범퍼 높이에 불과했다. 옆 차로에서 자동차 한 대가 새를 향해 질주하는 것이 보였다. 이제 새와의 거리는 겨우 20여 미터. 드디어 자동차에 가려 새가 내 시야에서 사라졌다. 충돌 직전. 새의 운명을 애도하려는 순간 무엇인가 하늘을 향해 수직으로 솟구치는 것이 보였다. 새. 자동차가 만들어낸 기류를 타고 그 새는 극적으로 비상했다. 그 어떤 장관보다 전율을 느끼게 하는 장면이었다.

— 2014년 7월

욕망

생명의 본질은 〈욕망〉이다. 생명력 그것은 욕망을 표출하는 힘이다. 욕망의 표출은 하나의 생명으로 태어난 이상 거부할 수 없는 본능으로 작동한다.

인간의 역사란 결국 욕망의 역사다. 욕망의 해방과 억압 간의 대결 그것이 역사다. 타인의 욕망을 배제하도록 충동하는 또 다른 욕망이 대결과 갈등의 원인이며 모순적 사태를 발생시키는 근본 에너지이다. 그것은 집단의 역사나 개인의 마음에서 일어나는 내밀한 역사를 가리지 않고 모두에게 적용된다. 인간에게 욕망이 없다면 모든 인류학적 역사도 없을 것이다.

— 2014년 8월

나에게로 향하는 세상이라는 다리

1.

〈가라타니 고진〉을 알게 돼서 다행이다. 자아(自我). 시인 고은은 말했다. "우리의 자아는 중국과 무관할 수 없었다. 한 말 의병의 원칙은 화이론(華夷論)의 사대주의적 자기표현이기도 했다. 근대가 자아의 시기라면 우리 역시 자아의 시대를 살아야 함에도 살아야 할 자아가 없을 때 자아는 절대적인 목표가 되었다."라고…

어떻게 보면 〈자아〉의 개념이야말로 가장 서양적인 것이다. 우리에게는 서양의 문물을 받아들인 근대화의 산물이라 할 수도 있겠다. 동아시아에서 가장 먼저 근대화를 이룬 일본 역시 서양의 자아 개념을 접하고 많은 생각을 했을 것이다. 그런 면에서 그들의 생각을 단편적으로나마 접할 수 있었다는 점에서 다행이다.

사실 우리에게 자아는 아직도 낯설고 값싸기만 한다. 고은 시인의 말대로 근대까지만 해도 우리는 자아의 부재 상태에서 살았던 것 같다. 유교의 가부장적이고 수직적인 사회구조와 인간관계 안에서 자아는 삶의 영위에 아무런 쓸모가 없고, 오히려 방해되는 요소였을 것이다.

자아의식을 가진 사람에게 세상이 얼마나 부당하고 혹독했을지 상상이 된다. 세상이 바뀐 지금 우리는 황금만능과 경쟁의식으로 단단히 무장한 채 자폐적이고 이기적인 자아에 포섭되어 있다. 자아의 모색이 허용되었으나 우리가 찾아낸 것은 폐기 처분해야 할 자기중심적인 싸구려 천박한 자아의식이었다. 이러한 의식은 행복한 삶을 위해 버려야 할 대상에 불과하다.

〈가라타니 고진〉은 주체와 자아의 존재 근거를 해석하는 지금까지의 모든 철학적 시각이 '특수성과 일반성의 회로' 안에 갇혀 있다고 말한다. '현존재의 기투(하이데거)'나 '세상 속에 내던져진 존재(샤르트르)' 같은 실존주의 철학이나 '세계와의 근원적인 접촉에서 출현(메를로퐁티)' 한다거나 '시간과 타자(레비나스)'와 같이 타인을 새로운 존재 출현의 계기로 보는 구조주의적 관점 모두가 결국은 그렇다는 것이다. 자아의 특수성은 궁극적으로 상위 카테고리의 일반적 속성 안에서 해석될 수밖에 없고, 개별적 자아와 세상은 뫼비우스의 띠처럼 분리될 수 없다는 것이다.

그가 '이 나'로 표현하고 있는 주체와 자아의 존재 근거에 대한 그의 최종적 판단을 충분히 이해했다고 말하지는 못하겠지만, 그의 견해를 접한 후 내가 터득할 수 있었던 명제는 세상이라는 다리를 건너뛰고 자신의 자아와 직접 접촉하려는 시도는 결국 실패한다는 것이다.

나의 자아와 대면하고 나를 이해할 수 있는 유일한 방법은 타자를 통해서일 뿐이며 내가 주체가 될 수 있는 유일한 순간 역시 세상에 서 있을 때뿐이다.

그러나 한 가지 의문은 남는다. 만일 우리의 자아가 세상과 타인이라는 거울 속에서 탄생하는 이미지라면 우리는 영원히 세상이라는 굴레 또는 그 구조와 메트릭스에서 벗어날 수 없는 것인가? 그 굴레를 초월한 자아는 탄생할 수 없는 것인가?

만일 답이 그렇다면 그것은 인간의 한계를 뜻하는 것인 동시에 우리로 하여금 약간은 비참한 느낌이 들게 하는 결론이라 할 것이다. 따라서 자아의 정체에 대한 진실을 떠나 인간은 의지와 결의를 통해 현실의 굴레를 벗어난 초월적 자아를 갖기 위해 노력해야 할 것이다. 그것이 불가능한 시도일지는 모르겠지만 그럼으로써 현실이 주는 중압감에서 벗어나 보다 고양된 인격을 갖출 수 있으리라 믿는다. 결국, 모든 정체된 인격은 현실에 안주하거나 굴복한 결과물이다.

2.

농후한 중년의 나이에 이르러서도 여전히 자아(自我) 타령을 한다는 것은 생활에 많은 불편을 초래하는 일이다. 민감한 정서로 자아를 의식할수록 세상과 호흡을 마주기가 무척 불편해진다. 이런 나이가 되면 그냥 세상에 자기 스스로를 위탁하고 그 물결에 보조를 맞추는 흉내를 내면서 살아가는 게 편리한데도 나는 여전히 그게 잘 안 된다. '못한다'가 아니라 '잘 안 되는' 것이다. 이 말은 나 역시 그렇게 하기 위해 열심히 노력하고 있기 때문에 '어느 정도는' 되는데 아주 잘하지는 못한다는 뜻이다. 내가 세상과 불협화음을 겪지는 않더라도 마음속으로는 쉽게 동화되지 못하는 이유는 바로 이것이다.

— 2014년 9월 (《가라타니 고진이라는 고유명》을 읽다가)

석가의 자아

어쩌면 부처님은 지나친 자아의식으로 괴로워했는지도 모른다. 부처는 존재의 근저에 고통이 있고, 그 고통의 근원은 집착에서 비롯되는 것임을 포착한 사람이었다. 부처의 메시지는 집착이 자아에 가하는 고통에서 벗어나기 위해 존재자가 존재의 자격으로 존재하기를 거부하는 것이다. 자아에 집착을 불러일으키는 대상 또는 그것과 마음이 이어지는 관계의 끈이 아니라, 고통받는 자아(마음) 자체의 소멸을 시도하는 불교의 철학은 그래서 자아의 무(無)를 생각하게 되었는지도 모른다.

이로써 불교의 세계에서 우주는 영겁의 시간이라는 형식으로 무한히 존재하고 나의 자아는 고양된 해탈을 통해 소멸되는 것이다.

— 2014년 10월

마음이라는 부유물

    마음이란 늪 위에 떠 있는 부유물과 같다. 고정되어 있지 않기에 늘 표류한다. 지금 이 순간 아무리 바른 마음을 갖고 있다 할지라도 그 바름을 오래도록 유지하기란 결코 쉽지 않다. 세상이라는 광장에서 난투극을 벌이다 보면 마음에 냉기가 들게 마련이다.

    세상을 이해하기 위해 노력할수록 무엇이 선이고 정의이며, 무엇이 악이고 부당한 것인지를 판단하기가 점점 어려워진다. 사람이 미워질 때가 있다. 이럴 때 내 마음은 허무의 섬에 다다르고 두둔할 것과 비판할 것의 구별 앞에서 망설임을 느낀다. 가치의 상실과 전도가 수시로 발생한다. 내 마음이 변하는 이유는 바로 이것이다. 두둔하거나 비판할 대상의 가치가 뒤바뀔 때, 선 속에 악이 내재되어 있음을, 악의 자궁 안에서 선이라는 태아가 자라고 있음을 목격할 때, 내 삶의 방향을 지시하는 나침반의 바늘은 요동치며 마음은 늪 위의 부유물처럼 바람에 흘러다닌다.

    세상을 살기 어려운 이유는 이처럼 무엇에 의지해 살아야 할지를 모르기 때문이다. 부처는 그 무엇도 아닌 오직 진리에 의지해 살라고 했지만, 진리의 실체가 쉽게 드러나지 않기 때문에 삶의 촛불은 흔들린다.

    세상의 본질을 무가치와 이데아의 부재 상태로 파악하려 할 때, 사람의 본질을 조류의 방향에 따라 흔들리는 실에 매달린 추와 같은 것으로 파악한 니체의 생각에 동의할 때, 타인에 대한 나의 신뢰는 철회되고 회수된 신뢰가 고철 더미처럼 쌓여감을 바라보며 내 마음은 다시 한 번 부유물이 되어 흘러다닌다.

그럼에도 불구하고 단 하나의 유일한 선택이란 신뢰의 지속일 수밖에 없음을 알지 않는가? 야누스의 그것과도 같은 세상의 이중적 낯바닥을 사랑하는 것이야말로 스스로에 대한 진정한 애정임을 알지 않는가? 나의 걸음걸이는 어쩔 수 없이 마음이라는 오솔길을 따라 광장으로 향할 수밖에 없음을 나는 알고 있다.

— 2014년 10월

서울 강북의 10월 풍경

10월의 마지막 날이다. 아침에 비가 살짝 내렸고 저녁에는 차라리 이슬에 가까운 고운 비가 잠깐씩 바람에 흩날리곤 했다. 오후에 외부 업체와의 미팅을 위해 광화문 사거리 쪽으로 나갔다가 명동에서도 볼 일이 있어서 그 길로 산책이나 할 겸 걸어서 다녀왔다. 광화문에서 명동까지 이어지는 길거리 풍경이 참 재미있었다. 그것은 마치 다양한 삶의 스펙트럼이 길을 따라 배열되어 있는 것처럼 보였다.

광화문광장 끝자락에서는 여전히 세월호 유가족들이 하얀색 천막 앞에 노란색 리본을 세워놓고 농성을 하고 있었다. 천막이 낡고 때가 묻어 그들이 꽤나 오랜 시간 이곳에 머물러 있었음을 알 수 있다. 다른 한편에서는 무슨 단체들이 주관하는 다양한 행사들이 진행되고 있다. 점심 시간에도 옆자리 팀장과 이곳을 지났었는데, 그때는 검정색 정장을 입은 젊은 소프라노가 농성장 바로 뒤편에 설치된 간이무대 위에 올라 왕래하는 시민들을 위해 노래 부르는 모습을 볼 수도 있었다. 같은 공간에서 이렇게 서로 다른 퍼포먼스들이 동시에 벌어질 수 있다는 사실이 놀랍기도 했고 이것이 바로 대도시의 특징이라는 생각이 들었다.

동아일보사 앞으로 건너가는 횡단보도에서는 선글라스까지 걸치긴 했으나 전혀 깔끔치 않게 생긴 중년의 남성 신앙인이 십자가 표시를 한 옷을 입고 휴대용 확성기를 들고 다니며 하느님의 복음을 충청도 사투리로 끊임없이 설파하고 있었는데 주위에 사람들이 미어터질 듯 많았음에도 불구하고 그의 설파는 혼자만의 투정에 불과해 보였다. 아무도 그의 허튼 투정에 귀를 기울이지 않았다.

동아일보사 앞에 이르자 이번에는 모 보수 청년단체 회원들이 역시 천막을 치고 확성기 음악을 크게 틀어 놓은 채 농성을 하는 것을 볼 수 있었다. 그들이 그곳에 진을 친 것은 '세월호 유가족들의 농성에 대응하여 대한민국을 지켜내고 국회 선진화법을 폐지하여 나라를 바로 세우기 위해서' 등과 같은 이유 때문인데 그들 역시 지난 여름 한 철을 이곳에서 보냈다는 것을 나는 알고 있다.

청계천은 상대적으로 조용했다. 청계천을 따라 광교 사거리에 다다를 때까지는 가을의 쓸쓸함이라고 해야 할까, 뭔가 차갑고도 안정된 공기를 느낄 수 있었다. 간혹 청계천을 찾은 외국인 관광객들이 사진을 찍는 모습이 보였고, 중국 사람들의 재잘거림이 청계천의 물소리와 뒤섞여 어색한 하모니를 만들어내는 것도 들을 수 있었다. 어쨌든 청계천의 물소리는 인공적이기는 해도 언제나 멋있다.

광교 사거리 한쪽 모퉁이에 놓여있는 대우조선해양 본사 사옥을 지날 때면 어김없이 로비를 힐끗 보며 지나가게 된다. 이 건물은 예전 LG그룹 계열사의 사옥이었고 나도 여기서 몇 년을 근무한 추억이 있기 때문이다. 이제 그 건물에 입주했던 두 개의 금융회사들은 모두 다른 회사에 매각되었고 빌딩만이 새로운 주인을 맞아 여전히 굳건히 서 있는 것이다. 내 젊은 시절의 몇 컷들이 이 공간 주위에 흐릿한 잔영으로 남아있음을 느낀다.

광교 사거리에서 을지로까지는 가로수가 온통 은행나무들로 심어져 있다. 콘크리트 바닥에 떨어진 은행나무 열매들이 지나가는 사람들의 구둣발에 짓밟혀 잔뜩 깨져있다. 덕분에 은행나무 열매 냄새가 진동했지만, 이것이야말로 도시에서 맡을 수 있는 거의 유일한 가을 향기이며 서울 거리에 남아 있는 최후의 낭만이라 해야 할 것이다.

을지로입구역 지하도부터는 다시 사람이 많아진다. 겨울이 되면 노숙자들이 많아지는 곳이다. 대낮임에도 어떤 수치심을 포기한 노숙자의 소행인 것으로 의심되는 소변의 흔적이 버젓이 남아 있었다.

드디어 명동으로 올라섰다. 젊은이들과 외국인 관광객들의 홍수가 시작된다. 그들을 뚫고 앞으로 전진하는 것도 큰일이다. 다양한 표정의 사람들이 지나간다. 요즘 큰 인기를 끌고 있는 국산 화장품의 판촉을 위해 가게 앞 마다 젊은 도우미들이 홍보에 열을 올리고 있다. 종종 좁은 길목을 지나가려는 자동차가 나타나 걷는 것을 더욱 어렵게 만든다. 명동은 정말 내 취향이 아니라는 것을 다시 한 번 느끼게 된다. 그럼에도 불구하고 사람을 보는 것은 언제나 즐겁고 재미있는 일이다.

어쩌면 그렇게 넓지도 않은 공간에 이토록 다양한 풍경이 존재할 수 있을까? 서울 강북은 참으로 다채로운 거리 풍경을 지니고 있다. 이것은 강북 사람들의 삶이 또 그와 같음을 말하는 것이리라. 길이 매듭될 때마다 서로 다른 삶을 살고 있는 사람들의 생생한 모습을 담은 한 폭의 파노라마 사진 그것이 강북의 모습이다.

— 2014년 10월

반포대교

잠수교와 층을 이루고 있는 반포대교에서는 여름에 분수가 품어져 나온다. 퇴근길에 나는 거의 늘 잠수교를 건너는데 종종 그곳 중간쯤에 차를 세우고 여의도 방면으로 서서 석양을 감상하거나 흐르는 한강을 물끄러미 바라보곤 한다. 이렇게 한강 바람을 맞으며 잠깐 시간을 보내다 보면 다소나마 마음이 정화되고 하루 동안 쌓인 스트레스가 해소되는 느낌을 받는다.

며칠 전 모 회사의 회장이 반포대교에서 한강으로 뛰어내렸다는 뉴스가 나왔다. 정관계 및 금융계에 인맥이 넓으신 분인데 어떤 비리에 연루 의혹을 받으신 것 같다. 참 안타까운 일이다.

— 2014년

월드비전

태백에 사는 그 어린이가 초등학생이었을 때부터 후원을 시작했던 것으로 기억한다. 이제 고등학교를 졸업하고 성인이 되었기 때문에 후원이 중단된다는 통보를 받고는 얼마나 섭섭했는지……. 마치 딸을 시집보내는 느낌이라고 해야 하나?

작년에는 아버지도 돌아가시고 정신지체가 있어 보이는 어머니와 동생만이 남아 있는 아이다. 원래는 태백에 계속 남아 있겠다고 했는데 최근에 천안 근처에 있는 공장에 취직했다고 한다. 그런데 그 공장이 얼마나 시골에 있는지 주위에 과자 파는 상점 하나가 없단다. 그래서 그 아이가 희망한 마지막 선물이 과자 세트가 되었다. 아내가 인터넷을 뒤져 과자 종합선물세트를 보냈다.

허~ 마음이 아프다. 내 딸은 대학을 가고 새로운 인생을 꿈꾸고 있는데 그 아이의 가슴 속에는 무엇이 들어 있을까? 그 아이가 정말 행복한 삶을 살아주기를 간절히 기원한다.

— 2014년 12월

입장과 소망

어제저녁 TV에서 최근의 사회적 이슈들에 대해 진보와 보수 성향의 인물들 각 두 명씩을 초청해 토론회를 벌이는 모습을 아내와 함께 재미있게 시청했다. 출연자 모두가 당대의 언변가들인지라 논리정연하고 조리 있게 토론을 벌였다.

나 자신의 사고 성향을 배제하고 이론적 측면에서만 판단하고자 노력한다면 모두의 말에 일리가 있음을 금세 알게 된다. 사실 논리나 이론이라는 것은 복잡 다양한 현상의 인과관계를 설명하고자 하는 사고 체계이니만큼 관찰자의 시각이나 시야에 따라 그 구성 관계가 상이할 수 있기 때문에, 어느 한쪽의 생각을 전적으로 부정하거나 긍정하는 것은 매우 큰 오류의 위험성을 내포하는 일이라 할 수 있을 것이다.

그럼에도 불구하고 우리는 항상 '실천하는 인간'으로서 행동의 근저에 논리나 이론의 토대를 구축하지 않을 수 없는 노릇이어서 그 위험성을 감수할 수밖에 없다는 것이 실천의 원초적 딜레마라 하겠다. 이런 딜레마의 해결을 위해서는 과연 논리와 이론의 형성이 어디로부터 기원하는가에 대한 해명이 필요할 것이다.

우선 논리와 이론이 관찰자가 사태를 바라보는 각도나 범위에 의해서 결정된다고 단정을 지어서는 안 된다. 논리와 이론은 사실 하나의 피상적 구조물에 불과한 것으로서, 관찰자 또는 화자(話者)로서의 지위를 획득한 사람이 본인의 입장과 소망을 실현하기 위해 동원하는 외형적 전달 매체에 불과하다고 말 할수 있을 것이다.

이러한 견해는 화자의 논리와 이론이 사태를 바라보는 시각이나 시야와 관계없이 항상 변화되지 않을 가능성이 있음을 시사하는 것이다. 그것은 논리와 이론의 구성에 영향을 미치는 화자의 입장과 소망이 그만의 경험, 느낌, 교육, 선천적인 신체 조건 등과 같은 다양한 변수들에 의해 선행적으로 고착되어 있을 가능성이 크기 때문이다. 논리와 이론은 자기가 원래부터 갖고 있던 입장과 소망을 정당화하기 위해 동원하는 이차적이며 부차적인 설득 행위일 따름일 수 있는 것이다.

〈인간의 무의식적인 입장과 소망이 세상을 움직이는 실제적 힘이다. 논리와 이론은 그것을 실현하기 위한 도구에 불과하다〉는 생각이 사실이라면 어제저녁 TV에서 봤던 토론회처럼 논리와 이론이 동원된 그 어떠한 합리적 토론도 상호 합의에 이르지는 못할 것이다.

상호 합의는 논리와 이론의 수정을 통해서가 아니라 입장과 소망의 변화를 통해서만 가능할 뿐이다. 이것은 근본적으로 사람의 마음에 그 어떤 동요가 일어나야 함을 의미하며 상대방의 입장과 소망에 공감하는 정서적 동요가 발생해야 가능함을 시사한다.

상대방이 갖고 있는 바람직한 사회의 모습에 대한 생각과 삶의 미학을 바라보는 입장을 이해하지 못하는 한 언제나 일방적인 설득 또는 그것을 넘어선 강요만이 남게될 뿐임을 인식해야 하지 않을까?

— 2015년 1월

세대 간의 협업

지금 같은 부서에서 근무하는 여직원 한 명은 1992년생이니까 내가 신입사원 티에서 막 벗어날 무렵인 회사생활 2년 차에 태어난 친구다. 중학생 시절 부모의 반대를 무릅쓰고 단신으로 아일랜드로 건너가서 고등학교까지 마치고 올 정도로 강단 있는 성격의 친구다.

문득 이런 친구들과 한 사무실에서 같은 일에 대해 의논하고 함께 점심을 먹으러 가고 회식도 하고 때로는 업무적으로 배우기도 하고 가벼운 면박도 당하면서 살고 있는 나의 모습을 깨닫고 나니 마음속에 잔잔한 미소가 흘렀다.

세대 간의 협업이란 표현이 어색하지 않을 것이다. 나에게는 그들을 위한 나의 역할이 있고 그들 역시 각자의 역할을 맡아 하는 그런 모습 속에 우리가 같이 있는 것이로구나. 그들을 끝까지 사랑으로 대하도록 노력해야 하겠다.

― 2015년 2월

남자의 어리석음

남자들이란 태어나서 한다는 짓이 고작 어느 '높은 사람' 또는 '힘 있는 사람'을 중심으로 패거리 지어 다니며 놀다가, 힘 떨어지고 끈 떨어지면 홀로 쓸쓸히 지내다 죽는 게 아닌가 싶을 때가 있다. 이것은 청운의 꿈을 향한 열정과 그 사회적 실현 과정에서 짊어져야 하는 남자들의 치열한 삶을 부정하는 게 아니라 그 구체적 행위들이 매우 유치해 보일 때가 많아서 하는 말이다.

보드리야르가 〈시뮬라시옹〉에서 디즈니랜드의 존재 이유를 '실재의 진정한 유치함이 도처에 있다는 사실을 숨기기 위해서' 라고 말한 바로 그런 느낌이라고 해야 할까? 사실 그렇지 않은가? 권력, 명예, 돈 같은 세속적인 것뿐만 아니라 이상이나 꿈 같은 낭만적인 가치들을 추구하는 모든 과정조차 그런 모습으로 보일 때가 있지 않은가? 유치함을 치열함으로 포장하여 뭔가 그럴듯한 모습을 연출하며 사는 모습으로 보일 때 말이다.

사실 그의 말은 우리가 사이버공간과 같은 가상의 세계에서 살고 있다는 뜻이 아니라 진지하기는 하나 성숙하지 못한 현실 세계의 유치함 그리고 진정한 가치를 알아보지 못하는 그 미숙함에 관한 지적일 것이다. 우리는 진리를 덮고 있는 가상의 가치들에 매몰되어 있으며 그것이 진짜라는 착각 속에서 허우적거리고 있다.

그러나 설령 유치함에 대한 인식을 가진다 해도 남자에겐 다른 선택의 여지가 없이 그 패거리의 대열에 합류해야만 하는 운명 같은 게 있는 것 같다. 마치 에버랜드 사파리 울타리 안에 모여 사는 사자나 호랑이들이 가장 높은 바위 위에 올라가 있는 개체를 중심으로 서열을 이루며 사는 것처럼 그것은 생존 놀이를 위한 하나의 규칙으로 작용하고 있는 것이다.

가장 높은 바위 위에 올라가지는 못하더라도 그 아래에 있는 바위 또는 그보다 한 단계 더 낮은 바위 위에만 앉아있더라도 맨땅바닥에 앉아 있는 개체들을 보면서 우쭐하고 목에 힘이 들어가는 게 남자들이다. 그리고는 이렇게 말하는 것이다. 줄을 서시오! 훗날 가장 높은 바위 위에 있는 사자가 젊고 힘 있는 개체에 물려 쫓겨나듯이 남자들도 그럴 것이면서… 그래도 그 대열에 합류할 수밖에 없도록 만드는 생존 규칙, 운명화되어 버린 규칙과도 같은 그런 게 있는 것 같다.

— 2015년 2월

타락

　사실 우리는 세상이 적당히 타락해 있기를 바란다. 그 타락에 편승하여 나의 삶의 안위가 보호되기를 남모르게 희망하는 것이다. 이것은 단순히 도덕적이거나 종교적인 이상주의 국가에 살기를 희망하지 않는다는 뜻이 아니라, 기존의 공고한 질서가 선사하는 지대(地代)의 달콤함이 유지되기를 바라고 그것이 세상의 운영 원리로 지속되기를 바라는 것을 말한다.

　정해야, 어떻게 생각하니?

— 2015년 3월